命运所有的馈赠都有代价

爱游水的乌贼

宿命之环

CIRCLE OF INEVITABILITY

爱潜水的乌贼 著

新星出版社 NEW STAR PRESS

图书在版编目（CIP）数据

宿命之环. 1 / 爱潜水的乌贼著. -- 北京：新星出版社，2024.4（2024.10重印）
ISBN 978-7-5133-5568-1

Ⅰ.①宿… Ⅱ.①爱… Ⅲ.①幻想小说 - 中国 - 当代 Ⅳ.①I247.5

中国国家版本馆CIP数据核字(2024)第027339号

宿命之环1
爱潜水的乌贼 著

责任编辑	李文彧	特约编辑	刘兆兰　曹 杰　岳弯弯　方剑虹
装帧设计	罗智超	责任印制	李珊珊

出 版 人	马汝军
出版发行	新星出版社
	（北京市西城区车公庄大街丙 3 号楼 8001　100044）
网　　址	www.newstarpress.com
法律顾问	北京市岳成律师事务所
印　　刷	中华商务联合印刷（广东）有限公司
开　　本	685mm×980mm　1/16
印　　张	17.25
字　　数	270 千字
版　　次	2024 年 4 月第 1 版　2024 年 10 月第 3 次印刷
书　　号	ISBN 978-7-5133-5568-1
定　　价	49.80 元

版权专有，侵权必究。如有印装错误，请与发行公司联系：020-38031253
我们使用了以下版权图片作为本书的设计素材：
1. *Job's Evil Dreams Object 13 (Bentley 421.12)*, Illustrations of *the Book of Job* created by William Blake
在此感谢THE WILLIAM BLAKE ARCHIVE档案馆提供的资源支持。
2. *Bergerie* created by Charles-Emile Jacque, collected in National Museum of Fine Arts 1938: given by María Salomé de Guerrico de Lamarca y Mercedes de Guerrico - Public Domain
3. 本跨页的黑白版画来源于Pixabay，在其网站内容许可下进行使用。

序言 PREFACE

欢迎来到诡秘世界
Welcome to The Mysterious World

《宿命之环》是"诡秘之主"系列的第二部,也是正篇的终曲。

真正开始写的时候,我其实很忐忑。因为对于看过《诡秘之主》的人来说,很多神秘学的知识不再神秘,很多诡异的场景不再能带来精神上的刺激,很多勾人的悬念一早就知道答案。这对创作者来说是非常痛苦的,也意味着必须舍弃很多惯用的"武器",尝试新的手法、新的技巧。

我为此准备了更多的途径、更多的序列,也希望能把因蒂斯和费内波特的人文风情、民间习俗和宗教信仰都如画卷一样展现在读者眼前,让诡秘世界变得更加真实,让每一个幻想相应国度的人都对自己会看见什么、听见什么、吃到什么、遭遇什么,有足够清晰的认知。

创造一个世界，也许是创作者最大的野心，也是最美好的梦想。

人生四十不惑，但行将四十的我却还有很多的困惑。自我表达和商业写作的平衡，整体结构和细节冲突的平衡，都是我日常在思考的问题。有时候觉得自己找到了答案，有时候又不那么确定，也许正是因为要去解决这么一个个问题，验证这么一个个思路，我才有激情和动力去创作。真到了自己觉得完美无缺、可以不增不减的时候，反而会停下。

每本书都是不完美的作者不断追逐完美的历程，结果总有遗憾，但过程却是人生的财富，也是刻骨铭心的记忆。

还记得我在《诡秘》最前面写下的那句导语，现在我想重复一遍，并多加一句话：

打开神秘之门。
欢迎来到诡秘世界。

爱潜水的乌贼

THEN THOU SCAREST ME WITH DREAMS
AND TERRIFIEST ME THROUGH VISIONS

CONTENTS
目录

001
CHAPTER 01
外乡人

021
CHAPTER 02
废墟

041
CHAPTER 03
无皮怪物

061
CHAPTER 04
猫头鹰

085
CHAPTER 05
求助信

103
CHAPTER 06
序列与魔药

127
CHAPTER 07
四旬节

153
CHAPTER 08
时间循环

177
CHAPTER 09
三只羊

201
CHAPTER 10
仪式魔法

227
CHAPTER 11
时间点

245
CHAPTER 12
成功的狩猎

命运的所有馈赠都有代价。
Tous les dons du destin ont leur prix.

第一章
CHAPTER 01
外乡人

"我是一个失败者,几乎不怎么注意阳光灿烂还是不灿烂,因为没有时间。

"我的父母都没法给我提供支持,我的学历也不高,孤身一人在城市里寻找着未来。

"我找了很多份工作,但都没能被雇用,可能是没谁喜欢一个不擅长说话、不爱交流,也未表现出足够能力的人。

"我有整整三天只吃了两个面包,饥饿让我在夜里无法入睡,幸运的是,我提前交了一个月房租,还能继续住在那个黑暗的地下室里,不用去外面承受冬季那异常寒冷的风。

"终于,我找到了一份工作,在医院守夜,为停尸房守夜。

"医院的夜晚比我想象中还要冷,走廊的壁灯没有点亮,到处都很昏暗,只能靠房间内透出来的那一点点光芒帮我看见脚下。

"那里的气味很难闻,时不时有尸体被塞在装尸袋里送来,我们配合着把它搬进停尸房内。

"这不是一份很好的工作,但至少能让我买得起面包,夜晚的空闲时间也可以用来学习,毕竟没什么人愿意到停尸房来,除非有尸体送来或者运走焚烧。当然,我还没有足够的钱购买书籍,目前也看不到攒下钱的希望。

"我得感谢我的前任同事,如果不是他突然离职,我可能连这样一份工作都没法获得。

"我梦想着可以轮换负责白天。现在总是太阳出来时睡觉,夜晚来临后起床,让我的身体变得有点虚弱，我的脑袋偶尔也会抽痛。

"有一天，搬尸工送来了一具新的尸体。

"听别人讲，这是我那位突然离职的前同事。

"我对他有点好奇，在所有人离开后，我抽出柜子，悄悄打开了装尸袋。

"他是个老头，脸又青又白，到处都是皱纹，在非常暗的灯光下显得很吓人。他的头发不多，大部分都白了，衣服全部被脱掉，连一块布料都没有给他剩下。

"对于这种没有家人的死者，搬尸工们肯定不会放过额外赚一笔的机会。

"我看到他的胸口有一个奇怪的印记，青黑色的，具体样子我没法描述，当时的灯光实在是太暗了。

"我伸手触碰了一下那个印记，没什么特别。

"看着这位前同事，我在想，如果我一直这么下去，等到老了，是不是会和他一样……

"我对他说，明天我会陪他去火葬场，亲自把他的骨灰带到最近的免费公墓，免得负责这些事的人嫌麻烦，随便找条河，找个荒地就扔了。

"这会牺牲我一个上午的睡眠，但还好，马上就是周日了，可以补回来。

"说完那句话，我弄好装尸袋，重新把它塞进了柜子。

"房间内的灯光似乎更暗了……

"那天之后，每次睡觉，我总会梦见一片大雾。

"我预感到不久之后会有些事情发生，预感到迟早会有些不知道能不能称之为人的东西来找我，可没人愿意相信我，觉得我在那样的环境下、那样的工作里，精神变得不太正常了，需要去看医生……"

坐在吧台前的一位男性客人望向突然停下来的讲述者："然后呢？"

这位男性客人三十多岁，穿着棕色的粗呢上衣和浅黄色的长裤，头发被压得很平，手边有一顶简陋的深色圆礼帽。

他看起来普普通通，和酒馆内大部分人一样，黑色头发，浅蓝色眼睛，不好看，也不丑陋，缺乏明显的特征。

而他眼中的讲述者是个十八九岁的年轻人，身材挺拔，四肢修长，同样是黑色短发、浅蓝色双眸，却五官深刻，让人眼前一亮。

这位年轻人望着面前的空酒杯，叹了口气，道："然后？然后我就辞职回到乡下，来这里和你吹牛。"

说着，他脸上露出了笑容——带着几分促狭意味的笑容。

那位男性客人怔了一下："你刚才讲的那些是在吹牛？"

"哈哈！"吧台周围爆发了一阵笑声。

等笑声稍有停息，一位瘦削的中年男子望着那略显尴尬的客人道："外乡人，你竟然会相信卢米安的故事？他每天讲的都不一样，昨天的他还是一个因为贫穷而被未婚妻解除了婚约的倒霉蛋，今天就变成了守尸人！"

"对，说什么三十年在塞伦佐河东边，三十年在塞伦佐河西边，只知道胡言乱语！"另一位酒馆常客跟着说道。

他们都是科尔杜这个大型村落的农夫，穿着或黑或灰或棕的短上衣。

被叫作卢米安的黑发年轻人用双手撑着吧台，缓慢地站了起来，笑眯眯地说："你们知道的，这不是我编的故事，都是我姐姐写的。她最喜欢写故事了，还是什么《小说周报》的专栏作家。"

说完，他侧过身体，对那位外来的客人摊了下手，灿烂地笑道："看来她写得真不错。对不起，让你误会了。"

那名穿着棕色粗呢上衣、外貌普通的男子没有生气，跟着站起，微笑着回应："很有趣的故事。怎么称呼？"

"询问别人之前先做自我介绍不是常识吗？"卢米安笑道。

那名外乡来的客人点了点头："我叫莱恩·科斯。这两位是我的同伴瓦伦泰和莉雅。"

后面那句话指的是坐在他旁边的一男一女。

男的二十七八岁，黄色的头发上扑了点粉，不算大的眼睛有着比湖水蓝要深一点的颜色，穿着白色马甲、蓝色细呢外套和黑色长裤，出门前明显有过一番精心打扮。他神情颇为冷漠，不怎么去看周围的农夫、牧民们。

那位女性看起来比两位男士年纪要小，一头浅灰色的长发扎成复杂的发髻，包了块白色的面纱充当帽子。她眼睛与头发同色，望向卢米安的目光带着毫不掩饰的笑意，对刚才发生的事情似乎只觉得有趣。

在酒馆煤气壁灯的照耀下，这位叫作莉雅的女性展露出了挺俏的鼻子和弧度优美的嘴唇，在科尔杜村这样的乡下绝对称得上美人。

她穿着白色的无褶羊绒紧身裙，配米白色小外套和一双马锡尔长靴，面纱和靴子上还分别系了两个银色的小铃铛，刚才走进酒馆的时候，一路叮叮当当，非常引人瞩目。

不少男性看得两眼都直了，在他们眼里，这得是省府比戈尔、首都特里尔这种大城市才有的时尚打扮。

卢米安对三位外乡人点了点头："我叫卢米安·李，你们可以直接叫我卢米安。"

"李？"莉雅脱口而出。

"怎么了，我的姓有什么问题吗？"卢米安好奇地问。

莱恩·科斯帮莉雅解释道："你这个姓让人恐惧，我刚才都差点控制不住自己的声音。"

见周围的农夫、牧民们一脸不解，他进一步解释道："接触过水手、海商的人都知道，五海之上有这样一句话流传，'宁愿遭遇那些海盗将军乃至王者，也不要碰到一个叫作弗兰克·李的人。'那位的姓也是李。"

"他很可怕吗？"卢米安问道。

莱恩摇了摇头："我不清楚，但既然有这样的传说，那肯定不会差。"他中止了这个话题，对卢米安道，"感谢你的故事，它值得一杯酒，你想要什么？"

"一杯'绿仙女'。"卢米安一点也不客气，重新坐了下来。

莱恩·科斯微皱眉头道："'绿仙女'……苦艾酒？

"我想我需要提醒你一句，苦艾对人体有害，这种酒可能会导致精神错乱，让你出现幻觉。"

"我没想到特里尔的流行风向已经传播到了这里。"旁边的莉雅含笑补了一句。

卢米安"哦"了一声："原来特里尔人也喜欢喝'绿仙女'……

"对我们而言，生活已经足够辛苦了，没必要在乎多那么一点伤害，这种酒能让我们的精神获得更大的放松。"

"好吧。"莱恩坐回位置，望向酒保，"一杯'绿仙女'，再给我加一杯'辣心口'。"

"辣心口"是有名的水果烧酒。

"为什么不给我也来一杯'绿仙女'?刚才是我告诉你真相的,我还可以把这小子的情况原原本本说出来!"第一个揭穿卢米安每天都在讲故事的瘦削中年男子不满地喊道,"外乡人,我看得出来,你们对那个故事的真假还有怀疑!"

"皮埃尔,为了免费喝一杯酒,你真是什么事情都能做出来!"卢米安高声回应。

不等莱恩做出决定,卢米安又补充道:"为什么不能是我自己讲,那样我还可以多喝一杯'绿仙女'?"

"因为你说的话他们不知道该不该相信。"叫作皮埃尔的中年男子得意地笑道,"你姐姐最爱给孩子们讲的故事可是《狼来了》,总是撒谎的人必然失去信用。"

"好吧。"卢米安耸了耸肩膀,看着酒保将一杯淡绿色的酒推到自己面前。

莱恩望向他,征询道:"可以吗?"

"没问题,只要你的钱包足够支付这些酒的费用。"卢米安浑不在意。

"那再来一杯'绿仙女'。"莱恩点了点头。

皮埃尔顿时满脸笑容:"慷慨的外乡人,这小子是村里最爱恶作剧的人,你们一定要离他远一点。

"五年前,他被他姐姐奥萝尔带回了村里,再也没有离开过。你想,那之前,他才十三岁,怎么可能去医院做守尸人?嗯,离我们这里最近的医院在山下的达列日,要走整整一个下午。"

"带回村里?"莉雅敏锐地问道。

她略微侧头,带出了叮叮当当的声音。

皮埃尔点了点头:"奥萝尔是六年前搬来定居的,过了一年,她外出一趟,带回了这小子,说是路上捡的,是个流浪儿,快要饿死了,打算收养。

"然后,他就跟着奥萝尔姓李,就连名字'卢米安'也是奥萝尔取的。"

"原本叫什么我都忘了。"卢米安喝了口苦艾酒,笑嘻嘻地说道。

看起来,他对自己的过去被这么抖搂出来一点也不感到自卑和羞耻。

"不好意思,我不知道会是这样的情况。"莱恩很有礼貌地对卢米安道了声歉。

卢米安嘿嘿笑道:"这是不是值得再来一杯'绿仙女'?"

不等莱恩回答,他转移了话题:"外乡人,你们来科尔朴做什么,收购羊毛皮革?"

科尔杜有不少居民以牧羊为生。

莱恩无声地松了口气，抓住这个契机道："我们来拜访你们村永恒烈阳教会的本堂神甫纪尧姆·贝内，可他既不在家里，也不在教堂。"

"不用说是哪个教会的，科尔杜只有一家教会。"喝了莱恩的免费苦艾酒的皮埃尔好心提醒了一句。

吧台周围的其他本地人各自喝着酒，没谁回答莱恩的问题，似乎那个名字代表着某种禁忌或者权威，不能随便谈论。

卢米安喝了口酒，思索了几秒道："我大概能猜到本堂神甫在哪里，需要我带你们去吗？"

"那就麻烦你了。"莉雅没有客气。

莱恩跟着点了点头："等你喝完这一杯。"

"好的。"卢米安端起酒杯，咕噜咕噜喝完了淡绿色的液体，然后把杯子一放，站了起来，"走吧。"

"真是太感谢了。"莱恩边招呼瓦伦泰和莉雅起身，边向卢米安致意。

卢米安脸上露出了笑容："没关系。你们听了我的故事，我又喝了你们的酒，大家算是朋友了，对吧？"

"是的。"莱恩轻轻点头。

卢米安脸上的笑容愈发灿烂，伸出双臂，似乎要给对方一个拥抱。与此同时，他热忱地说："很高兴认识你们，我的卷心菜们。"

正准备迎接拥抱的莱恩一下僵住："卷心菜？"

他的表情既茫然又尴尬。

瓦伦泰和莉雅亦是如此。

"这是我们对朋友的爱称，达列日地区的人都知道，几百年来都是这样。"卢米安一脸无辜地解释，"相信我，我的卷心菜们。"

莉雅忍不住环顾了一圈，带起叮叮当当的声音。

皮埃尔等人相继点了点头，表示卢米安这次没有撒谎，可他们脸上的笑意却似乎在说，他们很高兴看到外乡人吃不消这么亲热的称呼。

卢米安摸了摸下巴："不喜欢吗？那我换别的，也是用来称呼朋友的。

"我的兔子们，我的小鸡们，我的鸭子们，我的小羊羔们，你们喜欢哪个？"

莱恩的表情愈发僵硬，瓦伦泰皱起了眉头。

莉雅好气又好笑地回答道："还是卷心菜吧，至少它听起来正常一点。"

呼，莱恩悄然吐了口气，按了按瓦伦泰的手肘，微微颔首道："听起来都是家里珍贵的东西。"

不等卢米安回应，他侧过身体，对酒保道："买单。"

"两费尔金。"酒保扫了眼吧台上的杯子。

莱恩付账的时候，莉雅转移了话题："卢米安这个名字很少见啊。"

"至少比什么皮埃尔、纪尧姆好。"卢米安笑道，"你要是在这里喊一声'皮埃尔'，至少有三分之一的人会回应你，再喊一声'纪尧姆'，又有三分之一的人回应你，而这位……"

他指了指正喝着免费酒的瘦削中年男子："他全名是皮埃尔·纪尧姆。"

莉雅应景地笑了笑，算是把卷心菜的话题糊弄了过去。

临出酒馆前，卢米安回头扫了一圈。

"怎么了？"莉雅好奇地问。

卢米安若有所思地回答道："今天不止你们三个外乡人到酒馆，之前还来了一个，不知道什么时候已经离开了。"

"什么模样？"莱恩神情一正。

卢米安回想了下："一位女士，很有气质，一看就是从大都市来的，长什么样子我说不出来，要不给你们画？"

"你会画画吗？"莉雅对卢米安的秉性已有所了解，警惕地反问道。

卢米安笑了起来："不会。"

"那还是先去找本堂神甫吧。"莱恩中止了这个话题。

科尔杜村的夜晚没有路灯，但并非一片漆黑。

高空中闪烁的群星带来了静谧的微光，加上道路两侧部分人家窗口透出的偏黄光芒，一行四人走得平平稳稳。

没过多久，他们抵达了位于村子广场旁的永恒烈阳教会的教堂。

偏黑的晚上，这座村庄里最宏伟的建筑仿佛融进了夜色里，略显朦胧。

"我们来过这里，没有人。"一直冷漠不语的瓦伦泰皱眉说道。

卢米安笑道："正门没有人不表示别的地方没有。"

说话间，他领着莱恩三人绕过教堂正面，来到靠近墓园的地方。

这里有一扇深棕色的木门。

不等莱恩敲门，卢米安伸手过去，于锁孔位置捣鼓了几下。吱呀一声，他把侧门打开了。

"这，不太礼貌吧？"莱恩皱起了眉头。

莉雅叮叮当当地颔首："我们是来拜访本堂神甫的，不是来对付他的。"

"好吧。"卢米安非常能接受别人的正确意见。

他把那扇木门拉拢，轻轻敲了敲。

"喂，有人在吗，不回答我就进来了。"他声音压得很低，就像在夜里自言自语。

教堂内一阵静默。

下一秒，卢米安又推开门，指了指里面："进去吧。"

莱恩原本想拒绝，可看着门后深邃的黑暗，沉思了几秒后，与同伴对视了一眼。

"好。"他往前迈开了步伐，缓慢但坚定。

莉雅和瓦伦泰紧随其后。这个时候，莉雅两只靴子和头纱两侧系的四个银色小铃铛竟然都没有发出声音。

昏沉暗淡的环境下，四人往前行进着。忽然，莱恩停下脚步，压着嗓音道："似乎有什么声音？"

"是啊。"卢米安深表赞同。

话音刚落，他猛地往旁边一推，哐当又打开了一扇门。

那似乎是教堂的告解室。暗淡的星光流入，照出了一张简易矮床和一个赤裸着身体的壮年男子。

那壮年男子正压在一具白花花的女体上。

有那么一瞬间，所有人都怔住了，包括那壮年男子和他身下的女士。

几秒后，那壮年男子扭过头来，冲着莱恩等人怒吼道："婊子养的，你们破坏了神圣教会的行动！"

回荡的吼声里，早挪到莱恩等人身后的卢米安挥了挥手，语速极快地笑道："看来找到本堂神甫了,我的卷心菜们,明天见!"

话到一半,他已转身奔向侧门,后面那些单词随风飘扬,越来越低。

这一刻,莉雅、莱恩和瓦伦泰脑海里同时浮现了一句话。

那个叫作皮埃尔·纪尧姆的中年男子说的话:"这小子是村里最爱恶作剧的人,你们一定要离他远一点……"

高空洒落的星光下,卢米安吹起了口哨。他双手插兜,迈着脚步,悠闲地走在乡间道路上。

"本堂神甫果然在和普阿利斯夫人偷情。

"这几个外乡人一看就有些身份,本堂神甫肯定不敢对他们做什么,他必须得付出很大的代价才能阻止在教堂内偷情的名声流传出去吧?

"哼,谁让他总想打奥萝尔的主意,我等这个机会等很久了……"

内心嘀咕间,卢米安回到了位于村落边缘的家里。

这是一座半入地式的两层房屋,一楼是兼作客厅的厨房,有一个烤炉和一个大的灶炉。

"奥萝尔!奥萝尔!"卢米安一边沿着楼梯往上,一边喊道。

没人回应他。

二楼有三个房间加一个盥洗室,此时门都敞开着。卢米安相继扫了一眼,没有看到姐姐的身影。他想了想,来到走廊尽头,从架在那里的梯子爬上了屋顶。

橘红色的屋顶被弥漫的夜色包裹着,中央位置坐着一道身影,正抱着双膝,静静地看着星空。

这是一位异常美貌的女子,留着长而厚的金发,眼眸浅蓝,五官明艳。此时,她目光专注地望着天空,望着那闪烁的一点点璀璨,神情静谧,如同雕像。

卢米安没有说话,挪到那女子旁边,同样坐了下来。他微抬脑袋,眺望起远方的山林,听到一阵风刮过树木的声音。

不知过去多久,那女子抬起双臂,毫无形象地伸了个懒腰。

"奥萝尔,我不明白这样的景色有什么好看的,值得你经常到屋顶来。"卢米安发出了声音。

"叫姐姐！"奥萝尔勾起手指，轻敲了卢米安脑袋一下。

接着，她叹了口气，神情转暗，道："曾经有位哲人说过，这个世界上值得敬畏的只有两种东西，一是心中的道德，二是头顶的星空。"

卢米安看了姐姐略显忧郁的脸一眼，故意笑道："这道题我会答，罗塞尔大帝说的！"

"噗……"奥萝尔笑出了声音。

她旋即抽了抽鼻子，好看的金色眉毛一竖："又喝酒了！"

"这叫交际。"卢米安顺势说起刚才的事情，"我遇到了三个外乡人……"

奥萝尔听完，忍不住笑了一声："我真怕本堂神甫被吓出什么疾病来。"

下一秒，她脸色变得严肃："卢米安，不要再招惹本堂神甫了，他不会对我做什么的，换来一个新的反而麻烦。"

"可我看到他就讨厌……"卢米安话未说完，奥萝尔已经站了起来。

她低头望向弟弟，笑了笑道："好啦，该睡觉了，我的酒鬼弟弟。"

说话间，奥萝尔随手一抛，撒出些许银色的粉尘。然后，她整个人飘了起来，如同一只小鸟，从屋顶缓慢飞下，转入了二楼的窗户。

卢米安静静看完，急声喊道："我呢？"

"自己爬下来！"房屋内的奥萝尔毫不留情地回了一声。

卢米安撇了撇嘴巴，脸上的笑容一点点消失。

他望着夜色里飞快熄灭的银色光点，轻声叹了口气，自言自语道："不知道什么时候我才能拥有这样的超凡力量……"

卢米安坐在屋顶，没有立刻下去。

他脸上的表情早已完全收敛，沉静严肃的样子与酒馆内那个爱笑爱恶作剧的青年仿佛不是同一个人。

自从偶然间发现奥萝尔拥有那些神奇的能力，他就一直想要获得，可奥萝尔总是告诉他，这不是一件值得羡慕和追寻的事情，恰恰相反，这非常危险，也充满痛苦，所以，她不会同意弟弟走上这条道路，哪怕她确实掌握着让普通人也能驾驭超凡力量的方法，也不会告诉卢米安。对此，卢米安只能不断地找机会劝说、恳求，没法强迫。

过了十来秒，卢米安站起来，身手矫健地走到屋檐边缘，沿木制的梯子爬回了二楼。他散步般来到奥萝尔的房间外面，见棕色的木门敞开着，便探头往里面瞧了瞧。

此时，一身轻便蓝裙的奥萝尔正坐在窗前书桌后，就着明亮的台灯，埋头写着什么。

这么晚在写什么？巫术相关？卢米安抬手按住门扉，开起玩笑："写日记？"

"正经人谁写日记啊？"奥萝尔头也不回，依旧用手里香槟金色的精致钢笔书写着文字。

卢米安表示不服："罗塞尔大帝不是也有很多日记流传？"

罗塞尔是他们姐弟当前生活的因蒂斯共和国历史上最后一位皇帝，他结束了索伦王室的统治，又由执政官加冕为"恺撒"，自称"大帝"。他有包括蒸汽机在内的多个重要发明，找到了通往南大陆的航道，掀起了殖民浪潮，是一百多年前那个时代的象征。

可惜，他晚年遭遇背叛，于特里尔白枫宫被刺杀。

这位大帝死后有多册日记流传于世，但都是用别人看不懂的似乎根本不存在于这个世界上任何一个地方的文字写成。

"所以罗塞尔不是什么正经人。"背对卢米安的奥萝尔嗤笑了一声。

"那你在写什么？"卢米安顺势问道。

这才是他真正想知道的。

奥萝尔不甚在意地回答道："信。"

"给谁的？"卢米安忍不住皱了皱眉头。

奥萝尔停下那支雕刻着精美花纹的香槟金色钢笔，检查起前面的单词和句子："一个笔友。"

"笔友？"卢米安有点茫然。

这是什么玩意儿？

奥萝尔笑了起来，一边顺手把金色发丝撩到耳朵后面，一边教育起弟弟："所以我说要多看报多读书，别天天在外面玩闹，甚至喝酒！你看你，现在和文盲有什么区别？

"笔友就是通过报纸专栏、期刊、杂志等途径认识，从未见过面，全靠书信交流的朋友。"

"这样的朋友有什么意义？"卢米安对这件事情相当在意。

他忍不住收回按住门扉的手，摸了摸自己的下巴。奥萝尔都没交过男朋友，可不能被面都没见过的家伙给骗了。

"意义？"奥萝尔认真想了想，"首先是情绪价值，好吧，我知道你不懂什么是情绪价值。人是社会性动物，是需要交流的，有的事情，有的情绪，我肯定不会和村里人讲，也不可能告诉你，需要一个更隐秘的宣泄渠道，这种不会见面的笔友正好。其次嘛，你也别小看我的笔友们，他们之中有好几位非常厉害，也有知识特别渊博的。像这台使用电池的灯，就是一位笔友送给我的，煤油灯、蜡烛都太伤眼睛了，不适合晚上写作……"

不等卢米安再问，奥萝尔抬起左手，向后挥了挥手："快去睡觉吧，我的酒鬼弟弟！晚安！"

"好吧，晚安。"卢米安虽然心有不甘，但还是没有追问。

奥萝尔紧跟着又叮咛道："记得帮我把门带上，这敞着门又开着窗，有点冷。"

卢米安缓慢合拢了那扇棕色的木门。他一步步走回了自己的房间，脱掉鞋子，坐到床上。

朦胧黑暗的夜色里，抵着窗户的木桌、斜放着的椅子、靠着侧面墙壁的小书架、另外一边的衣柜，都映入了卢米安的眼帘。

他静静地坐着，陷入了沉思。

他一直都知道奥萝尔有自己的秘密，有许多事情没有告诉自己，他对此一点也不意外，只是担心，这些秘密、这些事情可能给奥萝尔带来危险。

而一旦真有什么事情发生，他能做的相当有限。他只是一个身体结实点、头脑还算灵活的普通人。

一个个想法浮现，又一个个落了下去，卢米安轻轻吐了口气，离开床铺，去盥洗室简单洗漱了一下。然后，他脱掉夹克式的棕色外套，将自己扔到了还没有热起来的被窝里。

3月底4月初的山上，天气依旧有点冷。

浑浑噩噩间，卢米安仿佛看见了一片灰色的雾气。它们弥漫于四周，让远处的事物完全消失不见。

卢米安神志模糊地走着，可不管他往哪个方向行进，于灰雾内走了多远，最终都会回到同一个地方——他的卧室。

由铺着白色四件套的睡床，横放于窗前的木桌和椅子，以及书架、衣柜等组成的卧室。

…………

呼，卢米安睁开了眼睛。

清晨的阳光透过不算厚的蓝色窗帘，照亮了半个卧室。卢米安坐起来，怔怔地看着这样的画面，有一种自己还在做梦的错觉。

他又做那个梦了。

梦到了那片仿佛永不消散的灰雾。

他抬手捏了捏两侧太阳穴，无声自语道："最近越来越频繁了，几乎每天都会做……"

如果不是这个梦没带来任何不好的影响，卢米安绝对不会像现在这样镇定。当然，它也没带来任何好的影响。

"真希望这隐藏着什么奇遇啊……"卢米安嘀咕了一句，翻身下了睡床。

他刚打开房门，来到走廊，就听见奥萝尔房间有声音传出。

真巧啊……卢米安脸上露出了一丝笑意。突然，他心中一动，往后退了一步，站到房门边缘。

等奥萝尔卧室的门打开，卢米安迅速抬高右手，捏起太阳穴，脸上浮现出略显痛苦的神色。

"怎么了？"奥萝尔注意到了这一幕。

成功！卢米安在心里喝了声彩，做出努力平复自身状态的样子。

"我又做那个梦了。"他嗓音低沉地回答道。

奥萝尔一头金发随意垂着，眉宇间逐渐染上了几分忧虑："上次的方案没有作用啊……"她想了想道，"或许……我该给你找一个催眠师，真正的'催眠师'，看看究竟是什么原因造成的。"

013

"拥有神奇能力的那种?"卢米安故意问道。

奥萝尔轻轻点头,以此做出回答。

"你笔友中的一位?"卢米安忍不住多问了一句。

"你关心这个干吗?想想你自己的问题怎么解决吧!"奥萝尔没有正面回答。

我不是正在想吗?卢米安于心里嘀咕道。

他顺势就说:"奥萝尔,如果我成为巫师,成为掌握了超凡力量的人,应该就能解开梦境的秘密,彻底结束它。"

"你不要想!"奥萝尔毫不犹豫地回应。

她神情温柔了下来:"卢米安,我不会骗你的,这条路危险而痛苦,如果不是没有别的选择,如果不是这个世界变得越来越危险,我宁愿做一个普普通通的作家,开开心心地生活。"

卢米安当即说道:"那让我来承受那些危险和痛苦,我来保护你,你只用开开心心地生活,做自己想做的事情。"

这些话,他在心里想过很多次。

奥萝尔默然了两秒,笑容忽地绽放开来:"你这是在歧视女性吗?"

不给卢米安重新陈述的机会,她正色说道:"没用的,选择了这条路就没有后悔的机会了。

"好啦好啦,我要去洗漱了,你今天在家好好学习,准备6月的高等学校统一入学考试!"

"你都说这个世界变得越来越危险了,还考什么试?"卢米安嘀咕道。

他觉得当前最重要的是获得力量,而不是做卷子。

奥萝尔笑了笑:"知识就等于力量,我的文盲弟弟啊。"

卢米安无话可说,只能目送奥萝尔走入盥洗室。

下午时分,科尔杜村的广场上。

雷蒙德·克莱格远远就看见卢米安·李蹲在一棵榆树下,不知在想些什么。

"你不是应该在家里学习吗?"雷蒙德走了过去,语气里带着明显的羡慕。

他是卢米安的朋友,身高不到一米七,棕发褐瞳,长相普通,脸庞带着些酡红。

卢米安抬起脑袋，笑着说道："奥萝尔不是给你们讲过吗？上吊也要让人喘口气啊！我学了那么久，总得休息一下。"

他上午不停地在想，自己有没有可能不通过奥萝尔就获得超凡力量。这需要寻找，需要线索，需要他主动去调查。想到最后，他觉得村里流传的涉及神奇力量的那些故事里可能隐藏着某些真实，隐藏着一定的线索，因此特意来这里等雷蒙德。

"如果我是你，最多休息一刻钟。"雷蒙德靠着那棵榆树道，"我们可没有一个读过很多书的姐姐教我们，我明年就要去学牧羊了。"

卢米安没理睬这句话，若有所思地说道："你把上次讲的那个巫师的传说再讲一遍。"

雷蒙德不太明白卢米安的用意，疑惑地回忆道："巫师那个？以前村里有个巫师，后来他死了。下葬的那天，从屋外飞来一只猫头鹰，停在床顶上，一直到尸体被抬走时才飞走。然后，棺材就变得很重，足足九头牛才拉动。"

"以前是多久以前？"卢米安追问道。

雷蒙德愈发茫然："我怎么知道，我是听我爸爸讲的。"

"那我们去找你爸爸。"卢米安唰的一下站了起来。

他向来有行动力，并且非常清楚调查村里传说这件事情不能拖，拖久了就容易被姐姐发现，而姐姐奥萝尔必然不允许自己继续。

这是因为，在奥萝尔眼里，追寻超凡力量是非常危险的行为。

我又怎么会不知道有危险，奥萝尔不会在这点上骗我的，可哪怕前面是刀堆成的山、火组成的海，我也要走下去，不能让奥萝尔一个人去面对……起身的同时，卢米安脑海内闪过了这么一个念头。

每当提及这个世界越来越危险时，奥萝尔脸上的严肃和忧虑骗不了人！

雷蒙德·克莱格更加迷茫了："找他干什么？"

"问那个巫师的传说发生在多久以前。"卢米安打量了雷蒙德一眼。

这家伙怎么就听不懂人话？看来有必要找机会测试一下他的智商。

雷蒙德脸上写满了疑惑，看着卢米安道："问这么清楚做什么？"

呃……是随便找个理由糊弄这家伙，还是直说呢？卢米安顿时陷入了沉思。

考虑到自己之后的调查不可能完全瞒过身边这几个朋友，而追寻传说真相这个理由本身就像在骗人，传扬出去也不会有村民相信，卢米安迅速有了主意。

他瞬间露出了平常骗人时的笑容。

"……"雷蒙德猛地退了两步，"你好好说话！"

卢米安理了下自己的深色短上衣和里面的亚麻衬衣，笑着说道："我觉得那个巫师的传说很值得思考。"

"哪里值得思考了？"雷蒙德想了好一会儿才道。

"'以前村里有个巫师'这句话。"卢米安正色说道，"你想想，我编故事骗人的时候，肯定不会说大家立刻就能确认的时间、地点和背景，而那个传说很明确地提到'村里'。我们科尔杜村，曾经有过一个巫师，这如果是谎言，岂不是很容易就被大家揭穿？"

"但那是很久以前的事情了。"雷蒙德反驳道。

"我指的也是很久以前这个故事刚开始流传时的大家，他们应该很容易就能确认当时村里是不是死了一个巫师。"卢米安微笑着说，"这个故事既然能一直流传下来，那就说明它很可能是真实发生过的。"

这个理由无法让雷蒙德信服："可你编故事的时候也经常会用'一百多年前''几百年前''很久以前'来让大家无法证实。"

"所以才要找你爸爸确认啊！"卢米安一脸"这下知道我为什么要找你爸爸"的表情。

"也是……"

雷蒙德接受了这个解释，可总觉得有哪里不对。等到两人离开广场，往村庄深处走去时，雷蒙德终于醒悟过来："可你为什么要确认这么一个传说是真的还是假的？"

"巫师啊，那可是巫师啊！我们要是能确认他曾经住在哪栋房屋内，后来被埋葬在了哪里，说不定可以发现他的秘密，让自己也获得超越普通人的神奇力量。"卢米安说着像是谎言的实话。

雷蒙德果然露出了一脸"你不要骗我"的表情："那些故事大部分都是编来吓小孩的，怎么可能是真的？而且，追寻巫师的力量可是会被投进裁判所的！"

因蒂斯共和国位于这个世界的北大陆，处于正统地位的神灵是永恒烈阳和蒸汽与机械之神，两者的教会瓜分了几乎所有民众的信仰，并且不允许同处北大陆的鲁恩王国的黑夜女神教会、风暴之主教会，费内波特王国的大地母神教会，伦堡等中南诸国的知识与智慧之神教会，弗萨克帝国的战神教会进来传教。

而永恒烈阳教会的宗教裁判所一向让民众畏惧，不知多少异端、异教徒被关了进去，遭受残酷的对待。

卢米安哈哈笑了起来："你现在担心这个干什么？你自己也说了，那些传说绝大部分都是编的，找到巫师遗留的可能性几乎没有。

"再说，就算真找到了巫师的遗留，我们也不是一定要继承那种禁忌的力量，完全可以交给教会，换取他们的奖赏。嗯，作为一个巫帅，陪葬品里肯定有不少财宝。"

卢米安口中的教会指的是永恒烈阳教会，因为他们所在的科尔杜村没有蒸汽与机械之神教会——这往往集中在各个大城市和有工厂的地方。

见雷蒙德听得怦然心动，卢米安暗自"啧"了一声，补了一句："难道你真的想去当牧羊人？"

他口中的牧羊人可不是大城市市民们认知里那种田园牧歌式的牧羊人，不是作为家里的一分子，每天早上赶着几只羊去吃草，照看好它们就行了。

在科尔杜村所在的莱斯顿省达列日地区，牧羊人是一份职业，一份注定辛苦和孤独的职业。他们接受羊群主人的雇用，赶着几十乃至七八百只羊在山区和平原之间来回奔波。

这被称为转场。

每当秋季来临，科尔杜村周围这片山脉的高山草场凋零，牧羊人就会驱赶羊群去山口外面，去远方较为温暖的平原草场，这往往会越过边界，进入费内波特、伦堡等国境内。

到了5月初，他们会赶着羊群回到各个村里，剪下羊毛，给羊羔断奶，6月，他们再次上山，进入高山草场，住在窝棚里面，边制作奶酪，边放牧羊群，直至天气转冷。

就这样，牧羊人一年复一年地转场，一生都在跋涉，只有极少数时间能回到村里。所以，他们绝大部分都是单身，很难结婚，无法组建家庭，而那么寥寥几个为了生计不得不去牧羊的寡妇在这个群体里非常受欢迎。

雷蒙德沉默了。

过了好一会儿，他犹豫着开口道："听你的，这件事情听起来很好玩，可以用来打发空闲时间。"

正常情况下，家里决定好哪个孩子需要当牧羊人后，就会在他十五到十八岁间将他送去某个牧主的家里帮工，学习怎么牧羊。三年后，那个孩子正式成为牧羊人，到处寻求雇主。

今年十七岁的雷蒙德已经找不同的理由拖延了这件事情两年多，如果之后的生活像现在这样没有变化，那他明年就必须去学牧羊了。

"走吧。"卢米安拍了拍雷蒙德的肩膀，"你爸爸在田地里还是家里？"

"最近没什么活计，四旬节又快来了，他不是在家里，就是在酒馆。"雷蒙德再次发出艳羡的声音，"你这些都不知道？你果然不是农夫，你有个好姐姐啊！"

卢米安双手插兜，慢慢往前走着，没搭理雷蒙德的感叹。

快到村里那家破旧酒馆时，侧面道路走过来一个人。这人穿着带风帽的深棕色长衣，腰间系了根绳子，脚下踏着一双崭新的、看起来质地柔软的黑色皮鞋。

"皮埃尔，贝里家的皮埃尔？"雷蒙德诧异地出了声。

卢米安也停下脚步，望向侧面那条道路。

"是我。"皮埃尔·贝里笑着挥了挥手。

他体型偏瘦，眼窝略有凹陷，黑色的头发油腻腻地打着卷儿，脸上满是胡须，不知多久没有剃过。

"你怎么回来了？"雷蒙德疑惑地问。

皮埃尔·贝里是一名牧羊人，现在是3月底4月初，他应该在山口外的平原草场放牧，怎么可能出现在村里？

就算他这次转场去了伦堡或者费内波特北境，如今也只是刚启程，从达列日山区返回，需要一个月左右的时间才能抵达。

皮埃尔有双温和带笑的蓝色眼眸，他颇为高兴地说道："这不是四旬节快到了吗？我好几年没参加了，今年怎么也不能错过！

"放心，我有同伴帮我看着羊群。做牧羊人就是这点好，没有监工，只要找得到人帮忙，想去哪儿就去哪儿，非常自由。"

四旬节是因蒂斯各地广泛存在的一个节日，人们以各种形式迎接春天的来临，祈求一年的丰收。

这和永恒烈阳教会、蒸汽与机械之神教会没什么关系，但已经形成了民俗，且没有崇拜异教神灵的情况，所以得到了正统的默许。

"你是想看今年谁被选为春天精灵吧？"卢米安笑着打趣道。

科尔杜村的四旬节里，人们会选出一位漂亮少女扮演春天精灵，这是庆典的一部分。

皮埃尔跟着笑道："我希望是你姐姐奥萝尔，但她肯定不会答应，而且年龄也不合适。"

"好了。"他随即指了指不远处的酒馆，"我到教堂做个祈祷，等下请你们喝酒。"

雷蒙德下意识回应道："不用了，你都没什么钱。"

"哈哈，神灵教导我们，'哪怕只有一个铜子，也要和穷兄弟们分享。'"皮埃尔说起达列日地区牧羊人之间流传的一句谚语。

这时，卢米安对雷蒙德笑了笑："皮埃尔发财了，肯定要请我们喝酒！"

他是指着皮埃尔·贝里那双崭新的皮鞋说的。

皮埃尔·贝里很是高兴："这次的雇主不错，分了我好几只羊，之后还有一些羊毛、奶酪和皮革。"

牧羊人的报酬由食物、少量的金钱和分享的牲畜、奶酪、羊毛、皮革组成，具体能拿哪些、拿到多少，看事前和雇主签订的合同是什么样的。而对需要长途跋涉的牧羊人来说，一双好的、合适的皮鞋是最迫切也最实际的需求。

看着皮埃尔·贝里走向村内广场，卢米安的目光逐渐变得沉凝，带上了几分疑惑。他无声自语道："就为了参加四旬节，花费一两周甚至近一个月的时间赶回来？"

想了片刻，卢米安收回视线，和雷蒙德走向了酒馆。

酒馆没有名字，也不需要名字，科尔杜村就只有这么一家，村民喜欢称呼它为老酒馆。

刚进酒馆，卢米安习惯性地环顾了一圈。突然，他的目光在某个地方停住了。

他看见昨晚那个提前离场的外乡人了，和莱恩、莉雅、瓦伦泰明显不是一伙的外乡人。

这是一位女士，身穿橘黄色的长裙，褐发微卷地披着，淡蓝色的眼睛正盯着手里那杯淡红色的酒精饮料。

她美貌而慵懒，与低矮昏暗的破旧酒馆仿佛不在同一幕场景里。

第二章
CHAPTER 02
废墟

淡红酒，果然是大都市来的人……卢米安的目光最终落到了那位女士手中的玻璃酒杯上。

淡红酒是由糖和腌渍过的樱桃酿成的烧酒，无论颜色还是口感都很受女士欢迎。当然，也可以用别的合适的水果代替樱桃，口感上会略有差异，但不是太大。

这是科尔杜村老酒馆能拿出的少数几类上档次的酒之一，他们之所以会备着，是因为普阿利斯夫人去过一次省府比戈尔后就爱上了这种颜色淡红的酒。

普阿利斯夫人是本地行政官兼领地法官贝奥斯特的妻子，祖上是贵族，在罗塞尔大帝时代没了爵位。

她同时也是本堂神甫纪尧姆·贝内的情妇之一，这件事村里知道的人不多，卢米安是其中一个。

卢米安收回视线，走向了吧台。

那里坐着一个单穿亚麻衬衣和同色长裤的四十多岁的男子，他的棕发已不够茂盛，颇为凌乱，眼角、嘴边、额头等地方因常年的劳作有了些皱纹。

这正是雷蒙德的父亲，皮埃尔·克莱格。

又一个皮埃尔。所以卢米安才会在莉雅、莱恩等人面前开玩笑说在酒吧里喊一声皮埃尔，至少有三分之一的人会答应。

村里的人在讲这些皮埃尔、纪尧姆时，都会加上谁谁家的限定词，要不然根本分不清。不少家庭，父亲和孩子还是同名，都叫皮埃尔或者纪尧姆，邻居们只能加"老""大""小"来区分。

"爸爸，怎么不去村里广场和其他人聊天？"雷蒙德走到父亲旁边。

村里的男人们最喜欢在广场榆树底下或者某个人家里聚集，玩骰子、抽纸牌、下棋，讨论各种传闻——到酒馆是需要花钱的。

皮埃尔·克莱格端着一杯红色的葡萄酒，侧头看了自己第二个儿子一眼："等一会儿再去，现在广场上应该没什么人。"

对啊，村里那些男人都去哪里了？卢米安顿时有些疑惑。刚才在广场时，他没有看到一个人影。

"叔叔，我找你想问点事情。"卢米安直截了当地说道。

皮埃尔·克莱格一下警惕起来："新的恶作剧？"

"狼来了"那个故事确实是有现实依据的……卢米安侧过脑袋，示意雷蒙德开口。

雷蒙德组织了下语言，道："爸爸，你给我讲过的巫师传说究竟发生在多久以前？九头牛才能拉动棺材的那个。"

皮埃尔·克莱格咕噜喝了口葡萄酒，疑惑地说："问这个干什么？这是我小时候，你爷爷给我讲的。"

科尔杜村所在的莱斯顿省和临近的奥莱省、苏希特省都位于因蒂斯共和国南方，是有名的葡萄产地，这里的葡萄酒——尤其是劣质的那种——非常便宜，某些年景，人们甚至能拿葡萄酒当水喝。

雷蒙德听得一阵失望，因为他爷爷早就过世了。

就在这时，皮埃尔·克莱格又补了一句："你爷爷说是他小时候亲眼看到的，从那之后，他就害怕猫头鹰，担心会被这种邪恶的生物带走灵魂。"

卢米安和雷蒙德的眼睛同时一亮。

竟然真的有线索！那个巫师的传说居然是某些人亲身经历的事情？

"爷爷有说过那个巫师原本住在哪里，后来被抬到哪里埋葬了吗？"雷蒙德追问道。

皮埃尔·克莱格摇了摇头："谁会关心这个？"

卢米安见雷蒙德还想再问点什么，伸手拍了他一下，大声说道："该去河边了。"

雷蒙德正待追随卢米安离开，皮埃尔·克莱格突然想起一事："等等，雷蒙德，过两天你要去当看青人了，我和你说些需要注意的事情。"

"看青人"负责巡逻村庄附近的高原草场和周围田地，防止有人在禁牧期放牧或者任由牲畜破坏青苗。

卢米安没有旁听，去了酒馆附属的盥洗室。

出来时，他特意经过了那位喝着淡红酒、看不出具体年龄的外来女郎。虽然他不会做搭讪这种事情，但也想提前进行观察、搜集好细节，等时机到了说不定就能派上用场，就像他利用莱恩、莉雅等人撞破本堂神甫的偷情现场一样。

不露痕迹地扫了几眼，卢米安准备绕过这个角落去酒馆门口等待雷蒙德。

就在这个时候，那位穿着橘黄色长裙、气质慵懒的女士抬起了脑袋。

卢米安还没来得及收回的目光与对方的视线撞了个正着，一时之间，以卢米安的脸皮厚度都有些尴尬。

他脑海内随即冒出了一个念头：我是该学本堂神甫、行政官那样，顺势赞美她的美貌，从观察变成搭讪，还是展现青涩一面，匆忙转身离开……

他刚拿定主意，那位女士笑盈盈地开了口："你最近在频繁做梦？"

猛的一下，卢米安仿佛被闪电劈中，整个脑海都变得麻痹，所有念头都被冻结了。

也就是一两秒的工夫，他强行笑道："做梦不是一件很正常的事情吗？"

那位女士单手托腮，打量着卢米安，低笑道："身处一片大雾的梦。"

她怎么知道的……卢米安的瞳孔瞬间放大，神色里多些许紧绷惊惧。他虽然经历过不少事情，但毕竟年轻，一时竟有点没法控制自己的表情。

冷静，冷静……卢米安一边安抚自己，一边缓和脸上紧绷的肌肉，反问道："你昨晚听到了我给那三个外乡人讲的故事？"

那位女士并未回答，而是从放在旁边椅子上的橘色手包内拿出一沓牌。她再次望向卢米安，微笑道："抽张牌吧，或许能帮你解开那个梦境隐藏的秘密。"

这——卢米安又惊又讶。

他一时既怦然心动又高度警惕，看了那副牌一眼，微皱眉头道："塔罗？"

看起来像是罗塞尔大帝发明的用来占卜的塔罗牌。

那位女士低头看了一眼，自嘲一笑道："不好意思，拿错了。"

她把那二十二张塔罗牌塞回中型手包内，重新拿出另外一副牌。

"这也是塔罗，但属于小阿卡那牌。你还没资格抽大阿卡那牌，我也没资格让你抽……"

小阿卡那牌共五十六张，由圣杯、权杖、宝剑、星币四种花色组成。

她在说什么啊……卢米安听得一头雾水。这女士看起来又美貌又有气质，但实际表现却不太正常，精神上似乎有点问题。

"抽一张吧。"那位似乎来自大都市的女郎摇晃起手中的小阿卡那牌，含笑说道，"免费的，试一下不用花钱，反而可能解决你梦境的问题。"

卢米安呵呵笑道："我姐姐说过，免费的才是最贵的。"

"这句话确实有一定的道理。"那女士想了想道。

她把小阿卡那牌放到盛放淡红酒的玻璃杯子旁，接着又道："可只要你不管怎么样都不付钱，我一个外乡人哪有能力在科尔杜村强迫你支付费用？"

说得没错……抽一下又不会怎么样……好不容易有关于那个梦境的提示，不尝试一下怎么甘心……可这会不会涉及巫师的诅咒……找奥萝尔帮忙？卢米安脑海里思绪纷呈，一时难以下定决心。

那位女郎也没有催他。

过了十几秒，卢米安缓慢俯下身体，伸出右手，打散那沓小阿卡那牌，从中间抽出了一张。

"权杖七啊。"那位气质慵懒的女士看了眼牌面。

那张牌上，一个面容坚毅、穿着绿色衣服的男子站在山顶，手持一根权杖，对抗着敌人从山下攻来的六根权杖。

"这代表什么？"卢米安问道。

那位女士笑了笑："自己根据图案解读啊，危机、挑战、对抗、勇气等等。

"当然，这些都不重要，重要的是这张牌现在送给你了，命运来临时，你会发现它真正的含义。"

"给我了？"卢米安愈发疑惑。

这张牌不会真的下了诅咒吧？

那位女士收好剩余的小阿卡那牌，端起酒杯，喝光了里面所剩不多的淡红酒。

她无视卢米安的问题，漫步走向老酒馆一侧的楼梯，上了二层。

很显然，她住在那里。

卢米安本想追赶，可只迈出一步又停了下来，思绪起伏不定——

这真的是一张普普通通的牌？

她把这张牌送给了我，那副牌岂不是永远缺少一张，没法使用了？

奥萝尔应该能看出问题吧……

这时，雷蒙德找了过来："怎么了？"

"没什么，那外乡人长得真不赖。"卢米安随意敷衍道。

"我觉得还是你姐姐奥萝尔更好看。"雷蒙德随即压低了嗓音，"卢米安，我们接下来怎么做？我爷爷都去世很久了。"

急着回家的卢米安想了想道："一是找和你爷爷差不多年纪的还活着的老人询问，二是去教堂翻登记册……呃，这个最后再考虑。"

想到自己刚破坏了本堂神甫的好事，卢米安觉得最近应该非必要不去教堂。

在科尔杜村这种只有一个教会的乡下，由于行政官的手下人数极少，教堂承担了一部分政府职能，比如记录丧葬、婚嫁情况。

不等雷蒙德再问，卢米安补充道："我们分头看看符合条件的老人有哪些，明天去问。"

"好。"雷蒙德当即答应了下来。

半入地式的两层建筑内。

奥萝尔听完卢米安的讲述，仔细看了那张"权杖"牌一阵，道："确实是很普通的牌，我没有察觉到诅咒或者其他特异的存在。"

"奥萝尔……呃，姐姐你说，那个外乡人究竟想做什么，她为什么知道我在做那样的梦？"卢米安问道。

奥萝尔摇了摇头："她既然已经明牌，那相对来说还好。这几天，我会好好'观察'下她。

"嗯……这张牌你先拿着，或许会有些变化，放心，我看着的。"

"好。"卢米安努力让自己放松一点。

夜晚时分。

卢米安将那张"权杖"牌塞进了挂在椅背上的衣服里，自己上了睡床，闭眼入眠。不知过了多久，浑浑噩噩的他似乎又看到了那片灰雾。突然，他整个人打了个激灵，在梦中"醒"了过来。

他感觉自己恢复了清醒，找回了理智。

弥漫着灰雾的梦境依旧存在。

卢米安下意识环顾了一圈，看见了熟悉的桌椅、书架、衣柜和睡床。

这是他的卧室，但被淡淡的灰色雾气笼罩着。

清醒梦？我做了清醒梦？卢米安的瞳孔瞬间放大。

"清醒梦"指的是虽然在做梦，但本人保持着清醒时的思考和记忆能力。这是一种相当少见的状态，经过特殊训练的人可以更高概率地触发。

之前，奥萝尔为了解开卢米安灰雾梦境的秘密，帮他彻底消除这个隐患，曾多次用不同方法创造清醒梦，可都没能成功。而现在，卢米安莫名其妙就在梦境里恢复了清醒。

短暂的震惊错愕后，卢米安找回了思绪，心里想到了一个可能："是那张'权杖'牌造成的？

"那个女人说过，这张牌有助于我解开梦境的秘密……所以，它的作用就是让我进入清醒梦状态，可以真正地探索这片灰雾笼罩的区域？

"嗯……和我之前的印象相比，现在的灰雾好像淡了很多很多……"

心念电转间，卢米安侧过身体，快步来到斜放的椅子旁，双手撑着抵住墙壁的桌子，探头望向窗外，但映入他眼帘的并非他熟悉的场景。

这个梦并没有复刻他生活的科尔杜村。

那淡而稀薄的灰白雾气下，最引人瞩目的是一座高耸的山峰，它纯粹由棕红色的石块和红褐色的泥土组成，往天空方向延伸了二三十米。

围绕这座山峰的是一圈又一圈的建筑，它们或倒塌于地，或被烧得漆黑，让人看不出完好时是什么样子。

从卢米安所在的地方望去，它们就像被破坏的陵墓，以圆环的形式不算整齐地排列着。而整个区域，地面坑坑洼洼，碎石众多，没有一根杂草。

另外，高空雾气转浓、转白，卢米安无从确认天上有没有太阳，只知道这里异常昏暗，像是只有星光照耀的夜晚。

认真观察了一阵，他低声自语起来："这就是梦的全部场景？"

这个困扰了他很多年的梦，真实状态竟是这个样子？

短暂失神后，卢米安思考起更加现实的问题："所谓的梦境秘密藏在哪里？那座山峰上，或者某个被破坏的建筑内？"

卢米安没有急切地离开卧室，进入那片区域探索梦境，他依旧停留于原地，打量着能够看到的每一个地方。

突然，他感觉围绕山峰的那片建筑废墟内有身影一闪而过。

碍于本身所在房屋只有两层，高度不够，而灰雾虽然淡薄，但存在感不容忽视，卢米安一时竟无法肯定自己是否出现了幻觉。

隔了一阵，他缓慢地吐了口气，在心里对自己说道："不要着急，要有耐心，不要着急，要有耐心。

"看起来，这个梦境真的有不少秘密，它似乎不完全属于我，盲目探索很可能遭遇危险……嗯，明天一早就去找那个女人，看能不能问到详细情况，之后再决定怎么做……"

思绪纷呈间，卢米安收回视线，准备脱离这个梦境，安心睡觉。可处于清醒状态的他一时竟不知该怎么做才能让自己真正醒来。一次次暗示失败后，他躺到床上，努力让自己的思维变得混沌，模拟起以前睡着时的状态。

不知不觉间，不知过了多久，卢米安猛地坐起，看见了透过窗帘渗入房间内的淡金色阳光。

"总算醒了……果然，在梦境里睡着会恢复那种浑浑噩噩的状态，然后就能脱离了……"

卢米安松了口气，无声自语了起来。

就在这时，门口响起咚咚咚的敲击声。

"奥萝尔？"卢米安心中一紧，担心出现什么不好的发展。

"是我。"奥萝尔的声音传入了屋内。

卢米安翻身下床，快步走到门边，握住把手，往后一拉。

门外确实是奥萝尔,她穿着白色丝质睡裙,金色的长发柔和地披在身后。

"怎么样?"她似乎很确定卢米安是刚刚醒来。

卢米安没有隐瞒,将自己的遭遇原原本本告诉了奥萝尔。

奥萝尔仿佛在思考般点了点头:"那张牌的作用是让你做清醒梦啊……"她随即问道,"接下来你打算怎么做?"

卢米安"嗯"了一声:"等下随便吃点东西,我就去找那个女人,看能不能弄到更多的情报,弄清楚她的真实用意。"

"可以。"奥萝尔没有反对,接着又道,"我也会写信找人询问你描述的梦境,看那些事物究竟代表着什么。"

说到这里,她看了卢米安突然紧张的表情一眼,笑容绽放,道:"放心,我会做一定修饰的,也不会一次抛出全部。循序渐进的道理可是我教给你的。"

"嗯,和那位女士交流的时候,不要强求,尽量保持友善。这不表示我们害怕她,只是多一个朋友比多一个敌人强。"

"没问题。"卢米安郑重地答应下来。

科尔杜村,老酒馆。

卢米安刚靠近吧台,就冲着兼职酒保的酒馆老板莫里斯·贝内道:"那个外乡女人住在楼上哪个房间?"

老酒馆同时也是村里唯一的旅店,二楼有六个房间可供住宿。

莫里斯·贝内不算胖,也不魁梧,和大部分村民一样黑发蓝眸,最大的特点是鼻头总红红的,这是经常喝酒导致的。他是本堂神甫纪尧姆·贝内的族人,但关系并不亲近,属于远房堂兄弟。

"你问这个干什么?"莫里斯·贝内好奇地反问,"那种大都市来的女人会看得上你这种乡下土佬?"

他脸上带着明显的探究表情,对男女之间的不正常关系有着浓厚兴趣。

"你自己不也是乡巴佬、赤脚汉?"卢米安嗤之以鼻,然后随便编了个理由,"那个女人昨晚丢了东西,我今早发现了,给她送过来。"

"是吗?"莫里斯·贝内对卢米安的信用表示怀疑。

这家伙十句里面有八句是编的。

"不然呢？你觉得她能看上我？"卢米安理直气壮。

"也是。"莫里斯·贝内被说服了，"她在靠近广场的那个房间，盥洗室对面。"

目送卢米安走向楼梯后，这酒馆老板边擦拭酒杯，边小声嘀咕起来："也不是不可能啊，某些时候，人都想尝试新口味……"

他嘀咕的话语刚好让卢米安听到。

酒馆二楼，卢米安于昏暗的过道里找到了唯一的盥洗室，然后看见对面那扇暗红色木门的黄铜色把手上挂着一个白色的纸制牌子。

上面用因蒂斯语写道：

"正在休息，请勿打扰。"

卢米安低头看了几秒，没有急匆匆地上前敲门，反而退了两步，倚墙而站。

他打算在这里等待那位女士出门。以前的流浪生活教会他，机会出现时，必须无比果断地做出尝试，尽力把握，不能有半点犹豫，不能思前想后，不能在意面子，不能懦弱胆怯，否则机会必然流失，自身将陷入更加悲惨的恶性循环；而机会没有出现时，要耐心，要坚持，要克制住一切不适地等待。

时间一分一秒过去，卢米安站在那里，没有半点烦躁。如果有旁观者在这里，如果不是他偶尔会动下手脚，恐怕会将他当成一尊雕像。

终于，那扇门吱呀一声打开了。

那位女士换了条浅绿白边的长裙，褐色的头发于脑后蓬松扎起。她用淡蓝色的眼眸扫了卢米安一秒，又低头看了看房门把手上的纸制牌子，笑着问道："等了多久？"

她对卢米安出现在这里一点也不惊讶。

卢米安往前走了一步道："这不重要。"

他努力让自己的语气平和，显得不那么急切。

"你有什么想问的？"那位女士相当直接地说道。

"就在这里？"卢米安左右看了看。

那位女士微笑着回答道："你要是不在意，我也不介意。"

卢米安其实已经观察过，本来也住这个地方的莱恩、莉雅等人此时似乎不在，酒馆二楼除了自己和面前的女士没有别人。

他组织了下语言道:"那个梦境究竟藏着什么秘密?"

那位女士失声笑道:"这应该由你来回答,而不是问我。"她顿了一下又道,"我只能告诉你,你可以在那里获取某些超凡力量。"

超凡力量……卢米安先是心中一动,随即疑惑道:"梦里得到的超凡力量有什么意义?它又不会影响到现实。"

那位女士笑了笑:"在超凡领域,一切皆有可能。也许,真能影响到呢?"

我苦苦追寻的超凡力量以这种方式出现在了我的生活里?卢米安沉默了。

那位女士收敛住表情,正色补充道:"我要提醒你一句,那里充满危险,在那里死去,你将彻底死亡。"

探索那个梦境出现意外会导致现实的我跟着死亡?卢米安不能理解,但选择相信。

这一是因为困扰他好些年的灰雾梦境看起来确实比较特殊;二是姐姐奥萝尔说过,小心无大错,宁愿把问题看得困难一点,把后果想得严重一点,也不能轻视大意。

隔了几秒,他开口问道:"如果我不探索呢,会有什么后果?"

"理论上来说,不会有什么后果,没人强迫你。"那位女士想了下,道,"但我不确定随着时间的推移它会不会发生变化,而只要出现变化,情况变坏的可能性远远高于变好。"

"高多少?"卢米安追问道,"百分之九十相比百分之十?"

"不,百分之九十九点九九,相比百分之零点零一。"那位女士严谨地补了一句,"当然,这只是我个人的判断,你可以不信。"

卢米安顿时陷入了挣扎,脑海中念头纷涌——

"我最近越来越觉得那个梦境是隐患,放任不管是最差的选择……

"可真要探索,在什么都不知道的情况下,出现意外的可能性非常高……

"等奥萝尔从她那些笔友那里打探到一定的情报后再做尝试?

"那样一来,奥萝尔肯定不会同意我借探索梦境的机会获取超凡力量……

"我调查传说真相不就是在寻求超凡力量吗……

"那太危险了，真的会导致死亡……

"要不，先在梦境废墟的边缘做一些初步探索，不冒险深入？这也相当于在搜集情报……

"嗯，可以把刚才那些对话告诉奥萝尔，但不能提有获取超凡力量的可能……"

一个个想法沉淀后，卢米安望着对面的女士，沉声问道："你究竟是谁？为什么要给我那张塔罗牌，为什么要给我探索那个梦境的机会？"

那位女士微微一笑："等你解开了梦境的秘密，我再告诉你。"

离开老酒馆后，卢米安站在夯土道路上，犹豫着该去哪里。

上午的阳光洒落，带着点微凉。就在这时，雷蒙德·克莱格从侧方过来："我正想去找你。"

"有什么事情吗？"卢米安恢复了正常，故意问道。

雷蒙德一脸诧异："你忘了？我们今天要去找和我爷爷年纪差不多大的还活着的老人问巫师传说的事情。"

卢米安抬手按住脑袋，一脸痛苦："是吗？我怎么不记得了，或者是你出现了幻觉？"

雷蒙德又惊又怕，正要回忆细节，确认昨天之事是不是自己幻想出来的，忽然看见卢米安脸上浮现出一抹笑容。

"你这个混蛋，又在恶作剧了！"雷蒙德忍不住骂道。

"骂得真没有力度。"卢米安啧啧感叹，"阿娃都比你会骂人。"

阿娃·利齐耶是科尔杜村的一个漂亮少女，如今是牧鹅女。她的父亲纪尧姆·利齐耶是鞋匠，擅长利用牧羊人提供的皮革制作皮鞋，在周围几个村庄都比较有名。

"阿娃……"雷蒙德神情有所变化。他随即望向卢米安："阿娃是我们的朋友，对吧？"

"是的。"卢米安笑着点头。

他们三个再加上贝里家的纪尧姆，阿娃的堂妹阿泽玛·利齐耶，是经常在一块儿玩的年轻人。

"为什么不让阿娃也参与我们调查传说真相的事情？"雷蒙德提出了建议，"你知道的,他父亲总是说'为什么女人出嫁必须给一份财产,多少不错的家庭就这样败落了',这让她很不安,如果能在调查中获得一些财宝或者奖赏,她应该会放心不少。"

"我听村里好几个家庭的男主人说过类似的话,包括本堂神甫,他们恨不得自己的兄弟也永远在家,哪怕结婚也不单独出去建立家庭,那样就不用分给他们应得的财产。"卢米安笑着看了雷蒙德一眼,故作随意地说道,"所以很多家庭倾向于让其中一个孩子去当牧羊人,这样他基本不会结婚,又有一定的收入,大部分时候能养活自己。"

雷蒙德的脸色逐渐阴沉了下来。

这个问题他还真没有想过。

这也是他喜欢和卢米安混在一起的原因。虽然村里大部分人都说这家伙性格恶劣,喜欢骗人、恶作剧,但他的见识真的超过了同龄的所有人。不像自己,懂得不多,整天浑浑噩噩,只能听从家里的安排。

知道就好……卢米安暗道一声,把话题拉回了正轨:"现在来不及了,我们得抓紧时间问人,明天再去找阿娃。嗯……之后还可以让小纪尧姆和阿泽玛也参与,这除了可能带来收获,还是一场有趣的活动,能锻炼我们的能力。"

"让小纪尧姆和阿泽玛也加入啊?"雷蒙德有点不情愿。

分奖赏的人越多,自己得到的越少。而最重要的是,那样一来,自己就找不到讨好阿娃的机会了。

卢米安看着这家伙,目光里多了几分慈和与怜悯:傻孩子,你以为阿娃能看得上你?她眉毛高着呢,只想嫁到好人家,她明明对我这个"恶人"有一定好感,都能控制住自己……

在达列日地区的俗语里,"眉毛高"的意思是眼光高,看不上一般人。

"我姐姐说过,人多力量大。"卢米安简单解释了一句,"都有哪些老人需要拜访?"

"你没去调查?"雷蒙德诧异地反问。

出了那张"权杖"牌的事情,我哪有精力去询问……卢米安笑道:"我当然调查了,现在是想考验你搜集情报的能力。"

雷蒙德没有怀疑："村里还活着的，一共有九个老人和我爷爷年纪差不多，或者更大一点，分别是……"

六个女性，三个男的，女士们果然更长寿啊……卢米安安静听完，想了想道："后面两个不用去拜访，她们是外村人，嫁到这里来的。

"呃……我们先找娜罗卡问，她年纪最大，巫师那件事情发生的时候很可能已经成年。"

娜罗卡本名不是这个，这是对她的尊称。

在莱斯顿省，家世显赫或者作为实际家长的已婚女性有权获得"夫人"这个称号，具体是在名字最后加一个"a"，表示女性，同时于名字前面冠"娜"，也就是"夫人""女主人"的意思。

普阿利斯夫人一是家族败落已久，二是在家里得听从行政官贝奥斯特的话，所以不能冠"娜"加"a"，只能用单独的"夫人"词汇来称呼。

娜罗卡的丈夫早逝，她自己承担起了整个家庭，即使在两个儿子成年、结婚、生子并且自身老迈后，也依旧掌握着家里的经济大权。这种现象在科尔杜村相当少见，绝大部分情况下，男性才是主导，没有父亲的家庭里，孩子一旦成年，会很自然地从母亲手里拿回管理整个家的权力。

"好。"雷蒙德没有疑问。

绕过几栋建筑，卢米安看见四位老妇人坐在一栋两层房屋前，一边晒着太阳，一边随意聊着天。与此同时，坐得很近的她们还给彼此捉着身上的虱子，显得相当悠闲。

——在因蒂斯共和国的乡下，互相捉虱子是拉近关系、表示亲热的娱乐活动。

"现在去问？"雷蒙德有点犹豫。

他怕他们两人追寻传说真相的事情传扬出去。

"再等等。"卢米安沉重地点头。

据他所知，村里许多流言都是通过这样的聚会产生并一层层传播开来的。

过了好一阵，另外三位老妇人因为家里还有活计，相继离开了。

"上午好，娜罗卡。"卢米安当即走了过去。

娜罗卡已白发苍苍，眼眸略显浑浊，她穿着粗布制成的深色长裙，双手仿佛覆盖了一层鸡皮，脸上有着明显的斑块。

"奥萝尔什么时候出来聚会啊？村里很多人想着她。"娜罗卡看着卢米安，笑眯眯问道。

很多男人是吧？卢米安进入了"你说你的，我说我的"状态，一脸好奇道："娜罗卡，听说你见过真正的巫师？九头牛都拉不动棺材的那个。"

娜罗卡的表情微有变化："谁告诉你们的？"

"他爷爷夜里回来告诉他的。"卢米安开始胡扯。

娜罗卡愣了愣："灵魂真能回家吗……"

"是我爸爸告诉我的，爷爷在世的时候讲过。"雷蒙德见不得卢米安骗老人家。

娜罗卡竟有点失落，隔了好一会儿才道："那个人死之前，我们谁都不知道他是巫师，他表现得很正常。"

就像你们不知道奥萝尔是巫师一样……卢米安在心里回了一句。

"直到他突然死去，那只猫头鹰飞来……"娜罗卡陷入了回忆。

她后面讲的和传说基本一致。

卢米安进一步问："那个巫师当时住在哪里？"

娜罗卡看了他一眼："就是你和奥萝尔现在住的地方。

"那个巫师下葬后，当时的本堂神甫带着几个人拿走了值钱的东西，烧掉了那栋房屋。有那么二三十年，都没人敢靠近那里，后来，这件事情逐渐被村里人忘掉了，再后来，奥萝尔来了，买下了那块土地，重新建了房屋。"

就是我们家？卢米安心中一惊。

这个答案完全出乎他预料！

转瞬之间，他想到了一些平时忽略的问题：以奥萝尔的赚钱能力，以她隐藏的超凡能力，她为什么要到科尔杜村这么一个乡村定居？

无论是省府比戈尔，还是纺织中心苏希特、首都特里尔，都是更好的选择，就算想挑环境好、空气不错的地方，那些大都市也有一定的区域可供选择。奥萝尔曾经也说过，最好的隐藏是藏在大城市里……

卢米安思绪翻滚，难以平静。他今天才知道，奥萝尔选的那块地，修建房屋的那块地，曾经属于一个巫师……

"那个巫师被葬在哪里？"旁边的雷蒙德忍不住问道。

房屋里的财产是没指望了，只能看巫师的遗体有没有特殊之处。

娜罗卡好笑地说："那么大的事，肯定会惊动本堂神甫。当时大家用九头牛把棺材拉到了教堂旁边的墓园里，由本堂神甫举行仪式，进行了净化，最后还把尸体烧成灰烬，挖了个洞埋掉。"

"这样啊……"雷蒙德难掩失望。

"你们问这些想干什么？"娜罗卡端详了他的表情一阵，开口问道。

卢米安笑了一声，说着更像谎言的真话："想找到巫师的宝藏。"

"年轻人不要总是幻想。"娜罗卡告诫了一句。

"好的。"卢米安表现得很是乖巧。

他和雷蒙德告别娜罗卡，走上了前往村里广场的道路。

"没指望了，卢米安，这事儿没指望了。"绕过一栋建筑后，雷蒙德沮丧地开口。

"确实，该烧的都烧了，该被拿走的都被拿走几十年了。"卢米安点了点头。

因为梦境之事出现了契机，所以他相对不是那么失望。

雷蒙德赞同道："是啊，整个传说里只有那只猫头鹰还没被毁掉。"

"猫头鹰……"卢米安眼睛一亮，将目光投向了村外的山林。

雷蒙德打了个寒战，赶紧补充道："但这么多年过去，它肯定早死了。"

他非常害怕接触猫头鹰这种邪恶的生物。

在因蒂斯南部，猫头鹰、夜莺和乌鸦都被认为是不祥的、邪恶的、为魔鬼效力的生物，会带走人类的灵魂或者带来厄运。

卢米安也只是突然产生了那么一个灵感，并不是真的想去做。

先不提事情已经过去那么多年，猫头鹰的生命又比人类短暂得多，在巫师死时飞来的那只应该早就腐烂成泥，光是这片山里猫头鹰的数量就让卢米安没有追踪下去的欲望。

太多了！

那只猫头鹰又没有明显的特征……不，传说故事里，那只猫头鹰没有具体的形象，娜罗卡刚才也没讲……我们问得还是不够仔细啊……卢米安回过神来，对雷蒙德笑道："与巫师有关的猫头鹰说不定能活一百年。"

见雷蒙德愈发害怕，他宽慰道："放心，这是最后的选择，我可不想面对一个怪物。我们再找别的老人问问，或许有娜罗卡忽略掉的关键线索。"

他随即用蛊惑的口吻道："如果我是巫师，我绝对不会把所有财宝都带在身边或者放在家里，我肯定会分一部分藏在某个地方，免得被裁判所突然袭击，什么都来不及拿，必须立刻逃亡的时候，钱袋空空。"

永恒烈阳教会的宗教裁判所其中一个重要职责就是消灭所有的巫师、女巫，乡野间广泛流传着他们的"丰功伟绩"。

"对啊！"雷蒙德重新振奋起来，一脸向往地说道："可惜啊，过去太多年了，教会搜去的那些财宝肯定早花完了。"

"小伙子，你这个想法很危险啊。"卢米安打趣道。

两人继续拜访起莫里家的老皮埃尔、娜费尔里娅等老人。

虽然他们的回答和娜罗卡差不多，但有了经验的卢米安和雷蒙德还是问出了更多的细节。

比如，那只猫头鹰属于大中型，和它的同类基本一样：嘴巴尖尖，脸型似猫，褐色羽毛，散缀细斑，棕黄的眼白，黑色的眸子……但它的体形比类似的猫头鹰还要大一圈，而且眼睛似乎能转动，不像同类那么僵硬，看起来呆呆的。

在所有的描述里，这些不同之处让那只猫头鹰显得更为邪恶。

"现在看来没什么有用的线索。"走在通往村里广场的道路上，卢米安对雷蒙德说道，"我们只能把重点放在别的传说上。"

"嗯。"雷蒙德已不像刚开始那么受挫折，"选哪个？"

这家伙又积极又卖力啊……卢米安暗赞一声，准备给雷蒙德一点奖励。他点了点头道："回去认真想想，明天再讨论决定。下午我教你格斗技巧。"

"好！"雷蒙德因这意想不到的事情而高兴。

奥萝尔可是非常能打的，要不然怎么对付得了村里某些野蛮粗鲁的男人？她的弟弟应该也不差。

告别雷蒙德·克莱格，卢米安拐上了通往自己家的小路。走了一阵，他看见迎面过来几个男子。

为首者正值壮年，个子不高，一米七不到，留着浅浅的黑发，身上套着白色的长袍。他气质威严，五官只能说端正，鼻尖微微勾起，望着卢米安的蓝色眼眸内是毫不掩饰的厌恶和恶意。

这正是永恒烈阳教会驻科尔杜村的本堂神甫纪尧姆·贝内。

"我等你好一会儿了。"纪尧姆·贝内沉声说道，"你是故意把那些外乡人带到教堂的？"

"我以为你在里面睡觉。"卢米安边强行解释，边悄然往后退步。

他认得出来，纪尧姆·贝内身旁站的是他的弟弟蓬斯·贝内，这家伙三十出头，身形健硕，为人霸道，喜欢欺负村民。另外几个则是跟随他和本堂神甫的打手。

见卢米安后退，纪尧姆·贝内对蓬斯使了个眼色。

蓬斯·贝内狞笑着上前："混蛋小子，过来认识认识你爸爸蓬斯！"话音未落，他已是加快脚步扑向卢米安，另外几名打手亦然。

在科尔杜村这种乡下地方，讲道理是镇不住人也换不来道歉的，直接而强势的处理才让人敬畏。这一点，本堂神甫纪尧姆·贝内非常清楚，也习惯如此做事，所以，一确定那些外乡人是卢米安带到教堂的，他就决定把这小子抓起来狠狠揍一顿，揍到他一个月都起不了床，揍到有人替他补偿自己。

当然，得避开奥萝尔。

至于法律，只要和行政官兼领地法官贝奥斯特说一声就好了，城里的治安官可不会为了打架这么点小事专门跑到乡下来调查。而贝奥斯特作为外来者，在没有极大利益冲突的情况下，是不会得罪自己这个本地出身的神甫的。

让纪尧姆·贝内感觉幸运的是，自己和行政官妻子普阿利斯夫人偷情的事情，那几个外乡人没有往外宣扬，对方暂时还不知道。

他们快，卢米安更快，蓬斯刚开口说话，他就转过身去，狂奔了起来。

他对本堂神甫这伙人的秉性和行事风格可是相当了解。曾经有村民向城里的永恒烈阳的教堂告密，说纪尧姆·贝内不仅有多个情妇，而且克扣信众对永恒烈阳的奉献，在村里肆意欺负他人，完全不像一个神职人员，后来，一个下午，这个村民不知怎么就摔死了。

噔噔噔！

卢米安跑得像是刮起了一阵风。

"等等你爸爸!"蓬斯一边喊一边追,速度竟也不慢。

那些打手同样紧跟着。

冲出小路,卢米安没有沿大道奔逃,直接闯入了最近的一户人家。那户人家正在兼作客厅的厨房准备午餐,突然就看见这么一个人跑了进来。嗖的一下,卢米安绕过他们,从厨房后面的窗户翻了出去。

蓬斯等人追进来的时候,房屋的主人已回过神来,起身拦截并开口询问:"干什么?

"你们干什么?"

"老东西让开!"蓬斯恶狠狠地将男主人推开,却也耽误了一点时间。

等他们追到窗边翻出去时,卢米安已奔入了另外一条小道。又追了一阵,他们彻底失去了卢米安的身影。

"该死的野狗!"蓬斯往路旁吐了口青痰。

半入地式的两层建筑外。

卢米安平复了下呼吸,若无其事地开门进屋。

"一二三四,二二三四……"一阵有规律的喊声传进了他的耳朵。

卢米安往厨房另外一侧的空荡地方望去,看见奥萝尔将金发扎成马尾,穿着亚麻色衬衣、偏紧的白色长裤和小羊皮做的深色短靴,在那里蹦蹦跳跳,满头是汗。

——科尔杜村的习俗是,一楼绝大部分区域为厨房,是整个家的核心,烹饪在这里,享用食物也在这里,和客人聚会同样在这里。

又在锻炼身体啊……卢米安对此类场景早已熟悉,一点也不惊讶。

奥萝尔经常会做些奇奇怪怪的事情,问了也不说理由。至少锻炼身体是件好事,而且还挺好看的……卢米安靠拢过去,安静地旁观起来。

过了一阵,奥萝尔停止运动,弯腰关上了使用电池的黑色录音机。她接过卢米安递来的白色毛巾,边擦拭额头的汗水边吩咐道:"你今天下午记得学格斗。"

"又要读书,又要学格斗,你对我的要求会不会太高了?"卢米安随口诉苦。

奥萝尔瞄了他一眼,笑吟吟道:"你要记住,我们的目标是道德、智力、体魄、美学鉴赏、劳动能力全面发展!"

她越说越是高兴,似乎想起了什么美好的回忆或者好玩的事情。

道德我已经不及格了……卢米安无声嘀咕了一句,转而问道:"学哪种格斗?"

他不解的事情之一就是看起来柔柔弱弱的奥萝尔竟然是格斗高手,掌握着许多流派的格斗术,每次都压制得自己还不了手。

奥萝尔认真想了想,略微前倾身体,半仰脸孔,望向卢米安的眼睛。她随即嘿嘿一笑,大声说道:"防狼术!"

"啊?"卢米安诧异道,"这不是女孩子学的吗?"

奥萝尔站直身体,一脸严肃地摇了摇头,语重心长地说道:"男孩子出门在外也要保护好自己。谁说男孩子不会遭遇色狼的?"

她嘴角流泻的笑意逐渐无法掩饰。

弄不清楚姐姐究竟是在开玩笑,还是真打算这么做,卢米安只好不说话,拿回那条白色毛巾,走向楼梯。突然,他脚下一紧,似乎绊到了什么东西,整个人猛地往前摔去。

半空之中,卢米安慌忙收紧腰腹肌肉,伸出手臂,按了下旁边的椅子,然后一个翻身,勉强安稳"着陆"。

奥萝尔收回伸出去的脚,啧啧笑道:"格斗的要义之一是随时观察环境,不能有半点疏忽。记住了吗,我的菜鸟弟弟?"

刚才,她的右手本来已经抓到了卢米安的背心,但见对方控制住了身形,又收了回来。

"这不是太信任你了吗……"卢米安嘀咕道。

他仔细想了想,又觉得这方面的信任毫无意义,自己不知在奥萝尔面前吃了多少类似的亏了。

奥萝尔咳嗽了一声,收敛住表情:"和那个女人聊得怎么样了?"

卢米安把对话大概说了一遍,末了道:"我打算等你的朋友们给了回信再考虑探索梦境的事情。"

"明智的选择。"奥萝尔满意地点头。

卢米安岔开了话题:"中午吃什么?"

"早上的吐司还有剩,我再给你烤四块小羊排。"奥萝尔想了想道。

"你呢？"卢米安追问道。

奥萝尔随意说道："我就一个松露竹丝鸡，然后再加个奶酪洋葱汤，我上次试了下，发现还挺……"

她话未说完，整个人突然僵住。下一秒，她抬起双手堵住耳朵，脸上的肌肉逐渐扭曲。

这让她的美貌变得有些狰狞。

卢米安静静看着，眼里满是关切和担心。

过了一会儿，奥萝尔长长地吐了口气，恢复了正常。她额头又满是汗水了。

"怎么了？"卢米安问道。

奥萝尔笑了笑："耳鸣又发作了，你又不是不知道我有这老毛病。"

卢米安没有追问，转而说道："嗯，那我来做午餐，你好好休息。"

每当这种时候，他想要获取超凡力量的念头就越发迫切和坚定。

第三章
CHAPTER 03
无皮怪物

夜晚。

应付完来借烤炉的邻居，卢米安上至二楼，进入了充当书房的那间屋子。

在科尔杜村，许多贫穷人家没有烤炉，也没有那种大的灶炉，当需要烤面包或者熏肉的时候，只能去别人家借，并当场使用。

在这件事上，奥萝尔一向开明，很是宽容，谁来借都可以，只是要支付相应的燃料费用，或者自带煤炭、木材等。

此时，她已换上了那身白色丝质睡裙，正蜷缩在一张安乐椅内，就着书桌上那盏使用电池的明亮台灯，专注地看着手里的书籍。

卢米安没有打扰她，随意地从书架上抽出一本较薄的图书，坐到了角落的椅子上。

《隐秘的面纱》……这是什么杂志？卢米安瞄了眼满是奇怪符号的封面，心中泛起疑惑。他快速翻了一下，越看越是震惊。

这本杂志讲的是人类灵魂的存在形式，讲的是万物有灵，讲的是通过隐秘的方式和不同的灵沟通，得到不同的帮助……

哪怕信仰一点也不虔诚，哪怕只是随大流地进永恒烈阳的教堂做些祈祷，偶尔参与弥撒，卢米安脑海内也难以遏制地闪过了两个词语——亵渎！禁忌！

虽然奥萝尔作为一名只要暴露肯定会被宗教裁判所抓去烧死的巫师，家里有类似的书籍很正常，但卢米安明明看到，这本杂志上印有政府的出版许可！

这种东西是能光明正大出版的吗？不是说出版审查一直很严格吗？或者，这是伪造的许可……

卢米安抬起头来，望向奥萝尔，开口问道："这是违禁杂志？"

奥萝尔将目光从书上抽离，瞄了弟弟一眼，不甚在意地说道："以前是，属于地下文学，后来不知怎么就通过审查，正式出版了，永恒烈阳教会竟然也不管，就那样默许了。"

"文学？"卢米安对姐姐的用词不是太理解。

"这当然是文学，你不会当真了吧？"奥萝尔笑了起来，"如果写的是真的，你觉得它还能出版吗？你如果照着上面的方法做，除了让自己精神虚弱，变得神经质之外，不会有额外的收获，嗯……偶尔会有点真东西，可在没有相应仪式语言的情况下，怎么尝试都白费工夫。"

这是一位专业巫师的评价。

"好吧……"卢米安难掩失望，"我只是奇怪，这居然能出版。"

奥萝尔鼓了下腮帮子，仿佛在认真思考："我也不清楚为什么，可能是最近这几年，各地灵异……呃，涉及超凡因素的现象越来越多，无法全部隐瞒，带来了一定的思潮，政府想让大家稍微有点了解，所以放松了对类似书籍的管控。

"在特里尔，更流行的是《通灵》《莲花》《奥义》三本杂志，我书架上都有，你如果感兴趣，可以找来看看，以后去酒馆编故事也能编得更像那么回事。"

"嗯。"卢米安确实很感兴趣。

与此同时，他再次于心里感慨：奥萝尔的藏书真是丰富多样啊！

正是靠着这些书籍和奥萝尔时不时的讲解，他这个失学青年才能对自己生活的这个世界、这片大陆、这个国家有足够的了解。

这个世界有南北两块大陆，中间隔着飓风肆虐、航行艰难的狂暴海，至于传说中的东大陆和西大陆，目前无人抵达，没人能确定它们究竟存在还是不存在。

卢米安和奥萝尔生活的因蒂斯共和国位于北大陆中部，西临迷雾海，北接弗萨克帝国，东边隔着霍纳奇斯山脉和鲁恩王国相望，南边接壤的国家依次排开是费内波特王国、伦堡和马锡。

在费内波特王国和鲁恩王国之间，还有塞加尔等小国，它们与伦堡、马锡并称中南诸国，共同点是都信仰知识与智慧之神。

南大陆已沦为北大陆诸国的殖民地，无论拜朗帝国，还是帕斯王国、哈加提王国，或者别的国家，都失去了大部分自主权，当然，反抗殖民的浪潮从未断绝。

除了南北大陆之间的狂暴海、因蒂斯共和国以西的迷雾海，还有鲁恩王国以东的苏尼亚海、弗萨克帝国北边的北海、南大陆以南的极地海，它们并称"五海"。

而北大陆诸国中，鲁恩王国综合实力最强，其次是因蒂斯共和国。在上次战争里输掉的弗萨克帝国落到了第四，费内波特王国上升至第三；在中南诸国里，伦堡最为强盛。

比起科尔杜那些只知道因蒂斯共和国、费内波特王国和伦堡的村民，卢米安堪称地理学家。

当然，这还是因为科尔杜村的牧羊人需要转场去临近的费内波特王国和伦堡，才对这两个国家有一定的了解，换成达列日地区北部乡村的民众，除了周边的村落、镇子和城市，他们只说得出来特里尔、苏希特等本国大都市。

有的时候，卢米安真的很疑惑，奥萝尔怎么能掌握那么多的知识？他学习的所有教材都是奥萝尔编的，练习的卷子全是奥萝尔出的，平时看的书里，但凡遇到什么问题，奥萝尔也都能解答！更为重要的是，她还掌握着各个流派的格斗术。

这简直不像是一个二十多岁的女孩能做到的事情，有的人活了五六十年都积攒不了如此多的知识。

难道这些是做真正的巫师的基础条件？卢米安又一次抬头，望向奥萝尔。奥萝尔一边看书一边用指尖轻轻拍着自己的脸颊，毫无学者和巫师的样子。

"看什么？"奥萝尔察觉到了他的目光。

"你上次说，我有参加高等学校统一入学考试的知识储备了？"卢米安岔开了话题。

奥萝尔想了下道："理论上你能考入任何一所大学，但我没参加过那个入学考试，不敢确定具体的出题范围。"

"罗塞尔真是害人不浅啊，哎，这也是好事……"

毫无疑问，高等学校统一入学考试是罗塞尔大帝执政时弄出来的，一直延续到了现在。

奥萝尔突然想起一事，望着卢米安，微笑问道："今天怎么没去酒馆编故事？"

"我又不是真的酒鬼。"卢米安摇晃起手里的杂志,"在家里看书也是很好的娱乐方式。"

而且还能让我心情平静,状态放松……他在心里默默补了一句。

奥萝尔点了点头,看着角落里的卢米安道:"怎么坐那么远?你这是在扮可怜、弱小、无助吗?过来吧,晚上看书需要很好的光线,要不然会伤害到眼睛。"

奥萝尔奇奇怪怪的话语真的好多……我虽然听得懂"可怜""弱小""无助"这三个单词分别是什么意思,可放在一起就很古怪了,不像是正常的用法……卢米安早已习惯奥萝尔这样的表现,提上椅子,来到了书桌旁边。

明亮的台灯前,他和奥萝尔一左一右,安静地看起书来,时不时聊上几句。呼吸声,书页翻动的声音,窗外时而刮过的夜风,舒缓而平和。

和奥萝尔互道了晚安,卢米安回到了自己房间。他脱掉外套,依旧将它挂在椅背处,没试图将"权杖"牌带到床上。

这是怕引起奥萝尔的怀疑,毕竟姐姐说过会时刻照看他。

卢米安正要迈步走向睡床,突然心中一动,停了下来。

他眼眸转了转,将惯常斜斜摆放的椅子调整到正对窗户的角度。然后,他上了床铺,熄灭了旁边柜子上的煤油灯。

正常入睡之后,不知过了多久,卢米安猛地一个激灵,恢复了清醒。

他又一次看见了弥漫着淡淡灰雾的卧室。

已有心理准备的卢米安冷静地环顾了一圈,发现了一件事情:自己睡前特意摆正的椅子,在梦里依旧是斜放着的,保持着以往的模样。

也就是说,梦境里的卧室并不是严格对应现实的,它可能来源于我潜意识最深处的印象……虽然不清楚这意味着什么,但卢米安觉得是需要记住的点。

他来到窗边,双手撑着桌子望向外面。那座由棕红色石块和红褐色泥土组成的山峰,以及围绕着它的一圈圈倒塌建筑再次映入了他的眼帘。

这里安静到死寂。

时间飞快流逝,卢米安犹豫了一阵后,终于下定了决心:今晚做初步的、一定的探索!

以往的流浪生活让他有股狠劲。

他没立刻下楼进入废墟，而是打开柜子，开始加衣服。这并非是他觉得冷，而是想以这种方式提高一点"防御能力"。

套上棉衣、棉裤，披好皮革制成的夹克后，卢米安活动了下身体，觉得不能再加了，再加会明显影响到自身的灵活度。

这更重要。

适应当前状态的时候，卢米安脑海内突然闪过了一个念头：这是我的梦啊，我想要什么不就会有什么？

抱着尝试的心理，他开始低声自语："我要一件胸甲，一把手枪……我要一件胸甲，一把手枪……"

弥漫着淡淡灰雾的房间毫无变化。

看来不行啊，这个梦果然特殊……卢米安平复好失望的情绪，打开卧室的门，踏入了走廊。

这里没有灯光，昏沉而暗淡。

卢米安相继打开了奥萝尔的卧室和书房的门，里面的布置和现实略有区别，但大体一致，最大的不同是那两个房间都没有奥萝尔，仿佛定格在一片灰色里。

一楼同样如此。

卢米安开始搜寻防身的武器，以他对家的熟悉，很快有了两个选择——

一是前端用钢铁打造而成的近两米长的叉子。用奥萝尔的话说，只要目标没有远程武器，这东西绝对好用，效果绝对出众；二是较为锋利的铁黑色手斧。

成年人的答案是全都要……卢米安莫名想起了奥萝尔常说的一句话，但最终还是没有这么做。

因为他今天是做初步的探索，需要的是隐蔽、小心，近乎潜行，而带上那么长的一件武器，肯定会拖累到他的行动，让他很容易就暴露。

卢米安缓慢吐了口气，弯下腰，拿起了那把斧头。他随即直起身体，于淡淡的灰雾里一步步走向门口。

无声无息间，他拉开了大门。

出了大门，卢米安仿佛进入了另外一个世界。

他眼前不再是熟悉的科尔杜村，而是泛着暗红的山峰和围绕它的一圈圈倒塌的建筑，它们共同构成了一个怪异的废墟。

高空雾气浓厚惨白，光芒难入；地面支离破碎，乱石众多。卢米安提着斧头，小心翼翼地前行着，沿途找不到一处可供隐匿身形的地方。

这里杂草不生，树木无踪。卢米安走得有些胆战心惊，只能弓起腰背，安慰自己：至少这片地带如果真有什么危险，也是一目了然，可以提前发现。

终于，他抵达了那片废墟，来到一处被火烧得半坍塌的建筑前。

卢米安观察了一阵，初步确定里面没有别的生物存在，才谨慎地走进去，避过半空中随时会掉落的焦黑木头，展开搜索。

他目光一扫，看到房屋角落，一个打碎的陶制罐子内，有一抹金色透出。

卢米安一步步靠拢过去，发现这是一枚金币。

这么真实吗？梦里的废墟居然还有财宝？他边嘀咕，边拾取起金币，在身上擦了擦，金币表面的花纹随之显露了出来。

它正面雕着个男人的头像，脸庞瘦削，头发呈三七分，唇上有两撇胡须，目光颇为坚定，背面则是一丛香根鸢尾花围绕"20"这个数字。

卢米安认识那个男人，他是因蒂斯共和国的第一任总统，勒凡克斯。

"居然是枚金路易……"卢米安颇为诧异。

他一是没想到这怪异的梦境废墟内出现的竟然是现实中的因蒂斯共和国的货币，二是自己随随便便捡到的居然是金路易这种价值不菲的东西。

因蒂斯共和国目前的法定货币是费尔金和科佩，一费尔金等于一百科佩。

其中，科佩以铜币和银币两种形式存在：铜币分为1科佩、5科佩、10科佩三种面值，银币则有20科佩和50科佩两种面值。

费尔金既可以是银币、金币，也能是钞票。银币有1、5、10费尔金三种面值，金币则分5、10、20、40、50五种面值。钞票的面额更为多样，分别有5、20、50、100、200、500、1000费尔金的面值。

而在实际生活里，因蒂斯的民众还是习惯用一些旧币制单位。比如，他们把使用最广泛的5科佩铜币叫作里克；同样的，20费尔金面值的金币被称为金路易。

当然，在旧币制时代，金路易其实叫金罗塞尔。共和国建立后，为了消除罗塞尔大帝的影响，把它改为了金路易。

据卢米安所知，虽然在城市里办不到，但在科尔杜村这种乡下地方，一枚金路易完全可以让一户本身有田的贫困人家好好过上一个月。

要不是奥萝尔的收入不低，他可能都没见过金路易长什么样子，在整个科尔杜村，除了他们姐弟，也就本堂神甫一家、行政官一家，见过和拥有过金路易。对任何一位村民来说，这枚金路易都是值得珍惜的收获。

"可惜啊，这只是梦……"卢米安略有点失望地于心里感叹了一声。

这不是涉及超凡的事物，应该没法带出梦境。

虽说如此，卢米安还是郑重地把这枚金路易收了起来。过往的流浪生活让他分外珍惜每一个科佩，而一枚金路易可是相当于两千科佩，约等于鲁恩王国的一金镑。当然，要稍微少点，按照报纸上的说法，二十四费尔金才能兑换一金镑。

卢米安继续搜寻。他想找到一些文字资料，确认废墟的具体情况，看这里是否对应着现实的某个地方，是否是因蒂斯共和国哪个村落被整体"挪"入了梦境——那枚金路易的出现让卢米安有了这些猜测。

一步一步挪动间，卢米安看见原本是灶炉的地方，边缘染上了些许暗红。

"血液？"他瞳孔放大，迅速有了猜测。

紧接着，他做出判断：这些血液虽然不新鲜，但也不陈旧，没发黑，看起来像是两三天前刚滴落的。

甚至更短！

心中一紧的同时，卢米安感觉周围的光线突然暗淡了一些，像是半坍塌的屋顶上有什么东西悄无声息地摸了过来，挡住了穿过浓郁雾气的少许光芒！

流浪时的遇袭经验如同汹涌的海浪，瞬间灌入了卢米安的脑海，让他条件反射般做出了应对。他猛地往前扑了出去，然后于半空团起身体，落地顺势翻滚。

扑通！

他的身后有什么重物落了下来。

卢米安滚到了残破灶炉的左侧，伸手按住一块石头，借力转过身体。他扬起斧头，看见自己原本站立的位置多了道身影。

暗淡的光照之下，卢米安不敢确定那究竟是人还是人形生物。

对方佝偻着腰背，没穿衣物和鞋子，皮肤仿佛被谁剥掉，露出了红彤彤的肌肉、血管和发黄的筋膜，一滴又一滴的黏稠液体在上面流淌着，却没有滑落于地。

这是个怪物！

它白多蓝少的眼睛仿佛镶嵌在脸上，嘴巴竭力张着，牙齿参差不齐，口涎往外垂落，拉得长长的。

这几年卢米安编过很多鬼故事，没想到今天会遇到这么一个堪称恶鬼的东西。

呼！

血腥的风拍向了他，呼哧的喘气声传入了他的耳朵。卢米安下意识往侧面一让，躲过了那个血红怪物的袭击。

要不是经常接受奥萝尔的"指导"，要不是有以年为单位的格斗学习和街头厮打的经验，身心受到震撼的他刚才很可能反应不过来。

定了定神，卢米安追了扑过头的怪物一步，举起手中的利斧，狠狠劈向它的背心。

砰！

正要转身的怪物被劈倒在地，脓液和血水溅得到处都是。卢米安没有犹豫，果断单膝跪下，再次扬起了斧头。

噗！噗！噗！

他连劈多斧，每一斧都入肉许多，带出一道道又深又宽的裂口，将那怪物的后脑、脖子和背部弄得不成样子。

终于，那怪物停止了挣扎，匍匐着不动。

"呼，呼！你实际表现没有外形那么恐怖嘛……"卢米安松了口气，半带嘲笑地低语了一句。

他用左手抹了抹脸，抹下了一手的血污。

"这怪物的体液会不会有毒啊？暂时没有被腐蚀的那种痛……"卢米安开始担心起另外的问题。

就在他鼓起勇气准备搜一搜怪物的身时，那无皮的血色怪物双手一撑，又猛地弹了起来！

它还没死？都劈成那个样子了，还不死？！

卢米安又惊又惧。

不得不说，他害怕了，胆怯了。如果遭遇的是正常的人类、野兽或怪物，哪怕打不过，他也不会如此恐惧，可面前这家伙似乎怎么都弄不死，自己做的一切都是无用功！

趁着那怪物似乎有点晕头转向，找不到对手在哪里，卢米安当机立断，双脚一撑，膝盖用力，狂奔了起来。

噔！噔！噔！

他跑出了自己的最好水平，可脖子处依旧有一股股气息隐约喷来，耳朵边回荡的是粗重的喘气声。

——那怪物紧追在他的身后。

卢米安牙齿一咬，只觉恐惧让体内凭空多了不少力量。他跑得更快了，超越了以往的水准。他欣喜地发现，那怪物和自己的距离没再拉近。

噔！噔！噔！

卢米安终于跑回了自家那栋半入地式的两层建筑前，拉开未锁的大门，飞速蹿了进去。哐当！他反手将门扉拍上。

顾不得休息，卢米安直奔灶炉，拿起了靠在墙边的钢叉。然后，他专注地望向门口。

怪物的奔跑声消失在了近处，可十几秒过去，它都没有尝试撞门。

"它知道我在这里埋伏？"卢米安不敢相信这怪物还有着较高的智商。他一点点移到靠近大门的窗户旁，悄悄往外望去。

玻璃上突然多了张脸！

没有皮肤，血肉模糊，牙齿参差的脸！

卢米安险些心脏骤停，整个人一时有点僵住。而怪物也没趁机打碎玻璃，发动攻击，只和卢米安四目相对着。

卢米安回过神来，快速退后，双手抬起了那根长叉。

怪物随即离开了窗户区域。

卢米安异常小心地戒备着，观察着。他看见淡淡的灰雾里，那怪物徘徊了好一阵，然后离开自家这栋建筑，慢慢返回了废墟。

"……"卢米安很是茫然。他都做好了想办法把怪物困住,自己赶紧脱离梦境的准备,结果对方就这样走了……

思索了一阵,他想到了一个可能:"那怪物不敢进我的家?对,家里完全没有被破坏的迹象……在梦境里,这是一个绝对安全的地方?"

有了猜测的卢米安顿时放松了不少。下一秒,他感觉到了强烈的疲惫。这么短时间的追逃竟比练了一下午的格斗还要累。

带着长叉和斧头,卢米安上到二楼,进入自己的卧室,尝试入睡。

朦朦胧胧间,卢米安睁开了眼睛。

窗帘外依旧很暗,房间内一片暗淡。要不是没有淡淡的灰雾,要不是自己已"换"上了睡衣,卢米安都分不清这是现实还是梦境。

"受到惊吓,提前醒了?"他下意识摸了摸睡衣的口袋,没有摸到那枚金路易。

这让他有些失望,并再次确认了一个事实:金钱确实带不出梦境!

收敛住心神,卢米安开始思考一个严肃的问题:那个不死的怪物该怎么对付?

虽然自己可以绕开那片区域,潜行深入,但还是得考虑之后遭遇类似怪物的可能性,必须做好相应的准备,不能拿生命开玩笑。

蔚蓝的天空点缀着一朵朵白云,春日的微风带着树木的味道抚摸着人类的脸颊,轻快流淌的澄澈河水旁,一只只白色的大鹅低头吃着青草,一位套着灰白布裙的少女手持长棍,密切关注着它们。

少女的脸庞沐浴着金色的阳光,显露出淡淡的绒毛,柔顺的棕色长发顶部包着块白布,精致的五官透着掩饰不住的青春朝气。

她望向河边树下席地而坐的卢米安,微皱细眉道:"不是来讨论哪个传说更容易调查吗,怎么变成了教堂上面雕塑的石像?"

这位少女正是鞋匠纪尧姆的女儿阿娃·利齐耶,是村里年轻一代里和卢米安雷蒙德关系较好的几位之一。

"我是在想一个问题。"卢米安头也没抬,依旧盯着白鹅和水波。

"什么问题?"帮阿娃照看着鹅群的雷蒙德·克莱格好奇地开口。

卢米安仿佛在思考般道:"如果遇到一只有厚皮的野兽,你的武器没办法伤害到它，你会怎么对付它？"

"当然是想办法跑掉，山里那么多野兽，不是一定得狩猎它。"阿娃不觉得这有什么好为难的。

卢米安"嗯"了一声："要是那只野兽特别稀有，城里的老爷们喜欢，愿意出一百个金路易买它的尸体呢？"

"一百个金路易，两千费尔金……"雷蒙德呼吸都变得沉重了。

他没见过金路易，也没用过，本能就先换成费尔金再说。有这么一笔钱，他都能去达列日做小生意了，还学什么牧羊？

他飞快思考道："找人借猎枪？"

"打不穿那只野兽的皮。"卢米安直接否定。

虽然知道那只猎物处于想象中，也不可能换到那么多的金钱，但阿娃还是忍不住加入了讨论："它厉害吗，凶猛吗？"

卢米安想了想道："和我差不多。"

这也是他没放弃的原因之一。

"那还好。"雷蒙德莫名松了口气，"回村召集一群人，把它围住，消耗它的体力，最后把它扑倒，绑起来。"

他知道卢米安能打，但清楚也就那样。

"这样的话，你只能拿到十个金路易，甚至更少。"卢米安提醒道。

"我见过他们狩猎，也许可以挖个陷阱，让那只野兽掉下去上不来……"阿娃湖水蓝色的眼眸微微转动，边回忆边说道。

"这是个办法。"卢米安点头认同。

知道阿娃和雷蒙德的见识有限，不可能有更多的提议，他把话题拉回了正轨："你们觉得哪个传说适合做接下来的目标？"

"都不适合。"阿娃摇头，"那些要么是几百年前的事，要么只有一个人看到，而那个人早就死了。"

雷蒙德附和着阿娃："是啊。"

"不去问相关的人怎么知道没有线索呢？"卢米安啧啧笑道，"你们啊，做事没有毅力，一遇到困难就想放弃，那只能一辈子当个牧鹅女，当个牧羊人。"

这话说得阿娃和雷蒙德都是一股怒火从心头蹿了起来。

在惹人生气上，卢米安绝对是科尔杜村排名前列的人。

阿娃脱口而出："我觉得都不合适是因为有更合适的。"

"是什么？"卢米安眼睛一亮。

阿娃话一说完就有些后悔，但她本身也是打算讲相应事情的，只是原本不想这么轻松就告诉卢米安和雷蒙德。沉默了几秒，她瞪了卢米安一眼："村里有真正的女巫。"

"谁？"卢米安心中一紧。

不会说的是奥萝尔吧？如果连阿娃都知道奥萝尔是巫师，那他和奥萝尔就得赶紧逃离科尔杜村，去别的地方生活，免得被宗教裁判所上门"拜访"。

阿娃下意识左右看了看，压低嗓音道："普阿利斯夫人。"

行政官的妻子，本堂神甫的情妇，普阿利斯夫人？卢米安有点不相信："真的假的？"

如果普阿利斯真是女巫，那他发现这位夫人在和本堂神甫偷情的时候，对方怎么会没有察觉？

"不会吧？"雷蒙德异常惊讶。

阿娃踮起脚望了下村口方向："我不确定，是行政官的男仆查理有次说漏嘴，告诉我的。

"他说普阿利斯夫人是灵魂使者，可以和死者的灵魂交谈，可以帮助他们回到家里；他还说普阿利斯夫人会制作秘药、符咒。"

卢米安认真听完，依旧不确定这究竟是真的还是假的。在《通灵》《莲花》《隐秘的面纱》等杂志能正规出版的情况下，行政官的夫人了解一些术语，懂得怎么做样子，糊弄住仆人和村民，也不是太奇怪的事情。

"我们去教堂告密？这能换来不少奖赏吧？"雷蒙德又惊惧又期待。

卢米安斟酌了几秒道："行政官的男仆都知道普阿利斯夫人是女巫，那行政官本人应该也知道吧？"

"对。"阿娃给予了肯定的答案。

卢米安继续说道："普阿利斯夫人还是本堂神甫的情妇，我们去教堂告密，恐怕会被直接送到行政官的家里。"

"什么?"

"普阿利斯夫人是本堂神甫的情妇?"

阿娃和雷蒙德都震惊了。

"我亲眼看到的。"卢米安呵呵笑道,"你们假装不知道这件事情,不要告诉任何人,要不然我怕哪天你们就失踪了。"

阿娃、雷蒙德同时答应了下来,表情异常郑重。

对于那位本堂神甫,他们都非常畏惧,而这件事情还牵扯着一位女巫。

"如果真的能确定普阿利斯夫人是女巫,我们就找机会去达列日,在大弥撒的时候告诉主教。"卢米安宽慰起两人。

"嗯。"雷蒙德用力点头。

这必须等确认了再去告密,否则最后调查出普阿利斯夫人没什么问题,他们就完了。

交流完这些事情,不愿意耽搁时间的卢米安站起身来,对阿娃和雷蒙德道:"我回去读书了,要不然奥萝尔会提着木棍追我的。你们俩好好牧鹅。"

"好。"想到接下来一段时间,这里只剩下自己和阿娃,雷蒙德就一阵激动。

阿娃则有些不开心。

靠近科尔杠村后,卢米安开始隐藏自身行踪,时刻注意着附近有没有人。

他这是担心本堂神甫那些人还不肯放过自己,还在等待机会。

据他观察,本堂神甫纪尧姆·贝内是一个非常有毅力的人,而且吃过亏必然会报复。

躲躲藏藏地,卢米安往老酒馆的方向行进着,忽然听到了叮叮当当的声音。

卢米安扭过头,看见左侧岔路上,莱恩、莉雅、瓦伦泰那三个外乡人正走向互相捉着虱子的娜罗卡等人。清脆悦耳的叮当声正是来自莉雅头绳和靴子上的四颗银色小铃铛。

他们这两天都在村里闲逛,找人聊天,问这问那,也不知道想做什么……卢米安有些疑惑又有点警惕。

053

想到之前某天空无一人的村广场，想到特意从远方赶回来参加四旬节的牧羊人皮埃尔·贝里，他就有一些不好的预感，觉得怪怪的。

村里将有什么事情发生？卢米安决定等下把这些情况告诉奥萝尔，让这位见多识广的、知识渊博的、充满智慧的姐姐做判断。

很快，他顺利进了老酒馆，看见那位给自己塔罗牌的女人正坐在角落的老位置吃着东西。

卢米安靠拢过去，瞄了一眼："肥肉炸鸡蛋？会不会太腻了？"

在达列日地区，这道菜是普通人家招待贵客的首选，但卢米安觉得，对大都市来的女性而言，它可能又油又腻。

那位女士动作舒缓地咬了口金黄的鸡蛋，闭眼感受了一阵："很不错，有地方特色，非常香。"

"这么早就用午餐了？"卢米安坐到了对面。

那位女士的淡蓝色眼眸中透着些许倦意，笑着说道："这是早餐。"

这都几点了……卢米安没敢把这句话说出口。他环顾了没什么客人的老酒馆一圈，压低了嗓音："我在梦境里看见了一处废墟，遇到了一个怪物。"

"哦。"那女士一点也不意外，表情里甚至带着几分卢米安难以理解的玩味。

卢米安沉下心来，把自己的遭遇原原本本讲了一遍，末了道："这种怪物该怎么对付？"

那位女士笑了笑，反问道："它是死的还是活的？"

"肯定是活的啊，我杀不死它……"卢米安停住了下意识的回答。他认真想了一阵，放慢语速道："我能感受到它的呼吸，它应该还活着。"

"既然是活的，那你就多试试，这次砍掉它的头，下次泼上油直接烧，下下次活埋，说不定它就死了呢？"那位女士边享用自己的早餐边漫不经心地建议，"等换了那么多方法还是不行后再来找我。我不是你的保姆，一点小事都会提供帮助，你要学会自己先想办法。"

还挺友善的……卢米安一点也不觉得失落和沮丧，因为对方的意思似乎是，真遇到了特别大的危险再来找她，她会提供一定的帮助，而现在这种怪物实在不值一提。

可她的不值一提对我来说却是货真价实的大麻烦……卢米安随即又有些头疼。他决定按这位女士说的做，先试试砍头、火烧、活埋等方法有没有用。

出了老酒馆，卢米安又开始躲躲藏藏。

他以这样的状态往回家时常走的那条路靠近着。果不其然，他发现蓬斯·贝内其中一个手下正缩在道旁绿树后，观察着来往的行人。

本堂神甫真是不达目的不停止啊……卢米安忍不住在心里发出了一声感叹。

而最为重要的是，自己还没法做有效的反击。

这一是因为他个人能力有限，二是本堂神甫真要出了什么意外，必然会惊动达列日地区的永恒烈阳教会，到时候，肯定有宗教裁判所的人过来调查。这对奥萝尔来说，是非常危险的一件事情。

除非被逼到没有退路，已然决定放弃这里，转移到别的地方，否则卢米安也就只能搞搞本堂神甫的隐私，看能不能通过丑闻的曝光，让他被调去某个修道院"养老"。而且，曝光丑闻也得有技巧，就像之前让外乡人撞破本堂神甫和普阿利斯夫人偷情一样。

卢米安之所以不广泛宣扬这件事情，是因为不想把自己放到显眼的位置。据他观察，行政官兼领地法官贝奥斯特是一个非常在意面子的人，如果自己把普阿利斯夫人的事情抖搂出去，换来的绝对不会是贝奥斯特的感激，大概率是对方的仇恨和敌视。那样一来，面对本堂神甫加行政官的双重打击，他肯定得逃离科尔杜村了。

卢米安小心谨慎地绕到了另外一条夹在几栋房屋间的路。沿途，他不断地借助墙壁、门扉、树木等隐藏着自己的身形，快靠近出口的时候，他突然听到了说话的声音。

"纪尧姆，为什么不直接在夜里去奥萝尔家抓那个小子？现在这样整天到处找他，埋伏他根本不会有什么作用，纯粹浪费我们的时间，他狡猾得就像足山里的野狼。"蓬斯·贝内那熟悉的粗犷嗓音传入了卢米安的耳朵，"我知道奥萝尔很能打，但我们有这么多人，还能去城里找帮手。"

纪尧姆……本堂神甫也在这里啊……卢米安停了下来，缩往墙角，打算听一听本堂神甫会怎么回答，会对自己的事情做什么安排。

纪尧姆·贝内的嗓音带着点磁性："你不会以为奥萝尔只有表现出来的这点能力吧？她很可能拥有着我不具备的超凡力量。"

"啊……"蓬斯·贝内明显有些惊讶，"她是女巫？纪尧姆，那你为什么不去达列日找裁判所的人来？要是能抓住一个真正的女巫，教会肯定会奖赏你，到时候，你很有可能获得你渴望很久的超凡力量。"

"蠢货。"纪尧姆·贝内直接骂了弟弟一句，"现在村里是什么情况，你还不清楚？裁判所的人鼻子和狗一样，不会放过一点异常，到时候，麻烦就大了。就算奥萝尔真的想对付我们，我也不是没有别的办法，不到最后，不要惊动裁判所的人。"

所以，现在村里究竟是什么情况？卢米安对这点非常重视和好奇。

结合他之前注意到的一些反常现象，他怀疑村里有什么不好的事情在酝酿，在发展，如同平静海面下的汹涌暗流。

让他失望的是，蓬斯·贝内没有展开这个话题，而是更关注另外一点："你有什么办法对付一位女巫？"

"你不需要知道。"本堂神甫纪尧姆·贝内沉声说道，"接下来，对付卢米安的事情可以放一放，但表面的样子还是要扮演好，不能让人怀疑我报复的意志，这会让那几个外乡人联想到某些方面，产生不好的影响。你们现在需要做的事情是挨个儿叮嘱相关的人，吓一吓那些可能有所察觉的乡巴佬，以免他们在那几个外乡人面前说漏嘴。"

"纪尧姆，你的意思是那几个外乡人是来查那件事情的？"蓬斯·贝内明显有些害怕和担心。

你看看你，光长肌肉，不长脑子，不像你哥哥那么镇定、冷静，天生就是一个领导者……卢米安在心里嘲笑起蓬斯·贝内。

虽然他很讨厌本堂神甫，觉得这家伙简直是匹种马，为人又粗俗又贪婪，完全不像神职人员，但在乡下地方，粗暴、野蛮、强势、直接的行事风格反而更让人折服。再加上地位、权势、财富和清醒的头脑、足够的智慧、不错的口才，就连卢米安也不得不承认，这家伙确实有些魅力，很容易就能让周围的人崇拜他、依赖他。

纪尧姆·贝内冷笑了一声："不用担心，只要那几个外乡人拿不到真正的证据，我就依然是科尔杜村的本堂神甫。

"蓬斯，你要记住，统治一个地方不能全靠威慑、恐吓和镇压，那样将永远无法获得安宁，得不到想要的效果。

"教会难道希望自己获得的是一个废墟，一个无法缴纳税收的地方？既然不可能杀掉这里所有的成年人，那我们就需要一些朋友、一些追随者，为此可以给他们提供一定的保护。

"教会让我们主导这里的事务而不是派外面的人来，就因为我们是本地人，有亲戚，有朋友，有追随者，能帮助他们更好地控制这里，不会搞得一团糟。所以，只要没有足够的证据，上面肯定会选择继续相信我。

"好了，我回教堂了。"

听起来确实很有道理，也能蛊惑人，但本堂神甫，你的见识和眼光还是只局限在达列日地区啊……我听奥萝尔说过，在别的地方，面对一些被邪神严重污染的村落，教会选择的是彻底毁灭，把相应的地方变成废墟，到时候，不仅所有成年人，就连孩子们，也都会被杀掉……

卢米安刚才差点被纪尧姆·贝内"说服"，还好，奥萝尔时常给他讲永恒烈阳教会、蒸汽与机械之神教会的恐怖。

等本堂神甫离开，卢米安又换了条路，顺利地回到了家里。

烤炉旁，系着白色围裙的奥萝尔正在忙碌。

"你在做什么？"卢米安好奇问道。现在距离午餐还有两个多小时呢。

奥萝尔将垂落的金色发丝撩到耳后，笑着说道："试着做一种新口味的吐司，米吐司。"

"你不用这么麻烦的……"卢米安顿时有些感动。

他以为奥萝尔是为了让自己吃得更好。

奥萝尔扑哧笑道："你想哪儿去了，不要这么自作多情？对我来说，做米、做面包是一种娱乐方式，是打发时间的有效手段，明白吗？"

"那你为什么不爱出门，明明外面有更多的娱乐？"卢米安一直觉得奥萝尔是太在意巫师身份可能带来的危险，才经常把自己关在家里。

奥萝尔侧过脑袋，瞪着他道："喝酒打牌吗？记住，我即世界，不假外求。"

卢米安能听懂前半句，后面就很茫然了："啊？可以解释一下是什么意思吗？"

奥萝尔横了他一眼："简单来说就是，你姐姐我啊，大部分时候是社交恐惧症患者！"

"什么叫大部分时候是？"卢米安疑惑地反问。

"人是矛盾的综合体。"奥萝尔把视线又转回了烤炉，"你不记得吗？有的时候我特别健谈，特别愿意出去听老太太们讲流言，逗逗小孩子们，给他们讲故事；有时候还会发疯，借普阿利斯夫人的那匹小马骑，在山里乱转，肆意奔驰，大声喊叫。"

"那种时候的你，闪亮得就像是沐浴着清晨露水的玫瑰，吸引人靠近，又会将人刺伤……"卢米安忍不住在心里咕哝了一句。

因为提到了普阿利斯夫人，卢米安直接改变了话题："奥萝尔……呃，姐姐，我刚听到了一个传闻，关于普阿利斯夫人的。"

"什么？"奥萝尔没有掩饰自己的好奇。

"她是一个巫师，能和死者的灵魂交流……"卢米安把阿娃说的那些告诉了姐姐，同时也讲了自己注意到的异常和本堂神甫纪尧姆·贝内的话语。

奥萝尔中断手头的工作，认真听完了弟弟的讲述。她的表情明显凝重了几分。等卢米安说完，奥萝尔露出笑容，宽慰起弟弟："不用太过担心，那三个外乡人应该是冲着本堂神甫他们私下里做的某件事情来的，那很可能与普阿利斯夫人有关。你暂时不要去招惹普阿利斯夫人了，我会注意他们的。

"你多在村里转转，多和那几个外乡人接触，看能不能弄清楚究竟是怎么一回事。呵呵，相比较而言，那位给你'权杖'牌的女士更值得我们在意。

"如果局势确实在恶化，我们就得考虑离开科尔杜村了，嗯，现在就可以做些准备。"

"好。"卢米安对姐姐的想法深表赞同。顿了顿，他略感好奇地问道："奥萝尔，如果真的要离开科尔杜村，你打算去哪里定居？"

"去特里尔！"奥萝尔毫不犹豫。

特里尔是因蒂斯共和国的首都，全大陆文化艺术的中心。

"为什么啊?"虽然卢米安自己想的也是特里尔,但还是随口追问了一句。

——每一个因蒂斯人都想去特里尔,而在特里尔人眼里,因蒂斯只有特里尔人和外省人两种。

奥萝尔悠然神往道:"一位预言家曾经说过,只要特里尔仍在,世间欢乐长存[1]。"

---

1 改自诺查丹玛斯《百诗集》。

那种时候的你，闪亮得就像是沐浴着清晨露水的玫瑰，

吸引人靠近，又会将人刺伤……

第四章
CHAPTER 04
猫头鹰

夜已深，人皆静。

卢米安又一次在梦中醒来，首先映入眼帘的是淡淡的灰雾。他本能地抬手，伸进了自己衣服的兜中，冰冷坚硬的金属触感随即传入了他的脑海。他将碰到的物品拿了出来，一抹金色照亮了他的眼睛。

这是一枚金币。

一枚金路易。

"它竟然还在……"卢米安坐了起来，低头审视起自己。

他依旧穿着上次探索时的棉衣、棉裤和皮制夹克，近两米长的钢叉和锋利的铁黑色斧头就摆在伸手可以拿到的地方。

这与他脱离梦境时的状态一模一样。

"也就是说，这个梦境是在发展的，不会每次进入都从头再来……"卢米安把玩了下那枚金路易，将它收入了里面那件棉衣的口袋内。虽然不能带到现实里，但看看也是让人心情愉悦的。

卢米安翻身下床，往窗口望了一阵，确认那片废墟和那座发红的山峰没有明显的变化。他提上斧头和钢叉，走出自己的房间，进入了昏暗的过道。

奥萝尔的卧室和书房保持着被打开的状态。

卢米安瞄了一眼，忽然产生了一个想法："梦境里，我的房间和现实基本对应，该有的都有，奥萝尔的房间初步看起来也是这样。那，我能不能在这个卧室里找到她的巫术笔记、秘药配方，或者成为巫师的办法？"

这个想法如同魔鬼的低语，让卢米安怦然心动，想要尝试。

比起探索那个未知的、危险的、神秘的、怪异的废墟，在奥萝尔房间里翻箱倒柜是更轻松也更安全的选择。

不行，不行！

卢米安猛地摇了下脑袋，将这个想法甩到一旁。他宁愿去冒险，也不想窥探奥萝尔的隐私，在得到奥萝尔允许前，他不会去翻她的卧室。

这是对奥萝尔的尊重。如果没有奥萝尔，他早在五年前就死了，以流浪儿的身份。

卢米安颇为痛苦地收回视线，走向了楼梯。

那间卧室的主人如果换作奥萝尔之外的任何一位，他现在都进去翻找有用的资料了。

下了楼梯，卢米安没急着出门，而是检查起厨房的储备。

奥萝尔囤的橄榄油、玉米油和动物油脂，被装在桶和罐里整齐地摆放着，与现实一样。几乎是下意识间，卢米安先提起那桶玉米油，将它放在了灶炉旁。

他这样选择的唯一理由是，动物油脂和橄榄油更贵。

然后，他熟练地使用煤炭、木材，在灶炉里升起了火，并自制了几根待点燃的火把——这是在为焚烧那个怪物做准备。

当然，如果能用其他办法解决肯定更好，这是放在最后的选择。

完成了这些事情，他提上斧头，开门而出。

卢米安旋即发现了一点不同：弥漫于这片梦境的淡淡灰雾比上次多了些潮湿感，他脚下的地面也略显泥泞。

"下过雨？我不在的时候，我没做梦的时候，这里依旧存在，并遵循着某些规律自然地衍变着？"卢米安既有些诧异，又莫名觉得理应如此。

想到奥萝尔编的那些怪异故事，他突然有了一个猜测："这不会是真实的世界吧？我的梦境连接着一个真实的世界，那张塔罗牌让我清醒的目的是跨越梦境和废墟之间的屏障？"

卢米安忙左右看了一眼，发现废墟的两侧，梦的"边缘"，是望不到尽头的灰色雾气。

"之后可以验证一下，不去废墟，往灰雾外面走，看穿过灰雾后是奇奇怪怪没有逻辑的梦境，还是真实的大地、天空、村落和城镇……"

若是前者，那就说明这里依旧属于梦境，如果不是，卢米安就要确认下这究竟是哪个世界了。他认为，从使用金路易这一点来看，这里似乎依旧在因蒂斯共和国，但未必是当前时代，也许是几十年前甚至上百年前失落的、消失的某个地方。

不过，卢米安觉得自己有极大概率是走不出周围这片灰雾的。

收敛住心神，他继续往废墟前进。他没有忘记这次入梦的目的是尝试解决那个怪物。

于满是碎石、裂缝的泥泞荒野上走了一两百米，卢米安突地顿住了脚步。他想到了一个问题——

刚才的准备是有疏漏的！

之前，自己家那栋两层建筑里是没有火光的，在这片灰雾笼罩起来的世界里非常安全，而现在，它有了炉火，透出了光芒，会不会吸引来大量的怪物，让安全区不再安全？

卢米安下意识回头，望向来处，只见淡淡的灰雾里，那栋半入地式的两层建筑底部，赤红色的光芒映在了不同的玻璃窗上。

——就如同黑暗世界里的灯塔。

考虑到已过去了不少时间，现在再熄灭炉火明显来不及，卢米安干脆加快脚步，进了废墟，躲到边缘那栋因燃烧而倒塌的建筑内。他将斧头别在了背后皮带上，身手矫健地爬上一堵墙壁，躲在砖石与木头隔出来的一个黑暗角落里。

卢米安远远眺望起荒野另外一侧的自己家。时间一分一秒过去，他没有看到任何一个怪物被炉火吸引，靠近那边。

"看来炉火不会带来什么变化，至少不会让我家被怪物包围……"卢米安悄然松了口气。

这意味着就算真遇到什么危险，他只要能及时逃回家里，尽快入睡，就可以顺利摆脱。

他开始考虑起怎么引出和对付之前那个怪物的问题："从上次短暂的搏斗看，它的力量、速度、反应和敏捷性，都和我差不多。但明显感觉得到，它全凭本能在战斗，没有足够的经验和技巧，也没有相应的智慧，所以，我才能在被突袭的情况下反杀它……它也会蒙，会呆住，和人类没什么区别……

"除开格斗技巧，我还有两点比它强，一是智商碾压，二是我会使用武器、利用工具。这是人类相对这种怪物最大的优势……只要我小心一点，再次击败它不是什么难事，重点是怎么彻底解决掉它……"

就在卢米安想故意制造出一点动静看能不能吸引某些怪物过来时，他看见侧面那栋完全坍塌的房屋旁，有道身影在无声地靠近。

那身影浑身血红，没有皮肤，直接露出了肌肉、血管和筋膜，俨然是上次那个怪物。而与上次不同的是，这怪物手里提着根粪叉。

粪叉！

"它也会用武器啊……"卢米安的脸一时有点僵硬，表情苦了下来。他的信心不知不觉降了一点。

随着那怪物临近并转向，卢米安看见它背部、脖子和后脑有夸张的伤口，但那些裂缝已不再流淌脓液，呈现出一种愈合了大半的状态。

"确实是我之前遇到的那只……它的自愈能力比我，比其他正常人类强了不知多少倍……"

卢米安无声地抽了口凉气。他强迫自己冷静下来，飞快地分析当前的局面。转瞬之后，卢米安有了决定：现在是个好机会，而遇到机会就要争取，不能错过！他悄然从身侧抽了块石砖出来，等待怪物走到预想的位置。

也就是一两步的工夫，那怪物进入了卢米安的"伏击圈"。卢米安猛地将石砖扔了出去，扔向怪物背后的地面。

咚！

石砖砸落，引得怪物急速转身，望向袭击自己的东西。

卢米安见状，双手握住斧头，从墙上从侧面凶猛地跳向了那只怪物。

砰！

斧头带着下落的重量，狠狠劈在了怪物的脖子上，将它劈开了大半。扑通两声连响，卢米安和怪物同时倒地。

卢米安飞快跃起，抄上斧头，奔了过去，又照着怪物的脖子重重劈砍。一下，两下、三下,那怪物根本来不及反抗就被砍掉了脑袋。随着那颗头颅滚向一边,没有皮肤的身体抽搐了两下,不再动弹。

卢米安没有就此停止,而是斜跨一步,转过斧头,用厚实的斧背猛力砸起那颗狰狞的脑袋,将它砸得稀巴烂。紧接着,他回过头来,往露着肌肉、血管和筋膜的身体连砍了几斧,捣碎了心脏等重要器官。

做完这一切,卢米安才回退两步,望着自己的杰作,喘起粗气,低声笑道:"我还以为你真的杀不死,谁知道就这点本事!"

控制着力度的笑声里,那无头的尸体突然弹了一下。卢米安眸光一紧,下意识想扭头就逃。他强行忍住这股冲动,再次往前踏步,扬起了斧头。

那尸体弹了两下后,又恢复了平静,似乎只是做了一次不成功的垂死挣扎。卢米安又观察了一阵,终于确认这怪物已彻底死亡。

"生命力真顽强啊……"卢米安暗自感慨了一声,然后靠拢过去,蹲了下来,用斧头挑开肌肉、筋膜,检查起尸体。

这怪物的身体结构和人类没什么区别,但肌体活力明显更强,即使它已经死去,某些切口也还在轻微地蠕动。

"没有财宝,也没什么超凡力量转移到我的体内……"卢米安评估了下自己当前的状态,时有点失望。

什么每杀一个怪物自己就强大一分,果然只存在于奥罗尔的故事里。

他随即把怪物的尸体和脑袋弄到倒塌的建筑内,用砖石、木块做了一定的掩埋。然后,他搜寻起这栋被烧塌的房屋,希望能有点收获。

经过一番搜寻,卢米安找到了不少金币、银币和铜币,共计一百九十七费尔金二十五科佩。

这里面,光金路易就有五枚。至于纸质钞票,他只发现了一些疑似的残迹。

除了金钱,卢米安还翻出了一本小蓝书。

这书以灰蓝色为封皮,16开大小,在因蒂斯乡村和城镇广泛存在。它以日历为基础,融合了历书与两大教会的宗教教义,对于指导农夫牧民们耕种、生产和放牧,丰富他们的精神生活,有相当积极的作用。

当然,即使距离罗塞尔大帝倡导义务教育已近两百年,也依旧有大量的农夫、牧民、工人不认识几个单词，处在文盲状态。他们只能依靠周围某些人的解说，才可以从小蓝书上获取想要的提示。

卢米安随意翻了几页，发现这本小蓝书和自己家里的没什么区别，只是整体显得更旧了一点。

"有小蓝书，有这么多费尔金，这家人在乡下绝对属于家境很好的那种，科尔杜村类似的家庭不会超过五个……"卢米安丢掉小蓝书，将那些金币、银币、铜币分门别类地装入了不同的口袋——有的深藏在里面那件棉衣的兜内，有的安放于裤袋里，有的随意塞在了皮制夹克的衣兜内。

虽然卢米安知道这些金钱带不到现实，但他还是忍不住去搜集去保存。

这些或金或银或铜的小东西总是让他移不开眼睛。在过去的流浪生活里，哪怕只是1科佩、1里克的铜币，他都非常珍惜，常常为此和别人厮打，冒着风险做某些事情。

环顾了一圈，卢米安提上斧头，向更接近那座红褐色山峰的倒塌建筑潜去。

他一点点深入着，每次通过环型建筑群中间的空白区域时都心惊肉跳，害怕突然涌出几十个怪物，把自己围在毫无遮挡的地方。

淡淡的灰色雾气内，卢米安弓着腰背，来到一堵半坍塌的石墙后，蹲在那里，借此隐藏住自己的身形。

他小心翼翼地探出头去，望向前方。那是位于两排被毁建筑间的狭长地带，没有树木，没有杂草，只有碎石、裂缝和泥土。

突然，一道人影跃入了卢米安的视线。

"他"站在对面建筑内，不知在凝望着什么。

这人穿着带风帽的黑色长袍，背影看不出有什么怪异之处，就像是一个普通的人类。

卢米安心中一紧，愈发警惕。

在这样的梦境废墟内，出现正常人可比出现怪物恐怖多了！

似乎察觉到有人在注视自己，那身影缓慢转了过来。卢米安飞快瞄了一眼，连忙缩回脑袋，背靠墙壁，一动也不敢动。

仅仅是这么一眼，他就有了自己是不是到了地狱到了深渊的错觉。

那身影确实是个人，但"他"有着三张脸孔、六只眼睛！正面那张脸眼眸浑浊，眉毛稀疏，皱纹众多，俨然是个老者；左侧的脸棱角分明，蓝眸有神，胡须浓密而深黑，仿佛一个壮汉；右边的脸皮肤光滑细腻，宛如剥壳的鸡蛋，一双蔚蓝的眼睛里透着明显的天真和懵懂，一看就不会超过五岁。

"这是什么怪物啊……"卢米安努力控制着呼吸，不让心脏狂跳。

哪怕在奥萝尔的恐怖故事里，都没有出现过这样的怪物，只有最深最沉最荒诞的噩梦内，才可能遭遇。

虽然以貌识"人"不好，但光凭这长相，卢米安直觉认为这只三脸怪物比之前那个无皮怪物厉害不知多少倍！而且，它很大概率拥有超凡力量。

"永恒的烈阳，伟大的父啊，请庇佑我不要被它发现……"当此情景，泛信徒卢米安忍不住向永恒烈阳祈祷起来。

如果不是他一只手还拿着斧头，如果不是环境险恶，他都会张开双臂，做出"赞美太阳"的姿势。

这一刻，时间仿佛凝固了，卢米安认为自己可能出现了幻觉——似乎有视线穿透墙壁，落到了他背上。他的背部瞬间僵硬了起来，隐约有点灼热。

也就是一两秒的工夫，这幻觉不见了，沉重的脚步声向着远处而去。

卢米安又等了一阵，直到脚步声彻底消失，才缓慢直起膝盖，转过身体，探出脑袋，望向前方。

那怪物更远了，到了那栋两侧完好中间坍塌的建筑后面，于淡淡的灰雾里显露出半边身体。

"他"依旧背对着卢米安，仿佛变成了雕像。

卢米安悄然松了口气。面对这种怪物，他可没有一点把握。

"直接从这里深入废墟肯定不行……绕过去？"

"其他地方就没有类似的怪物了？"

"越是接近那座山峰，出现的怪物就越强大？"

卢米安缩回身体，想了一会儿，决定今晚就此结束。他打算天亮后找给自己塔罗牌的那个女人问问，看有没有对付三脸怪物的办法，实在不行再考虑绕路。

他弓着腰背，脱离墙壁，向着来处而去。这个时候，他有了个想法："我在这片废墟里入睡，会不会也能脱离梦境？"

考虑到周围怪物众多，他暂时压下了尝试的冲动。

返回的途中，他快速搜寻着路过的每一栋被毁建筑，但都没找到有用的文字资料，就连钱币也只寥寥几枚，不过二十费尔金。

后撤一阵，卢米安想了想，决定稍微绕点路，从侧面行至最早抵达的那座被烧毁的房屋，也就是他掩埋无皮怪物的地方。

他是想观察下，那个怪物的死亡是否会被它的同类察觉到，是否会引来某些变化。

找到位置，藏好身体，卢米安从侧面探出脑袋，望向目标区域。下一秒，他又看见了一道身影。

那身影半似人类半似野兽，双腿向前折起，蹲在那里，检查着无皮怪物的尸体。

它已弄开了卢米安堆上去的石砖和木块。它套着深色夹克和较为紧身的泥泞长裤，黑色头发乱糟糟、油腻腻地披到了脖子处，身后背着把猎枪……

猎枪！

卢米安忙将视线移开，脑袋收回。

"这些怪物真是离谱啊！居然都会用猎枪了……"

这个瞬间，卢米安有种"自己是猎人，带着武器和伙伴上山打猎，结果发现对面那只兔子正架着水冷机枪，瞄准自己等人"的荒诞感、幻灭感和失落感。

时间一分一秒流逝，他耐心等待着那个背猎枪的怪物离开。终于，他听到一阵轻微的动静响起，逐渐远离。

卢米安小心翼翼地探出脑袋，望向那个半人形半野兽的怪物。它以猫的姿态行进着，向建筑后方而去。

卢米安先是落下了吊着的一颗心，紧接着又睁大了眼睛。他发现那怪物走过的地方和他之前深入废墟时的路线完全重合！

"它在追踪我！

"它有很强的，超越正常的追踪能力！"

卢米安下意识做出了判断。他无比庆幸自己回来时突发奇想，绕了下路，要不然肯定碰个正着，甚至会中埋伏！

那怪物身影刚一消失，卢米安就迅速起身，向自家狂奔而去。那栋房屋底层的玻璃窗上映出的赤红炉火就像是能驱散黑暗的阳光。

卢米安一路跑到了自家那栋两层建筑外面，拉开虚掩的大门，冲了进去。

等反锁好门，他才通过窗户望向废墟。只见灰雾远处，废墟边缘，隐约有道身影站立，但没有往这边靠近。

呼，卢米安吐了口气，准备熄掉炉火，上楼睡觉，离开梦境。

他瞄了眼还在燃烧的炉火，心里犯了嘀咕："这火还能烧上好一阵……可以试验一下，看我脱离梦境后，它是继续燃烧直至熄灭，还是会定格在我离开的那个刹那……"

卢米安之前已通过下雨这件事情确认废墟所在的荒野呈现自然发展的状态，与自己做不做梦没什么关系，但在自家房屋，也就是所谓的安全区里，是不是同样的情况，还有待验证。

他想到就做，给炉火又添了几块煤炭，拨弄了一下，然后才提着斧头和钢叉上了二楼，进入卧室。

卢米安醒来的时候，天刚蒙蒙亮。他检查了下衬衫模样的睡衣，不出意外又颇为失落地发现那些金币、银币、铜币没有跟着他到现实来。

翻身起床，活动了下身体，卢米安走到书桌前面，伸手拉开了窗帘。

刺啦的声音里，柔和而澄净的光芒流淌了进来。而随着窗户的敞开，清新自然的空气钻入了卢米安的鼻腔，让他忍不住伸了个懒腰，觉得有时候早起还是挺美好的。

当然，这也得感谢罗塞尔大帝强力推行的"爱国卫生运动"，哪怕这对乡村的影响不是太大，也终究带来了一定的改善，至少粪便变成了宝贝，不会到处都是。也感谢后来的执政者们保留了它，只是换了个名称。

他目光四下游走着，时而看看远方的山林，时而眺望天边米上殷红的云朵，时而观察房屋外面的杂草。

突然，卢米安的视线凝固了。

他看到不远处的一棵榆树上，停着一只体形较大的鸟。

那鸟嘴巴尖尖，脸型似猫，褐色的羽毛上散缀着细斑，棕黄的眼白配着黑色的眸子，显得非常有神。

这是一只猫头鹰。

它似乎正看着卢米安。

……那只猫头鹰？

那个巫师传说里的猫头鹰？

卢米安脑海中的念头如闪电般划过，浑身血液仿佛在瞬间被凝结。

这一刻，他比看到那长着三张脸孔的怪物还要惊恐。毕竟这里是现实，废墟是梦境。就算在梦境里死去，现实也会跟着死去，心理上终究还是隔了一层。

"该怎么办？会不会连累到奥萝尔？……"

在卢米安竭力思索对策时，那只猫头鹰没有别的动作，只是静静看着他，仿佛在做某种审视。

隔了几秒，那猫头鹰展开翅膀，向着远方的山林飞去。途中，它往下滑翔，消失在了科尔杜村某个地方。

直到再也看不见那猫头鹰，卢米安才缓了过来。他一屁股坐到椅子上，抬手摸向额头，那儿湿淋淋的全是汗水。

"真的是巫师传说里那只猫头鹰吗？它真的活了这么多年？反正它和别的猫头鹰是不太一样，眼神不呆，更像人类……

"如果真是那只猫头鹰，它为什么会飞到我窗户外面，就因为我想调查那个巫师传说？可我们已经放弃了啊……

"它这么看了我几眼就走了……也不知道它之后还会不会再来，会不会影响到奥萝尔……"

因为暂时无事发生，卢米安本想再观察几天，可考虑到也许会连累奥萝尔，他又觉得不能隐瞒姐姐。

出了房间，见奥萝尔还没起床，他下到一楼，张罗起早餐，全部是姐姐爱吃的：溏心煎蛋、糖霜烙饼、配果酱的普通吐司……

回头得做面条了，这次配上肉酱……卢米安见放面条的格子已经空掉，决定这两天就补满。

这是奥萝尔最爱吃的主食。

奥萝尔穿着睡裙，揉着金发，走下楼梯时，厨房餐桌上已摆好了食物。

"早啊。"她捂嘴打了个哈欠。

卢米安笑道："不早了。你不是常说一天的计划要从清晨开始吗？"

"对啊，我的计划是睡觉。"奥萝尔坐了下来，配着牛奶，用起早餐。

卢米安在六人桌对面坐下，边啃着烙饼，边状似随意地说道："我这几天在村里追查那些传说的真相。"

"为什么？"奥萝尔问道。

卢米安非常坦白："你不是不答应帮我获取超凡力量吗，我就想着靠自己的努力，那些传说里可能藏着线索。"

"几乎没可能。"奥萝尔随口评价道，"那些传说不是经过好几代的改编，早面目全非，就是某些人出现幻觉时记下来的，毫无意义。嗯，也可能是某位专门编个故事来当借口，呵呵，还有你这种乐子人的贡献。"

"什么？"卢米安听不懂奥萝尔说的"乐子人"是什么意思。这甚至不是因蒂斯语。

"全称是恶作剧爱好者。"奥萝尔简单解释了一句，随即皱起眉头，"你突然跟我说这个，是闯出祸来了，知道回家向姐姐寻求帮助了？"

"算是出了点意外，但还不到闯祸的程度。"卢米安理直气壮。

他组织了下语言道："我的第一个目标是那个巫师传说。"

"什么巫师传说？"奥萝尔一脸疑惑。

"你没听过？"卢米安颇为诧异，"就是很久以前，村里有个人突然死掉，他下葬的时候，飞来了一只猫头鹰，停在他的床头，直到他的尸体被抬起时才飞走。之后，尸体变得很重，用了九头牛才拉动了棺材，村民们这才知道那人生前是个巫师。"

奥萝尔认真听完，"我之前确实没注意到有这么一个传说。"

不科学……卢米安难以置信。

奥萝尔虽然大部分时候都待在家里，但每个月还是有几天会出去，和娜罗卡等老太太聊天，给小孩子们讲故事，对科尔杜村的各种流言都非常了解，她怎么会没听过这个很多人都知道的巫师传说?

而且,自家这栋房屋就是建在巫师家原本的位置上!

卢米安之前还怀疑过奥萝尔选科尔杜村定居的原因,就是为了拿到那个巫师的宝藏,并据此成功获得了超凡力量。

"然后呢?"奥萝尔平静问道。

卢米安如实回答:"我们问了村里的老人,确定真的发生过这件事情,但已经有好几十年,而那个巫师的房子已经被教会烧掉,土地就是你买下的这块。"

"是吗?"奥萝尔明显有点讶异,"我就说,他们卖我这块土地的价钱比正常要便宜一些肯定有点问题……我还以为是我嘴巴甜会哄老太太们高兴呢……"

她想了想又道:"巫师的尸体被教会烧掉了?"

"对,骨灰埋在教堂旁边那个墓园里。"卢米安点了点头。

他接着道:"因为线索全部中断,我们已经放弃了调查这件事情,谁知道,今天早上醒来的时候,我看到窗外有只猫头鹰,和传说里那只猫头鹰很像。"

"确定?"奥萝尔的表情有些凝重了。

"不太确定,但它真的和普通的猫头鹰不太一样。"卢米安站在客观的角度给出回答。

奥萝尔思索了一阵,缓慢说道:"这段时间,你不要出村,天黑之后更是不能离开家,直到我调查清楚情况。"说到这里,她没好气地一笑,"我跟你说过了,追寻超凡力量是一件很危险的事情,看吧,麻烦来了!还好,目前看起来,对方没什么恶意,问题应该能较好地解决掉。"

你有防备我就放心了……卢米安低下脑袋,干脆利落地说道:"姐姐,我错了。"

他旋即转移了话题:"你的笔友们有回信吗?"

"哪有那么快?又不是发电,呃,邮件!"奥萝尔"呵"了一声。

邮件的意思不就是通过邮局寄的信件、包裹吗?

卢米安不太理解。他也不太在意,毕竟奥萝尔嘴里经常冒出一些奇怪的词语。

老酒馆门口。

卢米安站在那里,望了一下。他知道给自己塔罗牌的那位女士现在应该还没有起床,他这次找的是莱恩、莉雅和瓦伦泰那三个外乡人。

不出卢米安意料,那三个外乡人占据着酒馆一张桌子,用着早餐。

鳟鱼卷、葡萄酒、蛋黄酱面包……吃得还挺好嘛……卢米安观察了几秒,退出老酒馆,没去打扰莉雅他们。

过了一阵,莱恩他们走了出来,准备继续在科尔杜村散步,找人"闲聊"。

卢米安迎了上去,张开双臂,笑容灿烂地打起招呼:"早上好,我的卷心菜们。"

他看见冷漠的瓦伦泰脸部肌肉抽动了一下,莱恩和莉雅一个略显尴尬,一个露出了好笑的表情。

呃,他们穿的和前几天一模一样……出门在外,没带多少换洗衣服?卢米安注意到莉雅依旧穿着无褶的羊绒紧身裙、白色小外套和马锡尔长靴,充当帽子的面纱和靴子上各有两个银色的小铃铛;莱恩还是那身棕色的粗呢上衣和浅黄色的长裤,头上戴着简陋的深色圆礼帽。

同样的,瓦伦泰还是头发扑粉、脸上有妆的模样。

"早上好,卢米安,有什么事情吗?"莱恩平静地问。

"你们是我的朋友,我没有事情也会来看望你们啊。"卢米安一脸受了委屈的表情。

他转而问道:"我看你们这几天一直在村里找人聊天,是想问什么事情吗?可以来找我啊,我的卷心菜们,我是你们的朋友,有什么问题都可以来问我!"

"你的回答,我们没法相信。"瓦伦泰忍不住开口。

莱恩侧头看了他一眼,示意他冷静。

卢米安笑了:"那别人的回答,你们就能完全相信?"

莉雅一时竟有点语塞,莱恩想了下道:"其实也不能完全相信,我们会根据不同人的回答和自己观察到的情况做综合判断。"

"对嘛。"卢米安摊了下手,"那听听我的回答也不是坏事,至少是一个参考。"

莱恩沉默了下,本能地左右看了一眼。

清晨的科尔杜村,往农田去的人不少,靠近老酒馆的几乎没有。

"是这样的。"莱恩斟酌着语言道,"我们来这里找一个人。"

"本堂神甫?"卢米安笑着反问。

莱恩摇了摇头:"不是。我们拜访本堂神甫是为了找到那个人。"

"谁?"卢米安露出饶有兴致的表情,"村里每个人我都认识,应该能帮上忙。"

莱恩没因此而高兴:"事实上,我们也不知道那个人是谁,今年几岁,长什么样子。前段时间,我们收到了一封信,它来自科尔杜村,没有署名,我们现在想找到写信的人。"

告密者?卢米安下意识闪过这么一个念头。他故作疑惑道:"你们因为那封信来到村里后,那个人没找你们?"

"没有。"莉雅帮莱恩回答了一句。

"可能是因为他缺乏一点安全感,还不太信任你们?"卢米安很是投入很是热心地帮忙猜测道,"你们不能根据信的内容来判断吗?"

他更想知道的是那封信写的是什么。如果针对的是本堂神甫那伙人,那他乐见其成,可要是涉及奥萝尔,他就得赶紧催姐姐搬家了。毕竟奥萝尔时常和笔友通信,若是哪个笔友被抓了,她很可能被牵扯进来,而线索就是那一封封信。

莱恩摇了摇头:"那封信只有两句话,内容也很简单,看起来像是一个深陷困境的人向我们求助。"

"没说是什么困境吗?"卢米安暗自松了口气。

不管是奥萝尔写给她笔友们的信,还是她笔友们回寄的邮件,都不可能只有两句话。

"没有。"莱恩轻轻叹了口气。

就那么一封什么都没有的求助信,你们就来了?不害怕这只是一场恶作剧?裁判所的人都没有你们这么积极,这未免也太好心太善良太有使命感了吧?卢米安在心里嘲讽了起来。

照他的习惯,这些话他本该直接说出口,但考虑到还要从对方那里套取情报,不能惹怒他们、中断对话,又强行忍了下来。

不过,卢米安也知道莱恩不会告诉自己全部的情况,他们为了一封什么都没写清楚的求助信来科尔杜村找人必然有别的考量,或者说原因。

"呃……"卢米安摸了摸下巴,抱着试一试又不会有什么损失的心态提议,"要不给我看看那封信?也许我能从笔迹上看出是谁写的。"

头发扑着粉的瓦伦泰露出了"你当我们是傻瓜吗"的表情。

莉雅则笑道："你会鉴定笔迹？"

"勉强算会。"卢米安一脸诚恳。

他随即在心里补充道：能鉴定奥萝尔和我自己的笔迹也算会鉴定。

"没用的。"莱恩再次摇头，"那封信的每一个单词都来自小蓝书，整个句子都是用上面剪下来的纸条拼成的。"

很谨慎啊……类似的手法怎么有点耳熟，难道是奥萝尔的故事听多了？既然是求助，为什么还要以这样的方式隐藏自己的身份？害怕求助信被拦截，遭遇报复？或者，本身也有什么问题，不想暴露在别人视线里？卢米安试着去分析写信者的心态。

他故意露出恍然大悟的表情道："村里人部分家庭都有小蓝书，你们找人聊天，是想通过他们确认他们家里的小蓝书有没有出现类似的损坏？

"可那个人完全可以在别人不知道的情况下重新买一本小蓝书，用完就丢掉。"

"这只是其中一个方向。"莱恩平和说道。

"还有别的方向？"卢米安一点也没把自己当外人。

莱恩想了下道："既然有求助，那就存在加害。必定有一些事情正在发生，而这肯定会留下痕迹。"

"很有道理。"卢米安露出替莱恩等人为难的神色，就像自己亲身感受到了一样。他郑重承诺道："我的卷心菜们，我会帮你们留意的，希望能找到线索。"

"谢谢。"莱恩礼貌回应。

而莉雅早调整好心态，探究道："既然是朋友，那我有个问题想请教你。"

"不用客气。"卢米安笑着示意。

"你叫我们卷心菜的时候，酒馆里那些村民为什么会笑？"莉雅对此相当好奇。

虽然这称呼令人羞耻，但都说了是本地常用的俚语，那按理来说不会惹人发笑啊。

卢米安诚恳地回答："卷心菜在俚语里有小可爱、宝贝的意思，我的卷心菜或者小卷心菜主要用在两种情况下，一是亲密的朋友间，二是长辈对晚辈。我的兔子，我的小鸡，这些也差不多。"

他在"亲密"这个词上发了重音。紧接着,他一脸无辜地补充:"我当时只是希望我们成为亲密的朋友。"

他一副我很纯洁,我不懂这个"亲密"有什么隐晦含义的样子。

我看你是想当我们的长辈……莉雅总算明白那些村民为什么会笑。

虽然卢米安刚才的解释不一定是真的,但至少逻辑上令她信服。

莱恩跟着点了点头:"还有别的事情吗?"

"没有了。"卢米安也不想表现得太过积极,免得被对方认为有什么问题,从而调查自己和奥萝尔。

姐姐可经不起调查啊!

目送莉雅等人在叮当回响的铃声中远去后,卢米安坐至老酒馆门口,等着那位来历神秘目的不明的女士起床。

过了一阵,他的伙伴雷蒙德·克莱格找了过来。

"卢米安,你想好接下来调查哪个传说了吗?"雷蒙德见面就问道。

这两天,在这件事情上,他比卢米安还要积极,毕竟他没有那个奇怪的梦境,没有获取财宝的另外途径。

"还没有。"那只猫头鹰都找上门了,在确认情况前,卢米安哪还敢调查传说真相。他随意找着理由:"过几天就四旬节了,好好过完节日再考虑。"

"嗯。"雷蒙德觉得很有道理,"所以,我暂时也不用去当'看青人'了,等过完四旬节再去。这几天就算有人放牧,也造不成太大破坏。"

"也就是说,接下来几天你不用离开村子?"卢米安反问道。

见雷蒙德点头,他笑着说道:"真巧啊,我最近几天也不能离开村子。"

"为什么?"雷蒙德疑惑询问。

卢米安压低了嗓音,一脸严肃:"今天早上,我遇到那只猫头鹰了,巫师传说里那只猫头鹰。它说,要不是村里有教堂,有神的注视,它会立刻带走我的灵魂,投到深渊里面……"

雷蒙德听得又惊又惧。他浑身都颤抖了起来:"真的?我就说不能招惹这种邪恶的生物……"

呢喃到这里,他突然看见卢米安脸上露出一抹笑意。

"……"雷蒙德这才记起好朋友的本性。他又气又急:"你又在恶作剧,又在骗我?"

气的是自己,明明知道卢米安这家伙是什么样的人,明明被骗过很多次,为什么还是会上当。

"这么离谱的事情你也信?"卢米安嘿嘿笑道。

这句话才是在骗你,免得你受不住压力,直接去教堂忏悔……他于心里默默补充。

"呼……"雷蒙德放松了下来。

卢米安转而叮嘱道:"虽然刚才那个是我编的故事,但也是想告诉你,追查传说真相可能会有一定的危险,能不出村不脱离教堂的庇护就尽量不要离开。"

说完,他无声咕哝了两句:"这可是真话,刚才的故事确实大半是编的,小半才是真的……要不是之后很多事情需要帮手,我才不会提醒你,把奥萝尔的叮嘱换一种方式告诉你,别人死不死关我什么事……"

雷蒙德想到刚才那一瞬间的恐惧,颇为理解地点头:"好的!"

他不再聊那些传说,转而问道:"选春天精灵的时候,你会投谁的票?"

春天精灵是四旬节各种庆典上的主角,是春天的象征,在达列日地区,一般是由全村人票选出一位漂亮的、还没结过婚的少女来扮演。

"阿娃吧。"卢米安不甚在意地回答,"她不是一直很想当一次春天精灵吗?"

"我也会选她。"雷蒙德暗自松了口气。

昨天阿娃暗示他,让他投票的时候选她,所以,他觉得有必要帮一帮她,帮她拉到更多的票。

…………

离老酒馆不远的一栋房屋外。

莱恩、莉雅和瓦伦泰没急着找人"闲聊"。

"刚才对那个家伙说那么多真的没问题吗?"瓦伦泰抬手捂住口鼻道。

这里的空气中弥漫着淡淡的家养禽类的粪便味道。

莉雅拨弄了下头顶的一颗银铃:"有没有问题我不知道,我只能确认一点,我的占卜结果告诉我,他是有用的助力之一。"

"在打不开局面的情况下，适当透露点消息，让相关的人因为恐惧自己行动起来，是非常有效的调查方法。"莱恩解释了下自己的用意，"接下来，我们多观察他，看他会做什么事情，或者找什么人。"

雷蒙德离开后，卢米安进了老酒馆，看见那位给自己塔罗牌的女士又出现在老位置上。

今天的她穿着白色女士衬衣，配一条裤管宽松的浅色长裤，手边放了一顶系着几朵黄色小花的圆形草帽。

她行李箱里放的衣服可真多啊，每天都换，不像莉雅他们那么寒酸……卢米安边感慨边靠拢过去，坐到对面。

这个过程中，他随意瞄了眼对方的早餐：一份饱满的夹肉馅饼，里面放着稀薄的酱汁；几块奶油小圈饼；切成块的时令水果；一杯泛着些许杂质的浅色透明饮料。

这些都不是老酒馆能提供的啊……卢米安指着那杯饮料，自来熟般问道："这是什么？不像是酒啊。"

"'维纳斯圣油'特饮。"那女士随口回答道，"用糖和香草泡的桂皮水再混合罂粟花调制而成，是特里尔一家酒吧发明的。"

"维纳斯"这个词来自罗塞尔大帝，他在某个故事里提到，这是一位堪比美神的女子。

"你从哪里弄来的，自己调的？"卢米安怀疑最近的城市达列日都没法提供类似的东西。

那位女士笑了笑："作为一名旅行家，在合适的时候获取到合适的事物是职业本能。"

"听不懂。"卢米安很是诚实。

他转而说道："之前那个怪物我解决了，这次碰到了更危险的两种……"

他把长着三张脸孔的怪物和背着猎枪的怪物分别描述了一遍，末了道："我感觉它们都有超越正常人类的力量，不是我能对付的，有什么办法可以搞定它们吗？"

那位女士咬了口奶油小圈饼，眼眸微转了一下，笑着说道："三张脸的怪物我不敢说，背着猎枪的那个，你完全可以独立解决，只要你善用自己的'特殊'。"

"自己的'特殊'……我有什么特殊的地方？"卢米安既讶异又茫然。

我自己都不知道！

那女士微笑地看着他，道："那是你的梦境啊，作为梦境的主人，你自然有特殊的待遇，只是你还没发现。"

"具体是什么？"卢米安听得既振奋又有点担心。

那位女士喝了口"维纳斯圣油"特饮后，语速不快不慢地回答道："这需要问你自己。"说完，她略微低下脑袋，专心享用起早餐，摆出不再交流的姿态。

真是的，怎么总是说一半藏一半……等下次再回答？这不是浪费大家的时间吗？这一刻，卢米安竟有点自己在惹人愤怒上比不过对方的感觉。他控制住呼吸频率，笑着起身，告辞离开。

接下来的一整天，卢米安都很安分地待在家里，没有外出。

这倒不是他害怕那只猫头鹰害怕到白天都不敢出门，也不是没什么事情需要去做，而是在表演给某些人看。

——他对莉雅等人手中那封求助信很好奇，很想弄清楚具体写了什么内容，是谁写的，而调查最好的切入点是找机会翻看村里每一本小蓝书，找出被剪掉部分单词的那本。以本村村民的身份，卢米安肯定比莱恩、莉雅和瓦伦泰更适合做这些事情，但他担心自己刚和那三位外乡人交谈完就开始做一些调查会引来某些人的注意，遭遇不必要的打击。

这种很可能牵涉生和死、存在与灭亡的事情，即使有奥萝尔的庇护，卢米安也不敢保证对方不会针对自己采取什么冒险行动。

最近两年，他在恶作剧方面越来越能把握到相应的尺度了，这是丰富经验带来的。他打算过个几天，等四旬节开始后，再以追寻庆典相关传说为借口，争取每家每户都"拜访"到。

到了天黑，用过晚餐，奥萝尔回到卧室，写一份拖延很久的稿子。

卢米安则进入书房，打算找点"梦"相关的书看看，希望能获得自己在梦境中究竟有什么特殊的灵感。

因为家里只有一盏用电池的台灯，现在被奥萝尔征用，所以他只能点亮味道比较重、照明也不算好的煤油灯。

提着散发出昏黄光芒的煤油灯，卢米安另一只手在一本本图书的脊背上飞快划过，时而抽取出一册，夹在腋窝下。过了一阵，他拿着挑选出来的三本书返回到桌子旁边。

刚放好手中的东西，卢米安就看到了家里那本小蓝书。它和往常一样静静摆放于书桌的一角，灰蓝色的封面上似乎有点灰尘。

看到这本小蓝书，卢米安瞬间联想到了在梦境废墟内获得的那本，以及被人剪下单词拼成一封求助信的那本。他随即探出手掌，拿起面前的小蓝书，打算翻一下里面的内容，看哪些单词适合剪下来，能够拼成有用的句子。

也就翻了几页，卢米安的目光凝固了。

当前这一页日历后附的那些解释性话语里有一个明显空洞——某个单词被剪掉了！

"不会吧……"卢米安无比震惊。他快速翻动起手中的小蓝书，又找到了十几二十个单词被剪掉后留下的痕迹。

"不会吧……"卢米安再次低语，和刚才的反应近乎一致。

莱恩、莉雅、瓦伦泰等人寻找的那本拼成求助信的小蓝书竟然是自己家里这本！别说他们了，就连卢米安自己都没有想到会有这样的发展！

想都没有想过！

无法描述的复杂情绪中，卢米安皱起了眉头："难道是奥萝尔写的求助信？她为什么要求助，向官方求助？为什么不告诉我？"

他从莉雅等人的行事风格、刚来就找本堂神甫商量事情的惯性选择等细节上初步判断他们应该是官方的人，也许来自政府，也许属于达列日地区的永恒烈阳教会或者蒸汽与机械之神教会。

卢米安犹豫起来，表情不断变幻着。终于，他下定了决心，拿着那本小蓝书，走出书房，来到奥萝尔的卧室外面——他打算直接去问。

他选择相信奥萝尔。

咚咚咚，卢米安屈起手指，敲响了房门。

"请进。"奥萝尔的声音传了出来。

卢米安拧动把手，推门而入，看见台灯明亮的光芒下，一身两截式棉质睡衣的奥萝尔用发箍束着金发，埋头书写着故事。

"这是你剪掉的吗？"不等姐姐开口询问，卢米安直接走了过去。

"啊？"奥萝尔疑惑地转过身来，眼神又茫然又抽离，似乎还沉浸在故事中。

卢米安把翻到相应页码的小蓝书递了过去，盯着奥萝尔的眼睛道："这不是你剪的？"

奥萝尔仔细看了几秒，好笑地抬头："我会这么无聊和幼稚？你姐姐我稳重、成熟、大方，和你不一样。"

奥萝尔的反应很自然啊……没有突然被戳穿秘密的惊讶和慌张，一点也没有……卢米安没有掩饰自己的疑惑，开口问道："可谁会剪小蓝书上的单词？"

"难道不是你？"奥萝尔打量起弟弟，"看了我的小说后，打算模仿上面的内容，剪下书籍报纸上的单词，拼成绑架信，在村里玩一场大的恶作剧，而在此之前，先试试能不能骗过我？你是在考验姐姐我的推理能力？"

真不像奥萝尔干的啊……卢米安的目光一直停留在奥萝尔的脸上，不放过任何一个细微的表情变化，而姐姐表现得没有半点问题。

"不是我。"卢米安皱了皱眉，"会是谁做的？"

奥萝尔笑了："你先玩着推理游戏吧，我还要赶稿。明天要是有空，我帮你还原下真相。"

用超凡手段吗？卢米安"嗯"了一声，不再打扰姐姐创作。他拿着那本小蓝书，直接回到了自己没点灯的房间内，坐至书桌后的椅子上。

"会是谁呢？"

高空红月照耀下，卢米安又一次犯起嘀咕。

他尝试做起推理："我们家只有两个人，奥萝尔还是有超凡能力的巫师，不会任由别人在家里捣乱……

"如果确实不是她，按照她的说法，排除掉所有不可能，剩下那个就算再令人难以置信也是真相。

"所以，二选一的情况下，这件事其实是我干的？"

一时之间，卢米安又觉荒谬又感好笑：原来"罪犯"是我自己啊？我怎么不知道？他忍不住侧过身体，望向衣柜上附带的全身镜。

绯红的月光里，镜中的卢米安穿着亚麻衬衣、棕色长裤，俊朗的五官没带半点笑容，表情异常沉重。

他很确信自己没有干过剪掉小蓝书内容的事情，为此，他甚至回忆了下近一个月来自己的经历。虽然很多细节已经模糊，但大体上做了什么，他还是很笃定的。

沐浴着从窗外渗入的红月光芒，卢米安无声自语道："难道是我不清醒的时候干的？做那个梦的同时，现实的我会梦游？

"不，不可能，奥萝尔说过会看着我这边，真要是我梦游剪了小蓝书，她刚才就会指出。而且，寄信肯定在白天，那些时候我都很清醒。"

卢米安就此排除掉自己，思考起别的可能："也许是家里来过的其他人？"

他们家虽然平时没什么客人，但并不是完全没有。

首先，会有周围比较贫穷的邻居来借灶炉、烤炉熏肉或者做面包；其次，卢米安的朋友们时不时也会到家里来，去书房找些用词简单的小说看，或是听他讲故事；最后，娜阿拉依扎、普阿利斯夫人等少数几位女士偶尔会上门做客，与奥萝尔闲聊。她们之中，普阿利斯夫人来的次数最多，并且还会借小马给奥萝尔，让奥萝尔能在山里自由奔驰，两人的关系算是不错。

毕竟在科尔杜村这样的乡下，也就奥萝尔这种作家值得普阿利斯夫人交往了。

不过，普阿利斯夫人表面是很亲和的，她时常会与娜罗卡那些妇人坐在一起晒太阳聊天，甚至帮她们捉虱子，在村里名声相当不错。

虽然普阿利斯夫人与奥萝尔勉强算朋友，但卢米安一点也不喜欢她，因为她经常会给奥萝尔介绍自家的某个亲戚，劝她结婚，早点生孩子。普阿利斯夫人那些亲戚如果为人不错也就算了，可卢米安每次去达列日打听都能发现目标要么品行不端，要么没什么能力，都快沦落到贫困阶层了，没一个好的。一次可能属于碰巧，每次都这样就让卢米安记恨上普阿利斯夫人了。

"来熏肉、烤面包的肯定不可能，每次都有人看着，不会让他们上二楼的……雷蒙德、阿娃他们也不可能，有我全程陪着……普阿利斯夫人、娜阿拉依扎这几位女士倒是有一定的机会，每次来，奥萝尔都会留她们在书房看书，自己去准备点心……

"如果普阿利斯夫人真是女巫，那她向官方求助需要隐瞒身份就可以理解了，而且，她还很谨慎地使用别人家的小蓝书，免得被追查到自己……

"她是在和本堂神甫偷情的时候发现了什么，必须以这种方式自保？"

卢米安越想越是兴奋，有种快要锁定嫌疑人的感觉。他站起身来，踱了几步，猛然往楼下走去。

他倒不是想去质问普阿利斯夫人，也没打算现在就窥探对方的举动，而是准备找雷蒙德或者贝里家的小纪尧姆，借他们家的小蓝书来做个对照，还原哪些单词被剪掉了，可以拼成什么样的句子。这样一来，有很大可能还原出那封求助信的具体内容。

卢米安噔噔下楼，穿过厨房，打开了人门。外面染着绯红的黑暗涌了进来，让他瞬间变得冷静。

"呃，姐姐说过，弄清楚那只猫头鹰的情况前，天黑之后不要出门……"卢米安咕哝了一句，后退两步，关上了房门。

反正借小蓝书的事也不着急，明天再做更自然。

活动了下身体，卢米安往楼梯口走去。

丁零零，丁零零。

门铃被人拉响，声音回荡开来。

"谁啊？"卢米安回过身，边走向大门，边疑惑地问道。

门外响起了一道略带磁性的柔美女声："是我，普阿利斯·德·罗克福尔。"

❖ 第五章 ❖
✦ CHAPTER 05 ✦
求助信

普阿利斯夫人……卢米安吓了一跳，有种被人找到家里来灭口的错觉。想到姐姐就在楼上，并且拥有超凡能力，他又平静了不少。

缓慢吐了口气，卢米安走过去，拉开了房门。

门外站着两名女性，靠前那位套着条纯黑且精致的束腰长裙，肩膀处搭着同色披肩，双手套着薄纱长手套，头戴一顶因为有些歪斜而略显俏皮的女士小圆帽。她一身皆黑，只胸前挂着条镶嵌着黄金的钻石项链。

这位女士眉毛略显疏淡，明亮的棕眸含着笑意，褐色的长发挽成高髻，五官分开来看都算不上出色，但组合在一起却有一种干净而魅惑的美丽。加上她气质高雅，站姿优美，让卢米安感觉门口染着些许绯红的那片夜色都因她而清新了不少，并隐约传出淡淡的香味。

这正是科尔杜村行政官兼领地法官贝奥斯特的妻子普阿利斯夫人。

当然，在卢米安心中还要加上"本堂神甫的情妇""疑似巫师""求助信嫌疑人""教堂内那具白花花的肉体"等修饰词，只不过这些都不适合直接说出来，否则必然会让普阿利斯夫人当场变脸。到时候，惹人愤怒是成功了，灾难可能也跟着降临了。

"普阿利斯夫人，有什么事情吗？"卢米安故意望了眼外面的天色，暗示对方这个时间点上门拜访好像不太好。

普阿利斯夫人的红唇泛着点水色，嘴角轻轻勾勒，道："我来找你姐姐奥萝尔商量一些事情。"

仅从容貌上看，她完全不像是一个年过三十、有两个孩子的女士，顶多也就二十七八岁。

卢米安斟酌了一下，让开了道路。他对走进门的普阿利斯夫人道："奥萝尔在楼上，为某份报纸的专栏写稿子。"

普阿利斯点了点头，对身旁的女仆道："卡茜，你在楼下等我。"

"是，夫人。"穿着黑白女仆服饰的卡茜向温暖的灶炉移了几步。

卢米安则领着普阿利斯夫人，穿过厨房，进了楼梯间。刚到拐角处，普阿利斯夫人停了下来。

"怎么了？"卢米安转过身体，故作茫然。

普阿利斯夫人微笑问道："你是故意把那三个外乡人带到教堂的？"

来质问我了……卢米安不仅没有慌张，反而镇定了不少。

之前多次恶作剧惹人生气的经验告诉他，这种时候，千万不能直接回答对方的问题，也不能为自己辩解，最好的选择是指责，指责对方犯了某个错误！

当然，这还是得视情况而定，扭头就跑是备选方案。

卢米安迅速露出了愤怒的表情，看着普阿利斯夫人道："你们居然在神的教堂里偷情！"

他随即张开双臂，做出拥抱太阳的姿势："我的神，我的父，请原谅这对有罪男女的亵渎吧。"

普阿利斯夫人静静看完，嘴唇勾出了异常美好的弧度："我想神会原谅我们的。我之前看过一本书，上面是这么写的：一位女士和她真正的恋人同床能洗清一切罪过，因为爱情使欢愉变得清白，就像来自最纯洁的心灵。

"和纪尧姆·贝内在一起使我很愉快，很开心，所以，永恒烈阳也不应该对此生气，这不是什么罪过。"

你看的都是什么书啊，女士……卢米安忍不住腹诽了一句。

普阿利斯夫人接着又道："不过，这确实是对圣西斯的不敬。"

因蒂斯每一个地区都有一到几名主保天使或圣人，他们或来自永恒烈阳教会、蒸汽与机械之神教会的典籍，或属于因蒂斯历史上做过特殊贡献，名声广为流传，得到两大教会认可的那种。

而在达列日地区，永恒烈阳教会的主保圣人是圣西斯。也就是说，这里每一座永恒烈阳的教堂其实都可以叫圣西斯教堂，只不过，为了区分，仅有最大最核心的那座这么叫，其他则用别的名字做了一定的代替。所以，普阿利斯夫人和本堂神甫在教堂里偷情相当于圣西斯的管家偷偷带人回来，占了主人的卧室，并做了不道德的事情，是对这位主保圣人的极大不敬。

"是啊。"卢米安沉重点头，"本堂神甫他难道不羞愧吗？"

普阿利斯夫人扑哧一下笑出了声。笑完后，她对卢米安道："当时我也劝过他，我说：'啊呀呀，我们怎么能在圣西斯的教堂干这种事？'

"你猜本堂神甫怎么说？他说：'哦，圣西斯只好委屈一下了。'"

在类似方面没有经验的卢米安一时竟不知该怎么接这些话。

"他在亵渎圣人！"终于，他憋出了这么一句。

普阿利斯夫人露出了回忆的表情："他就是这样的人，胆大，直接，仿佛一个强盗，骂着脏话就撞开了你心灵的门，和达列日那些绅士完全不同。也许正是这样，我才会和他上床。"

"那只不过是部分男人发情时的正常表现，别说圣西斯，就算神灵在那里，他也会让祂先等一下。"卢米安虽然没有经验，但看过奥萝尔写的小说，而且不止一本，"这属于被下半身控制了脑袋，不，那个时候，他脑袋已经空了，填满了另外的液体。"

普阿利斯夫人很浅地笑了一下："我知道是这样的原因，叫那种情景下，他确实显得很有魅力。

"呵呵，你果然是个没经验的少年，不知道同样的话语在不同的环境不同的氛围下会让人有不同的感受。

"我记得第一次和本堂神甫发生关系时，他站在那里，望着我的眼睛，直接对我说，'普阿利斯，我想更进一步了解你的肉体和心灵'。换成别的时候，我只会认为这是个粗暴下流、语言低价的色狼，得赶紧喊人进来阻止他，可那个时候，我的身体却软了，这是因为氛围刚好。"

说着，普阿利斯夫人的笑容变得妩媚："这就像，如果我看上了哪个男人，我就会对他说：'今晚到我家里来，好吗？'"

"他若是真的来了，我会直接带着他进入卧室，然后告诉他：'我想和你上床，我爱你。'"

"卢米安，这种时候，作为一个男人，你会怎么回答？"

卢米安平时也会和村里那些男人说些下流笑话，此时虽然有点不适，但还能撑得住，他努力回想着姐姐写的故事和当代其他作家写的小说，斟酌了下道："我会说，'女士，你是我的太阳'。"

"很有天赋……"普阿利斯夫人赞了一句。

说话间，她凑向前方，眼波变得水润。卢米安的耳旁顿时有股温热的气息扑来，略带磁性的柔美女声低低响起："我想和你上床……"

这一刻，卢米安忍不住心头颤了一下，身体酥酥麻麻的，就跟摸了坏掉的电台灯一样。他猛地往台阶上走了一步，对普阿利斯夫人道："奥萝尔应该在等你了。"

"嗯。"普阿利斯夫人重新站直了身体，脸上笑意浅浅，眼波如水收敛，仿佛刚才根本没什么事情发生。

这女人……卢米安忽然有点恐惧。他忙转过身，几步就到了二楼，普阿利斯夫人不紧不慢地保持着平常步态紧随其后。

听到门铃声的奥萝尔已在卧室外面等候。

"这么慢？"她望向了卢米安。

卢米安隐晦解释道："聊了聊教堂的事情。"

奥萝尔一听就懂，给了弟弟一个"自己向永恒烈阳祈求好运"的眼神。

她转向刚到二楼的普阿利斯夫人，笑着问道："有什么事情吗？"

"聊聊四旬节的一些准备，某个庆典可能需要你帮下忙。"普阿利斯夫人笑吟吟说道。

"我这段时间很忙啊……"奥萝尔找着推辞的借口。

普阿利斯夫人指着书房的门道："先听一听怎么样？"

"好吧。"奥萝尔这点礼貌还是有的。

看着姐姐和普阿利斯夫人进了书房，关上木门，卢米安微不可见地点了下头："表现得还算正常，没有重返'犯罪现场'的心虚……"

这时，他脑海内闪过了一个想法——普阿利斯夫人有不小概率是一名女性巫师,我可不可以从她那里获取到超凡力量?这可比追寻巫师真相直面那只猫头鹰和探索那个危险的梦境遗迹方便、安全多了……而且,那个梦境遗迹是必须探索,争取尽早解开秘密、消除隐患的,拥有超凡力量之后再去风险更小。

想到这里,卢米安突地心生警觉,摇起了脑袋。

他随即在心里做自我检讨:"怎么能这么想?普阿利斯夫人是朋友还是敌人,目前还不清楚,怎么能冒失地通过她寻求超凡力量?嗯,她刚才表现得也不像是好人,甚至让我感觉危险……

"我这段时间是怎么了?在追寻超凡力量这件事情上表现得未免太急切太莽撞了吧,就跟不赶紧获得就会死一样……"

卢米安发现姐姐是坐师已近两年,之前虽然也在尝试获得超凡力量,但从来没有像最近几天这样做如此多的努力,不管机会是好是坏、有没有危险,只要看起来有希望,都迫不及待去接触,和饥饿了很久完全不挑食一样。

"呼……幸亏及时察觉到了问题,要不然接下来的路可能越走越偏,越走越危险。"卢米安长长叶了口气,为自己找回正常心态而庆幸。

当然,追寻超凡力量这件事情不可能停止下来,只是得有所选择,毕竟那个危险的梦境已经实实在在地展露面容了,而村里的暗流也愈发汹涌。

普阿利斯夫人没和奥萝尔聊多久,十几分钟后,她们就从书房里走了出来。卢米安陪着姐姐,将普阿利斯夫人一路送出大门。

他随即望向奥萝尔:"她让你帮什么忙?"

奥萝尔撇了下嘴巴道:"让我在赞美庆典上领唱,我拒绝了。"

科尔杜村的四旬节有三个环节,一是春天精灵祝福巡游,二是水边仪式,三是在教堂内举行的赞美庆典。最后这个主要是以演奏乐器与大合唱的形式进行。

在达列日地区,领唱的往往是教堂唱诗班,但科尔杜村没这个条件,只能找擅于歌唱者来代替。至于演奏乐器这部分,村民们倒是不为此发愁,在有牧羊人传统的村落,音乐或者说乐器是日常生活里必不可少的。

要知道,牧羊人常年在野外,不是住窝棚就是打地坑,除了同伴和羊群,他们最常打交道的只有随身携带的笛子。放牧、打牌、闲聊之外,吹响笛子用音乐抚慰自己的内心几乎是每个牧羊人都会做的事情。正因为如此,形容一个牧羊人处境艰难贫困潦倒的话语是"他连笛子都没有"。

身旁有如此多的牧羊人,科尔杜村别的村民难免会受到一定的影响。他们在广场上聚会聊天时,必然会有人演奏乐器,让悠扬的旋律回荡开来。

"嗯。"卢米安见姐姐意志坚定,内心颇为欣慰。

那些庆典看热闹起起哄就行了,真要做主角,不仅浪费时间,而且还容易惹来一些不必要的觊觎。

为了保护视力,在仅有煤油灯提供照明的情况下,卢米安只看了一会儿书就选择洗漱上床,认真思考起该怎么安全地试验出自身在梦境里有什么特殊之处。那位女士连续几次的建议都无比准确,让他不自觉就完全相信了她的话语。

夜深人静之时,卢米安又一次进入了梦境,在那里醒来。他摸了摸各个口袋,习惯性点数了一下,确认二百一十七费尔金二十五科佩的收获仍然存在。

舒了口气,卢米安提上斧头和钢叉,噔噔下楼,直奔灶炉位置。

炉火已然熄灭。

"我没做梦的时候,这里的钟表依旧在走……"卢米安略微皱起了眉头。这么"真实"的梦境里,自己哪会有什么特殊之处?

"钟表依旧在走"是达列日地区一句俗语,意思是时光不因人类停留,永远在往前流淌。

卢米安回到自认为最安全的卧室,放下斧头和钢叉,唰唰脱掉了衣物。然后,他走到衣柜附带的全身镜前,一寸一寸检查起自己的身体,看与现实相比有什么不同之处。

毫无异常。

"难道是精神上的特殊?"卢米安没急着穿上衣物,径直走回睡床,学着姐姐,盘腿坐下。

之前,为了让他做清醒梦,奥萝尔教过他一些粗浅的、不涉及神秘元素的冥想法门,他现在想试一试,看在完全静下来的场景中,能不能察觉到精神和身体上可能存在的特殊之处。

第一步,调节呼吸。

卢米安加深了呼吸的力度,放缓了相应的频率。

一次次缓慢悠长有自身节奏的呼吸中，卢米安一点点让自己的大脑放空。与此同时，他于脑海内勾勒出一轮赤红的太阳，让所有的注意力所有的思绪都集中在上面，以此排除掉其余的杂乱念头。

这是奥萝尔特意叮嘱过的，让他冥想时一定要选现实存在且代表着光明的事物来勾勒，免得被某些污秽的、邪恶的事物盯上。

作为永恒烈阳泛信徒的卢米安第一反应就是观想太阳。他的心灵逐渐平静了下来，感知中的整个世界似乎只剩下那一轮赤红的烈日。

忽然，卢米安仿佛听到了什么声音。那声音似乎来自无穷高处，又好像就在耳边响起，既让人听不清楚，又有雷声轰隆的意味。

无法言喻的嗡嗡之声里，卢米安的心脏狂跳起来，脑袋仿佛被人插入了一根铁钎，用力搅拌了几下。剧烈的疼痛瞬间爆发，那轮炽烈的太阳变得鲜红似血，并飞快染上深沉的黑色。

冥想中的画面随之破碎。

卢米安猛地睁开了眼睛，大口喘起气，有种自己快要猝死的感觉。足足十几二十秒过去，他才从那种濒死的体验中缓了过来。

他本能地低下脑袋，审视起自己的身体，看到左胸位置多了一些奇怪的东西。

某种深黑色的、类似荆棘的符号，仿佛来自心脏，从体内长了出来，它们一个接一个连在一起，链条般往背后延伸而去。而这些"荆棘"上方是疑似眼睛的图案和虫子般的扭曲线段，它们都呈青黑色。

此时，这些如同文身的事物都在缓慢变淡。

卢米安先是一惊，旋即有了诸多想法。他飞快下床，直奔全身镜前，背对着它。然后，他竭力往后扭头，查看背部的情况。

他勉强看见由黑色"荆棘"组成的链条在背心处又钻入了体内。也就是说，这"荆棘"锁铐以环的形式锁住了他的心脏连同对应的身体。

"黑色的和青黑色的是两种不同的符号，青黑色的这些感觉有点眼熟，嗯和我流浪时帮助过的那个老头身上的很像……也就是从那个时候，我开始做有大片雾气的梦……"卢米安分析着身上不同于现实的"特殊"，直到它们彻底变淡，消失不见。

看到这一幕，卢米安颇感失望。

虽然找到了特殊之处，但他觉得毫无意义。因为引导它们出现的过程让他极为痛苦，接近死亡。在这种快要昏迷过去的状态下，去面对那背着猎枪的怪物和给它送食物有什么区别？而如果等他重新有一战之力，"特殊"又快要消失了。

梦境里气候颇冷，像是山里的初春，卢米安总是光着身体也不太舒服，于是又快速穿好了衣物。仅仅只是做了这么简单的一件事情，他就异常疲惫，脑袋又有点痛了。

很显然，刚才冥想带来的冲击不是短时间内能恢复如初的。

在这种情况下，卢米安决定今晚放弃探索，不做尝试，好好睡觉，认真休养。

睡醒一觉后，天还没有亮起。

望着屋内的黑暗和靠近窗帘处的些许绯红，卢米安将梦境里发生的事情仔细回忆了一遍。

"我之前在现实里也冥想过很多次，都没有听到那奇怪的声音，也没感觉到有什么痛苦……难道只有在那个梦境里才存在'特殊'？"卢米安疑惑地坐起，打算确认一下。

他又一次按照流程，尝试起冥想。那轮赤红的太阳飞快浮现于他的脑海，他心灵的杂乱渐渐沉淀下来。

这是卢米安熟悉的冥想体验，没有奇怪的声音，也没有剧烈的痛苦，更没有濒死的体验。过了一阵，他结束冥想，解开扣子，低头审视起自己的心脏位置。

那里没有任何符号。

"果然，那是只存在于梦境的'特殊'，影响不到现实……"卢米安不知道自己该高兴还是失望。

他抬起脑袋，望向被帘幕遮住的窗户，念头随之发散开来，思考起梦境里那种"特殊"能不能被利用，该怎么被利用。

就在这个时候，他看到窗外似乎多了道黑影，不大的黑影。

卢米安的瞳孔一下放大，整个人高度紧张。

他最本能的反应是叫姐姐，但随即想到，自己就在家里，奥萝尔说过会看着这边，她应该已经有所察觉。于是他小心翼翼下床，缓慢靠近窗口。

这个过程中，卢米安时刻等待着姐姐叫停行动。

奥萝尔没有出现。

卢米安来到窗前，抓住帘布，谨慎地将它拉开了一道缝隙。

窗外是安静而幽深的黑夜，绯红的月亮远远挂在天边。

不远处的叶子轻轻摇晃着的榆树上，一只猫头鹰静静站在那里，正对着卢米安的窗户。它比绝大部分同类都要大一圈，眼珠一点也不呆板和僵硬，望着卢米安的眸光带着难以言喻的俯视感。

那只猫头鹰！

它又来了！

卢米安的一颗心顿时悬了起来。

这猫头鹰和上次一样，与卢米安对视十几秒后，什么都没做就展开翅膀，飞向了黑夜深处。

"……"卢米安一时无言。

隔了好一会儿，他才拉开窗帘，骂骂咧咧道："脑袋有病是不是？每次都来看一眼，看一眼，也不说话就走了！

"你是哑巴吗，还是智商有问题，这么多年都没学会人类语言？"

其实，卢米安对那只猫头鹰的举动有自己的猜测，认为是姐姐的存在让它不敢做什么事情。毕竟奥萝尔说过，夜里只要不离开这栋建筑就可以保证自身的安全，如果他刚才一时冲动，把脑袋探出了窗外，那只猫头鹰恐怕不会像现在这样静静飞走。

骂了一阵，卢米安决定拉上窗帘再补一会儿觉。他目光随意往外面扫了一下，突然凝固在了那里。

十几米外的一片小树林边缘，有道人影正缓慢走过。她穿着粗布制成的深色长袍，头发稀疏而苍白。

"娜罗卡……"卢米安认出了这道身影。

那正是他之前询问过巫师传说的娜罗卡。

娜罗卡的脸庞仿佛半融入了黑暗，眼睛在淡淡的绯红月色下反射着奇异的光芒，整个人动作异常僵硬，如同游荡的鬼魂。

卢米安不自觉地屏住呼吸，把身体往后缩了一点。

娜罗卡并没有往这个方向而来，慢慢地、慢慢地进了小树林，消失在了幽深的夜色里。

"她的状态不太对啊……这是出了什么事情吗？"卢米安略感担忧。

最近这段时间，村里的反常情况越来越多了。

他又往外面眺望了一阵，夜色已归于安静，只有摇晃的树叶证明着风的存在。

"你在看什么？"奥萝尔的声音突然在他的背后响起。

卢米安不惊反喜，转过身去，对套着两截式睡衣的姐姐道："你也察觉到不对了？"

"没有。"奥萝尔垂落的金发略显凌乱和蓬松，一看就是刚起床。紧接着，她没好气地说："我没看到什么不对，我只知道有个家伙大半夜不睡，在窗口徘徊。"

"顶多还有一个小时就天亮了，怎么能算大半夜……"卢米安习惯性地小声嘀咕了一句，然后才问道，"你不是因为那只猫头鹰又飞到窗外过来的？没有看见外面的娜罗卡？"

"娜罗卡？"奥萝尔难得露出茫然的表情。

卢米安没有隐瞒，从自己醒来发现窗外有黑影开始一直讲到状态奇怪的娜罗卡走进小树林。

至于梦境冥想带来的特殊之处，他打算先咨询过那个神神秘秘的女人，再考虑以什么样的方式告诉奥萝尔，或者再瞒一段时间，免得姐姐阻止自己获取超凡力量。

奥萝尔好看的金色眉毛皱了起来："娜罗卡可能已经出了问题……天亮之后你去他们家看一下。"

"什么问题？"卢米安下意识追问道。

"我怎么知道？我又没有看见，没法做准确判断。"奥萝尔没好气地回答。

"你真的没有看到？"卢米安还以为姐姐全程监控着这边。

奥萝尔"呵"了一声："你以为想看什么就可以看什么？看到不该看的东西，你就得考虑给我挑哪块墓地了。我不会没事往外面看，也就监控下你的状态，有什么不对才会醒来。"

姐姐冒着这么大的危险在照看我啊……卢米安愣了一下，忍不住眨了眨眼睛。

奥萝尔语重心长地补充道："所以，我才告诉你，不该看的不要看，不该听的不要听，追寻超凡力量是一件非常危险的事情。"

"嗯。"卢米安郑重点头。

与此同时，他在心里默默说道：就是因为危险，我才不能让你一个人独行。

用过早餐后，卢米安担负着姐姐的嘱托，直奔娜罗卡家。

他还没有靠近，就看见门外站了许多村民，包括自己的几个伙伴，以及阿娃的父亲纪尧姆·利齐耶、雷蒙德的父亲皮埃尔·克莱格、本堂神甫的弟弟蓬斯·贝内等人。

"出了什么事？"卢米安小心翼翼地绕过蓬斯·贝内和围绕着他的几个恶棍，来到雷蒙德身旁。

雷蒙德颇为悲伤地回答道："娜罗卡过世了。"

"啊？"卢米安虽然已做好娜罗卡出事的心理准备，但没想到她已经死去。

雷蒙德絮叨着又道："早上天还没亮的时候，本堂神甫来给她做过临终慰藉了。我们前两天找她问巫师传说那会儿，她还好好的，很精神，怎么突然就过世了……"

早上天还没亮的时候？卢米安心中一惊。他正是在这个时间点看到娜罗卡身影的，而本堂神甫的临终慰藉要么早一些，要么迟一点，不会差太多。

所以，我看到的其实是娜罗卡的鬼魂？这件事发生在那只猫头鹰飞来注视我后……它真能带走人类的灵魂？嗯，娜罗卡是当初巫师事件还活着的目击者之一……要不是我听姐姐的话，没有在天黑以后出门，可能本堂神甫临终慰藉的对象就换成我了。呵，他对我的临终慰藉是朝我吐一口痰吧……卢米安脑海内不断有各种念头闪过。

雷蒙德也没有和他聊天，只站在那栋内层房屋外，静静地哀悼着娜罗卡。

卢米安收敛住想法后，看见莉雅、莱恩和瓦伦泰三个外乡人走了过来。

"这里发生了什么事情吗？"不等卢米安打招呼，莉雅抢先问道。

他们看见路上聚集了很多人。

卢米安叹了口气道:"我的卷心菜们,一位受人尊敬的老夫人过世了。"

"那你们怎么都站在门外?"莉雅没先表示哀悼,因为卢米安的话不那么令人相信。

她依旧穿着先前那套衣物。卢米安当即做出明显的上下打量动作,看得莉雅心头有点慌。

"怎么了?"莱恩开口问道。

卢米安笑了一下:"你们肯定不是达列日本地人。"

"我们来自比戈尔。"莱恩坦然回答。

比戈尔是因蒂斯共和国莱斯顿省的省府,达列日则是莱斯顿省南方边境的一座城市,管辖着包括科尔杜村在内的一大片区域。

"难怪你们不知道达列日地区的风俗。"卢米安点了点头。

他之前以为这三个外乡人是从达列日过来的官方人士,结果来自省府比戈尔。

身份看来比我预想的要高不少……卢米安默默更新了对莉雅等人的判断。

"什么样的风俗?"莉雅颇感兴趣地问道,"可以告诉我们吗?"

卢米安本来就想和他们搞好关系,于是笑着说道:"你们是我的卷心菜,我怎么会不告诉你们?

"你们知道的,每个人都有自己对应的星座,而在达列日地区,我们还相信每个家庭也有自己的星座,产生对应的运气,而家人尤其是家主的死亡和出殡会带走这种好运。

"为了不影响星座,留住运气,我们会在下葬前将死者放在一个家庭的中心,也就是厨房内,然后剪下她的部分头发和指甲,将它们永远地藏在家里,但不能被客人发现。

"这种时候,参加葬礼的人如果进了房子,会影响到相应的星座,带走一部分运气,所以,我们参加葬礼都是在门外哀悼,顶多到门口眺望一下,然后去教堂旁边的墓园等待。"

"这样啊。"莱恩轻轻颔首,"这和每个地区的大教堂都有圣骨存放一样,'在有部分圣体的地方永远会有圣人存在'。"

他转过身,面朝娜罗卡的家,摘下头顶礼帽,放到胸口,开始默哀。

莉雅和瓦伦泰也跟着表示哀悼。

等到他们结束，卢米安对他们道："我要去门口瞻仰遗体了，回头见，我的卷心菜们。"

"好的。"莱恩温和点头。

卢米安压低嗓音，补了一句："我会帮你们找那本小蓝书的。"

不等莉雅等人回应，他往旁边退了一步，笑着说道："你们怎么每天都穿一样的衣服？"

"要在异乡待一段时间的情况下，没法太在意体面。"莱恩简单说道，莉雅则下意识摸了摸自己头纱上挂的银色铃铛。

告别瓦伦泰等人，卢米安走到了娜罗卡家门口。

排了一会儿队，终于轮到了他。他站到门边，望向前方的厨房。

娜罗卡的尸体还没有被放入棺材，静静地躺在几条长凳拼成的简陋床上。她的指甲已被剪掉，稀疏的白发比以往整齐了不少。她的脸庞呈青白之色，加上皱纹的存在，哪怕是卢米安这种胆大的年轻人，也不敢注视太久。

"和天亮前看到的她相比，脸色更青了⋯⋯"卢米安暗语一句，做了个微微鞠躬的动作，离开了门口。

和雷蒙德一起前往墓园的途中，卢米安猛地拍了下脑袋："哎呀，我忘了通知奥萝尔。"

"那你快去。"雷蒙德表示理解。

奥萝尔很多时候都不爱出门，不靠弟弟还真没法知道村里发生了什么事。

卢米安顺势道："正好这里离你家不远，把小蓝书借我两天，我家那本被老鼠啃了几页，需要抄写一下。"

"好。"雷蒙德答应了下来。

反正现在距离下葬还有很长一段时间。

"娜罗卡过世了。"卢米安藏好小蓝书，回到家里，对奥萝尔说道。

奥萝尔忍不住叹息了一声："果然出事了。也不知道是不是那只猫头鹰造成的⋯⋯"

"我也怀疑。"卢米安附和起姐姐。

奥萝尔"嗯"了一声："天黑之后，你一定不要离开家。和你一起追寻巫师传说的人，你也得想办法警告他们。"

"好。"卢米安刚才已经用"娜罗卡才被问到巫师传说没两天就去世"恐吓了雷蒙德，让他最近这段时间在天黑后不要出门。

"娜罗卡是个好人，我去换身衣服参加她的葬礼。"奥萝尔一边往楼梯口走去，一边问道，"你是和我一起过去，还是看会儿书做张卷子再去？"

这种时候还做什么卷子？有的时候，卢米安不是很能理解姐姐的思路。

考虑到要对比小蓝书，他对奥萝尔道："我做张卷子再去。"

"很好。"奥萝尔颇为欣慰。

目送姐姐出门后，卢米安的表情沉凝了下来。

他上到二楼，进了书房，拿出从雷蒙德家借来的小蓝书，对比起自己家被剪掉部分单词的那本。

时间缓慢流逝着，相应的单词一个个被找出来，写在了白纸上。卢米安认真拼凑了一阵，然后按两句话的体量做了调整。

很快，可能的求助信内容呈现在他的眼前——

"我们需要尽快获得帮助。

"周围的人越来越奇怪了。"

看着还原出来的"求助信"，卢米安长久地陷入了沉默。

虽然这不一定就是那封信的内容，毕竟只要不太在意语法，那些单词还能造出别的句子，比如"周围的人需要尽快获得帮助，我们越来越奇怪了"等，但还是让他感觉到了难以言喻的沉重，仿佛被什么东西压在了心头。

换作以往，他可能会认为寄信者在恶作剧，可现在的科尔杜村，反常的事情真的越来越多了，而这还只是被他发现的部分。

"不能当作什么都没看到，也不能假装无事发生……

"姐姐说过，一个心智正常的人要懂得规避危险，不能在发现墙壁快要倒塌后还站在它下面……"

卢米安回过神来，迅速有了决断：必须尽快离开科尔杜村，和姐姐一起！

至于这里的异常,自然有官方的人来处理,这里的村民也肯定是由他们来保护,卢米安自己既没有担负起这个责任的义务,也缺乏相应的能力。

"另外,还得加快对梦境废墟的探索,争取短时间内获得超凡力量,以应对离开这里的过程中可能发生的意外……"

卢米安头脑愈发清醒,心里满是急迫之情。他最怕的是自己和姐姐还没来得及离开科尔杜村,异常就爆发了,那样的话,他至少要做到不拖累姐姐,而相应的前提是,他需要变得比现在强大不少。

想到这里,卢米安把自家那本小蓝书放回原位,带上写有刚才单词和句子的纸张,快步走下了楼梯。他特意绕到灶炉旁边,将那张纸投入了火中。

出了门,卢米安自奔老酒馆。

酒馆的门紧闭着,老板兼酒保臭里斯·贝内应该是去参加娜罗卡的葬礼了。

不过,作为一家兼职的旅馆,白天不可能将所有的门都锁上,不给住客们进出的机会。

卢米安绕至小路,推开了酒馆的后门。来到楼梯口,他望了大厅一眼,没看到一道人影。噔噔噔,卢米安上了二楼,停在了那个神秘女人的房间外面。

见门把手上没有悬挂"正在休息,请勿打扰"的牌子,卢米安吸了口气又缓慢吐出,然后屈起手指,轻轻敲动木门。

咚,咚,咚……

他一连敲了三下,可里面没有任何动静传出。

咚,咚,咚……

卢米安加大了敲门的力度,可还是无人回应。他又拍打了几下,房间内一片寂静。

"不在?"卢米安皱起了眉头,"旁观娜罗卡的葬礼去了?"

他不再浪费时间,下了二楼,出了酒馆,直奔教堂旁边的墓园而去。

途中,卢米安路过了娜罗卡的家。

此时,门外告别遗体的人群已全部散去,都到墓园去等待了。卢米安远远望了一眼,正好看见本堂神甫的弟弟蓬斯·贝内从屋内出来。

"这……"他一阵惊讶,下意识往旁边那栋建筑靠去,缩到了遮挡物后面。

举行葬礼的时候,不是不能进屋,免得影响星座带走好运吗?

蓬斯·贝内停在娜罗卡家门口,与那位老夫人的幼子,叫作阿尔诺·安德烈的中年男子低声交谈了几句。等到蓬斯·贝内离开,阿尔诺锁上大门,往墓园方向而去。

"娜罗卡的死果然有古怪……"卢米安皱起眉头,无声自语。

他现在觉得娜罗卡的死亡未必是那只猫头鹰造成的,更可能与本堂神甫那伙人暗中的古怪有关。那只猫头鹰或许只是遵循着自身的使命,来科尔杜村带走死者的灵魂,然后于途中停下来观察了卢米安一阵。

当然,卢米安还有个更惊悚的猜测:本堂神甫那伙人说不定与那只猫头鹰存在着某种联系!

他们的古怪,他们暗中做的事情,最初的源头或许就是当初那个巫师的遗留。

"在离开科尔杜村前,可以找机会把我这些猜测告诉莱恩、莉雅他们,希望他们能尽快查清楚真相,快点把问题解决。"卢米安收回目光,一边若有所思地在心里嘀咕,一边走向永恒烈阳的教堂。

整个葬礼中,卢米安看似沉默、严肃,实际却在不断地观察每一个村民,希望从他们的表情里找到异常之处。很可惜,他毫无收获。

不过,他也因此产生了一定的错觉:村里部分人可能戴着某种假面具……

而那位给他塔罗牌的神秘女士并未出现在墓园。

接近傍晚的时候,半入地式的两层建筑内。

"你写的卷子呢?"奥萝尔看了走到面前的弟弟一眼,随口说道,"给我看看。"

卢米安表情严肃地说道:"我有件事情要告诉你。"

奥萝尔的目光扫过他的脸庞,道:"村里某只野生动物又叼走你的卷子了?"

"不是。"卢米安沉声说道,"我从那几个外乡人那里打听到了一些事情。"

奥萝尔收敛住笑容,点头示意继续。

卢米安从莱恩等人在追查一封求助信开始,讲到家里小蓝书的异常,讲到自己对普阿利斯夫人的怀疑,还讲了自己借来雷蒙德家的小蓝书,初步还原出了求助信的内容。最后,他提议道:"我们尽快离开村子吧,到达列日……不,比戈尔,住一段时间。"

奥萝尔没有立刻回答,沉思了足足十几秒才道:"这确实是当前最好的选择。但有一个问题,在官方人士展开调查的同时,我们突然匆匆忙忙地离开科尔杜,会不会引起他们的怀疑,被他们拦截下来,重点排查?

"如果我不是非凡者,这倒没什么,可我是不被官方认可的野生非凡者,会被裁判所抓走净化的那种。"

卢米安毕竟经验不足,先前竟忽略了这个问题,一时不知该说点什么好。他隔了一会儿才道:"强行闯出去,然后躲到别的城市,或者别的国家?"

"你是不是太看得起我了?"奥萝尔哑然失笑,"据我观察,那三个外乡人应该都挺厉害的。如果只有一个,我或许还能应付,可他们有三位。而且,你怎么知道村外没有大部队埋伏,就等着嫌疑人受到惊吓,主动现身,往外逃跑?"

卢米安被说得哑口无言。他不得不承认,比起姐姐,自己还是太青涩太稚嫩了,关键时刻思维不够缜密。

"你啊,还是太莽撞了。"奥萝尔点评道,"不过也正常,年轻人哪会没几分锐气?"

她顿了一下又道:"明天上午,你去行政官那里,帮我给《小说周报》拍封电报,内容是询问之前提过的作家沙龙在什么时候举行。"

奥萝尔是《小说周报》的专栏作家,相当受读者的欢迎。

——科尔杜村只行政官和本堂神甫各掌握着一台电报机,负责对外做紧急联络,村民们平时要使用也不是不可以,但得支付足够的费尔金。

见卢米安露出不解的神色,奥萝尔笑了笑,简单解释道:"《小说周报》一直想请我去特里尔出席一些活动,我都拒绝了,包括最近的作家沙龙。

"既然我主动询问起这件事情,他们肯定会热情地邀请我过去,甚至还会报销来回的蒸汽列车费用。这样一来,我们的离开就是很正常的一件事情,即使会受到暗中观察,也不至于被当成嫌疑人来对待。

"到时候,我有办法短暂地瞒过他们。只要我们两个真的没受到异常事件的污染,就有极大概率顺利离开科尔杜村。"

"好。"卢米安忍不住松了口气。几秒后,他好奇问道:"奥萝尔,呃,姐姐,'非凡者'就是对拥有超凡力量的人的称呼?"

"对。"奥萝尔没有多讲。

她转而笑道:"你居然愿意抛下你那些朋友,直接逃离科尔杜。"

"别人是死是活关我什么事?"卢米安"呵"了一声。

当前最重要的是保证姐姐的安全!

奥萝尔啧啧笑了起来:"来来来,把刚才的话再说一遍,我可爱听了。你之前说过多少次类似的话了?可每次不是悄悄地提供帮助,就是假装无意地提醒他们。"

"那些都是小事。"卢米安辩解了一句。

现在的异常可是会威胁到姐姐。

"好吧好吧。"奥萝尔一副不和小朋友争执的表情,"该准备晚餐了,今天轮到你了。"

卢米安"嗯"了一声,走向灶炉。

红月被云层遮住的幽黑夜晚,卢米安洗漱完毕,躺到床上,脸上逐渐浮现出了明显的忧虑。

奥萝尔的应对不是不好,可卢米安担心在等待《小说周报》回电的这段时间,村里的异常就爆发了。为此,他无比迫切地想要提升自己的实力,而在梦境废墟里获取超凡力量是他当前最容易触及的途径。

令他可惜的是,今天一整天都没有找到那位女士,无法获得相应的建议,只能自己先尝试一下。

对他来说,形势到了如今这个程度,就仿佛箭架到了弓上,弦已经拉开,必须将它发射出去了。

没有犹豫,卢米安收敛住心神,慢慢进入了睡眠状态。

❖ 第六章 ❖
CHAPTER 06
序列与魔药

淡淡的灰雾里，卢米安醒了过来。

他当即翻身下床，直奔窗口，望向外面。

那座由棕红色石块和红褐色泥土构成的山峰如往常一样，静静立在荒野上。它虽然只有二三十米高，却给人一种插入云层连接天空的感觉，以至于卢米安下意识就用"山峰"这个词来形容它。

它的脚下，那一栋栋呈各种状态的坍塌建筑于荒野上组成圆环，一层层往外。

"那个背猎枪的怪物从身体结构上来看，肯定擅长奔跑和跳跃，同时还具备一定的智商，能使用猎枪这种相对复杂的武器……

"它有非常强的追踪能力……不确定它是不是像奥萝尔那样，拥有一些超自然的能力……"

关于目标的种种细节在卢米安脑海内浮现出来。他初步判断，真要和那个背猎枪的怪物正面对抗，自己被打死的概率高达百分之九十；如果尝试利用身上的"特殊"，那死得更快，因为一旦进入冥想，他自己就能把自己搞到濒死状态，对方只需要简单一击就可以完成收割。

除了没法正面对抗，偷袭、刺杀也不在卢米安考虑范围内——这一是因为以对方表现出来的追踪能力，他很可能无法真正地隐藏身形，也就没法做到偷袭；二是因为他没有远程武器，哪怕只是给他一把左轮，他现在也不会如此为难。

这两天，卢米安反复思考过该怎么对付那个怪物，最终只能想到一个办法——利用陷阱！

他曾经跟村里的猎人进过深山，学过怎么设置一些简单的陷阱，之后在少数恶作剧里熟练掌握了技巧。

卢米安原本想的是利用家里那些油。比如，把它们装在一个无盖的大桶里，放到隐蔽的高处，用一根绳子系上，等目标一过来，立刻拉动绳子，让大桶倾倒，泼得对方一身是油，然后趁机丢一根点燃的火把过去。

可斟酌之下，他又放弃了这个想法。在那个怪物表现出了很强的追踪能力的前提下，必须充分地高估它的嗅觉！

油类的气味可是相当明显的，而如果用别的强烈气味来掩盖，卢米安不确定对方是否会改变对策，是否会像野狗那样连细微的不对都能分辨出来。

最终，他选择了挖深坑，埋利桩。

这同样存在一定的问题：以那个怪物表现出来的追踪能力，它有不低的概率提前发现异常，看穿陷阱。

卢米安的应对是，想办法降低它的防备心，利用好思维误区。

简单来说，他只能寄希望于自己在智商上可以压制住对方，在武器都不如目标的情况下，利用好身为人类的最大优势。

至少从上次的情况来看，它有一定的智商，但不会太高……卢米安在心里宽慰了自己一句。

当然，他不会因此而轻视那个怪物，他打算把对方的智商放在正常人这个水平来谋划，对标的人物是蓬斯·贝内。

"不，那家伙太蠢了，要不是他有那么多打手，我早就让他跪下来喊爸爸了。"卢米安想了想，谨慎地调高了对怪物的预期，"嗯，就按照没读过书的本堂神甫来对待。"

他又一次望向窗外，目光停留在自己家和那片废墟之间的荒野上。那里离安全区更近，对他来说最为保险，但缺乏遮挡物，一览无遗，实在不适合埋伏。

"挖陷阱没问题，可用自己当诱饵的话，对方远远就能看到你，直接开枪干你，根本不会过来……"卢米安嘀咕了两句，决定冒险进入废墟，在那里找合适的地方设置陷阱。

本就有了草案的计划在他脑海内迅速成形，只剩下最后一点需要确认：挖深坑埋利桩需要不少时间，他没法命令对方，让它等到自己弄好了再来。

想了想，卢米安张开双臂，做出拥抱太阳的姿势，比之前任何时候都更加虔诚地祈祷道："我的神，我的父，请庇佑我解决那个怪物吧。

"赞美太阳！"

世界上的事，绝大部分都不可能有百分之百的把握，卢米安不再犹豫，提着钢叉和斧头，出了卧室，进入书房。

考虑到目标的武器，卢米安决定更换"防护装备"。他脱下了棉衣，用绳子将一本本硬封皮的书绑在了前胸与后背处。

这是自制的"纸甲"！

隐约间，他记起姐姐曾经说过，这样可能会受什么内伤，但现在已经顾不了那么多了。

卢米安活动了下身体，确认当前的书籍数量不至于太影响自己的战斗。他重新穿上了最外面那件皮制夹克，一路下到底层，翻找起设置陷阱可能需要的材料。

没多久，他手里多了把铁锹，腰间多了一捆绳子——这一是用于攀爬，二是用来制作绳网，代替树枝的。

完成准备工作后，卢米安深吸一口气，用拿着铁斧的右手拉开了大门。淡淡的灰雾弥漫于荒野上，他一步一步向仿佛染着血色的山峰走去。

在死一般的寂静里，卢米安走到了那片废墟的边缘。

他先往侧面走了一段距离，将铁锹、钢叉、绳子等东西丢到了一栋倒塌建筑的阴暗角落里，然后只带着斧头回到之前进入废墟的地方。

他没任何异常地做起探索，与上次一样缓慢地向废墟深处潜行而去。到了被三脸怪物吓退的地方，他停留了近一分钟才转身往回走。

走到一半，他开始绕路，绕向存放铁锹、钢叉的那栋倒塌房屋。接近目的地时，他开始观察地形，寻找适合设置陷阱的地方。

"这里有个比较宽又不长的裂缝，稍加改造就是一个好陷阱，而且还能节约我不少时间，倒是另外一个，也许要很久，只能希望那个怪物不要这么快追踪过来……"

卢米安取了铁锹等物，返身到挑中的位置，快速设置起陷阱。

等初步改造好裂缝本身，他用斧头砍断和削尖了一截截木头，将它们安放在陷阱底部；接着，他编织绳网，铺在陷阱上面，再盖了一层浮土，尽量与周围保持一致。

完成这件事情后，他假装本人是怪物，正追踪自己而来，到了这个陷阱前。

"如果它能察觉这个陷阱，肯定会选择绕过，甚至直接跳过去，大概会到这个位置……我需要的是，它一到这里就能看见我而之前不行，所以，我只能躲在这里……"卢米安用脚丈量着距离，用眼睛辨别着方向，慢慢来到了一堵还算完好的墙壁旁。

他蹲至那里，确认了下视线情况，然后，他开始挖第二个陷阱。

这是针对"正常人类"的布置。

当一个人在追踪目标的途中，发现对方给自己设了一个陷阱，而自己轻松察觉，并找到了就在旁边埋伏的敌人后，多半会很得意、很急切，从而忽略掉存在第二个陷阱的可能性，急吼吼地扑向猎物。

普通智商的人很容易出现这样的思维误区或者说盲点。

卢米安只希望那怪物达不到人类的平均智商，否则自己只能转身就逃，之后大概率被追上，死在荒野某处，小概率逃回自己家，躲入安全区。

科尔杜村的异常逼得他拿生命来冒险。

时间一分一秒流逝着，卢米安终于弄好了第二个陷阱，而那个背猎枪的怪物还没有出现。

别的怪物同样如此。

他终于能够安心一点，在藏好铁锹等物品后，他站直身体，张开双臂。

"赞美太阳！"这一次，他更加地真诚。

卢米安随即缩到那堵墙壁旁，半蹲于地，盯着第一个陷阱。

从他刚才过来的地方是看不见这边的，因为有一栋整体坍塌的建筑遮挡视线。

他耐心地开始等待。

扑通，扑通，扑通……卢米安明显感觉到自己的心跳在加快。对他来说，这是从未有过的体验。

流浪的时候，他也面对过年龄大于自己、体格强于自己的"敌人"，但彼此并非以杀死对方为目的，主要是为了抢夺食物、金钱和适合睡觉的地方。就算在这个过程中，真的有人因此死去，那也属于意外。

而现在，他即将面对的敌人是一个不会遵守人类法律和道德的怪物，并且远比他强，说不定还拥有少量超凡能力。一旦计划出点纰漏，他的下场可想而知。

扑通，扑通，扑通……卢米安不可避免地高度紧张。没有人不想好好活着，他也不例外。

吸，呼……吸，呼……卢米安开始深呼吸，以此调整紧绷的精神，而这似乎没带来太好的效果。

一时之间，他既希望那个怪物早点来，又害怕它真的到来。

前者是因为能让事情快些结束，如此一来，不管结果是好是坏，至少他不用像现在这么紧张，行将崩溃；后者则单纯是一种恐惧。

这么下去，自己的状态会越来越差。卢米安一边告诉自己"这是为了不拖累奥萝尔"，一边尝试起冥想。

那轮赤红的太阳比以往更难勾勒，但随着卢米安的努力，它最终还是浮现了出来。这也让卢米安平静了不少，只是身体还有些许战栗。

就在这时，他听到了轻微的动静，仿佛在他眼睛看不到的地方有一片草场，某个牧羊人正在轻手轻脚地靠近。

卢米安的注意力完全集中了起来。

当事情真要发生的时候，他反而不像刚才那么恐惧了，虽然身体依旧有点战栗，但至少不会有那种自己快要崩溃的感觉。

"五年前我就应该死掉的，多亏了奥萝尔才活到现在，已经赚了五年了，还有什么害怕的？"卢米安咬着牙，在心里给自己打了个气。

下一秒，他看见第一处陷阱表面铺的浮土上，本就昏暗的光线愈发暗淡了。有一道身影到了他的旁边，遮住了穿透高空浓雾洒落的些许光芒。

那身影正是背着猎枪、半人半野兽的怪物，它猩红似血的眼睛打向地面，前弯的"膝盖"屈了起来。

也就是一个呼吸后，套着深色夹克穿着泥泞长裤的它取下猎枪，跳了起来，在控制着高度的情况下直接跃过了那处陷阱，落到了坚实而有所开裂的地面上。

几乎是同时，它扭过披着油腻腻黑发的脑袋，望向有些微动静传出的地方。然后，它看见了一脸惊慌，匆忙起身，试图躲向墙壁后面的卢米安。

低吼之中，这怪物又一次高高跳起，扑向目标。

它锁定的位置是卢米安原本所在的位置靠外一点，免得对方转过身来，趁自己立足未稳，给予致命打击。

而卢米安连扑带爬地消失在了墙边。

那怪物刚一落地，脚下泥土就承受不住重量，往下坠去。它无从借力，跟着泥土和绳网，落向了突然出现的深坑底部。

扑通！

重物坠地的动静回荡开来，夹杂着仿佛老鼠惨叫般的声音。闪到墙后的卢米安看到这一幕，心中难以遏制地涌现出强烈的喜悦情绪。

第一步成功了！

他残留的恐惧顿时消失了大半，抄起放在旁边的钢叉就奔向了陷阱旁边。

之前那个无皮怪物顽强的生命力给他留下了强烈的印象，加上现在的目标还有猎枪，所以他并没有让自己的身体出现于深坑上方，而是隔了点距离停下来，用钢叉往里面乱刺。

突然，钢叉一重，骤然停住了。紧接着，一股强大的力量通过钢叉传到了卢米安手中，将他强行拉扯向陷阱内。

卢米安猝不及防，被拉得往前滑了一步。他顾不得观察深坑底部的情景，直接丢掉钢叉，转过身体，往那堵未坍塌的墙壁侧方扑去。

砰！

后背一重，像是被巨锤狠狠砸了一下。卢米安喉咙一甜，感觉有明显的铁锈味涌了上来。扑通一声，他落地失去了平衡，连续翻滚了几下才找回对身体的控制权，爬了起来。

几乎是同时，他看见半人半野兽的怪物跳出了深坑。

它手里端着那把单管猎枪，胸腹位置的夹克破裂，露出好几个贯穿身体的狰狞伤口，混杂着淡黄液体的暗红鲜血正不断往外流出，里面各种内脏隐约可见。

很明显，这怪物确实因卢米安的陷阱受了重伤，但还没到完全失去战斗能力的程度。它在落往深坑底部的过程中，应该有及时调整身体姿态，避过了脑袋、胸口等要害位置，也没让双腿手臂受到严重伤害，否则现在的它很可能都跳不出陷阱。

卢米安一看到对方这模样，立刻就奔入了身侧的房屋废墟，毫不犹豫。

这不是他临时起意，而是事前就有所规划。毕竟他也不确认陷阱能不能坑到那怪物，而如果能，是不是可以让它直接失去战斗能力。

要是不行，对方只是重伤，卢米安接下来准备和它玩"捉迷藏"的游戏。

也就是说，利用环境与目标周旋，尽可能地拖延时间，拖到它再也无法压制伤势，无论力量还是反应都显著下降，到时候，机会就来了。

乓！

又是一声枪响，卢米安站立的位置多了一颗颗铅子，溅起了少许泥土。

缩到一堵半塌墙壁后的卢米安没有停留，手脚并用地从废墟空隙里爬到了另外一边。他还没来得及站起，就听见半空有风声刮来。

那个怪物跳了过来。

卢米安当即掉转身体，又沿那处空隙爬回之前那堵半坍塌的墙壁后。

就这样，他借助这里倒塌建筑众多的特殊条件，时躲时藏，时而绕行，不与那怪物直接对抗，只是规避着相应的攻击。

捉迷藏可是卢米安的强项。之前很多时候，在恶作剧后，他都是靠这个本事才逃过了被当场揍一顿的命运。

一追一逃一攻一躲间，时间飞快流逝着，卢米安自己都逐渐有点气喘吁吁，而那个怪物无论奔跑速度、跳跃高度，还是力量、反应，都明显变弱了。

"再等一等，再等一等，现在的它我还是打不过……"卢米安又躲回了先前的位置，背靠半塌的墙壁，强行控制住立刻反击的冲动。

砰！他背部又是一痛，整个人往前飞了出去。他身后倚靠的那堵半塌墙壁石块乱飞，彻底倒下了。

那个怪物这次不再绕行追赶，而是直接侧过身体，重重撞击起阻挡自己的障碍物。它发了全力，本就摇摇欲坠的半塌墙壁自然承受不住。不过，那怪物也因此流了更多的血，地面一片暗红。

卢米安虽然没有料到会被这样"撞"飞，但本身伤势并不重，反应足够快，顺势翻滚，又躲到了一堆石块垒成的房屋遗骸后。

　　乒！

　　紧跟而来的猎枪子弹又慢了一步。

　　——那怪物撞倒墙壁后，用来调整自身姿态的时间比之前久了不少。

　　它摸了摸腰间悬挂的布袋，见已经没有子弹，干脆丢掉猎枪，猛地扑向卢米安所在的位置。

　　卢米安早转移了位置，继续捉起迷藏。

　　当然，他也不敢一直这么玩，玩到对方伤势发作，自己倒下。这一是担心那怪物情况严重到一定程度后会直接逃走；二是害怕时间拖得太长，别的怪物循声而来。

　　又绕了几圈，卢米安敏锐地发现那怪物的行动似乎有点困难了。

　　"机会！"

　　他心中一动，假装逃向一栋坍塌建筑的侧面。然后，他立在那里，抽出背后别着的斧头，调整起呼吸。

　　也就是眨下眼睛的工夫，那怪物拐了过来，出现在卢米安眼前。

　　卢米安当机立断，趁对方还没看清楚这里的状况，毫不犹豫地提着斧头迎了过去。他一个跨步，侧过身体，沉下肩膀，打算用姐姐教的"靠"的方式撞退那个怪物，然后再顺势一斧砍向它的脖子。

　　砰！

　　卢米安欺入怪物双臂之间，重重靠在了它的胸前。

　　可这一靠的反应出乎了卢米安预料，对方就仿佛一堵厚实的墙壁，怎么都撞不动！

　　"这……"

　　卢米安心中一紧，顺势反弹，就要扑向地面，强行脱离对方的攻击范围。就在这时，那怪物一只手快如闪电地伸过来，直接捏住了他的脖子。

　　它表现出来的状态哪有行动困难的样子！

　　"糟糕，被骗了！"

卢米安脖子一痛，直接被怪物提了起来，悬在半空。吱嘎的声音随之响起，他脑袋迅速变得晕沉。匆忙间挥舞出去的斧头不仅没能砍中目标，反而被打落到一旁。

卢米安终于明白过来，自己上了那怪物的当。

那怪物确实快要不行了，但还有一拼之力，于是装出虚弱的样子，诱使自己进攻，不再躲藏，而自己轻视了它的战斗智慧，完全没想到这点，这才落到了现在这个垂死挣扎的局面。

那怪物也真的快到极限了，竟没能直接捏断卢米安的脖子，但这不影响总体局面，只是会多花点时间。

在脖子快要断掉、呼吸已无法接上的痛苦中，卢米安的脑袋开始发木，近乎空白。

空白。

濒死之际，卢米安突然想到了那位女士的话语，她让自己利用自身在这个梦境里的特殊之处。

特殊之处……借着思绪接近空白没有杂念的状态，卢米安迅速开始了冥想。

那轮赤红的太阳瞬间凸显于他的脑海。

而与之前利用冥想平复情绪，太阳彻底成形就立刻让它消失不同，他竭力让这轮太阳保持着存在。

很快，那仿佛来自无穷高处又似乎就响在耳畔的声音刺入了卢米安的脑袋。剧烈的疼痛随之产生，伴随着心脏快要跳出胸口的恐怖感受，卢米安竟忘记了脖子还被怪物捏着，骨头即将碎掉，忘记了呼吸已经跟不上，大脑开始缺氧……

扑通，他摔到了地上。

冥想因此中断，那无法形容的怪异声音消失不见。可卢米安依旧痛苦不堪，根本没法检查身体状态，确认周围的情况。

过了不知多久，他终于从那种濒死感中恢复过来。

卢米安顾不得检查脖子，双手撑地，抬起脑袋，望向前方。

那个半人半野兽的怪物就蹲在不远之处，手臂前撑，脑袋低垂着。此时，它胸腹间的几个贯穿伤还在滴落掺杂了淡黄液体的鲜血，身体止不住地战栗着。

它怎么了？被我展现的那种"特殊"给吓傻了？卢米安边找回着思绪，边拾起掉在旁边的斧头，一步靠拢过去。

他不给怪物缓过来的机会，双手握住斧头，猛地劈向对方的后脖。

噗的一声，斧头深陷入肌肉，被骨头挡住。卢米安发了狠劲，抽出利斧，继续下砍。一下，两下，三下，怪物的脑袋带着飞溅的液体扑通掉在地上，咕噜滚到一旁。

它的身体又撑了一秒才轰然倒塌。

整个过程中，它没做出任何反抗，始终在那里颤抖。

下一秒，卢米安身体往前弓起，双手自然下垂，任由斧头上的血色不断滑落。

呼，呼，呼，他终于能松口气了。

卢米安没敢让自己缓太久，怕有别的怪物过来，他稍作休整就忍着脖子和后背的疼痛，以及身体内部的一些不适，蹲到了那怪物尸体旁边。

他右手依旧握着那把斧头，担心猎物并没有完全死亡，也许还会像之前那个无皮怪物一样突然蹦起来。

他纯用左手摸索着怪物的身体，找出了三枚被称作里克的5科佩铜币，以及一个空掉的布袋。

"就这么点？"卢米安失望的不是找到的钱少，而是没发现涉及超凡力量的物品。

要不是为了后者，他闲着没事和这怪物拼得你死我活？如果不是本身在梦境里具备一定的"特殊"，现在他已经成为对方的食物。

卢米安撑起身体，望向猎枪怪物滚到一边的脑袋，祈祷自己想要的事物在那里。

就在这个时候，他看见怪物满是贯穿伤的身体表面有一点点深红色的光芒析了出来。它们如同萤火虫，以不可阻止的姿态缓慢飞向同一个地方。

卢米安看得两眼发直，心中逐渐泛起喜悦的情绪：这种现象绝对和超凡力量密切相关！

没过多久，怪物的胸口出现了一片黏稠的深红，周围不再有别的光点析出。

卢米安小心翼翼地弯下腰背，伸手抓向那团事物。这事物很滑，他掉了两次才成功拿起，于掌心掂量了一下。

很轻，有一定的质感和弹性，表面非常光滑……

"这到底是个什么东西？"卢米安再次认识到自己在神秘学方面是真正意义上的文盲。

无声低语中，他隐约闻到这团奇怪的深红色事物散发出血腥味，而自己迅速变得浮躁，有种难以言喻的戾气在体内滋长。有那么一瞬间，他甚至想提起斧头，再砍那个怪物的尸体几下，以宣泄内心的暴戾情绪。

还好，奥萝尔一直强调追寻超凡力量是件很危险的事情，他对此有所预防，始终在监控自身的情况，没有因喜悦而放松警惕，提前发现了不对。

"它会影响我的精神状态？"卢米安将那团深红丢入了从怪物尸体上找来的布袋内。

一失去直接的接触，他立刻就找回了死战后的平静和还未完全平息的少许兴奋，他的身体还残存着一点点战栗。

"果然！"卢米安恢复正常后，欣喜地低语了一句。

他随即把那个布袋系紧，挂到了皮带环扣上。想了想，又把布袋取下，将它塞到了皮制夹克的内兜里。

这样更不容易丢失，更让他有安全感！

随着衣物的解开，卢米安背后有本书籍失去支撑，啪地掉了下来。它表面已坑坑洼洼，整体破破烂烂。

这是奥萝尔给卢米安编写的习题册，叫作《高等学校统一入学考试模拟训练集》，封皮柔软，开本极大，可以用来做外层保护，并填充空隙。今天，它在关键时刻为卢米安挡了猎枪一击。

当然，这并不是它一本书的功劳。

卢米安捡起这本习题册，走回怪物尸体旁，对着死去的猎物呵呵笑道："看吧，知识确实等于力量！"

说完这句话，他本打算顺势把习题册丢到怪物脸上，可想到这是姐姐花费不少心血编写成的，又舍不得。他反手把习题册插到腰后皮带内，俯下身体，将怪物尸身拖到陷阱旁，扔了进去，然后，他又把怪物掉落的脑袋踢了下去。

简单清理好战场，卢米安强忍着疼痛和不适，别好斧头，拿上那把已没有子弹的猎枪和自己的钢叉、铁锹，往荒野方向退去。

113

他边走边注意着身后，不敢有丝毫大意。终于，他穿过荒野，回到自己家中，上了二楼，进了卧室。

直到此时，卢米安才真正地放松下来，身体的疼痛、明显的不适和强烈的疲惫同时爆发。他坐到床边，足足缓了好一阵才找回点行动力，但没急着入睡离开，而是脱掉衣物，放好书籍，走到衣柜附带的全身镜前，检查起伤势。

他的脖子已高高肿起，青黑之中有五道透着血色的指印呈现，背后则多了一块块明显的淤血，至于轻微的擦伤、碰伤，一时难以数清。

"甚至有点奥萝尔说的那种内伤，也不知道下次进来会不会直接恢复好？"卢米安忍不住将之前的战斗回想了一遍，对自己的表现做了个评价，"不及格，但相差不远。"

其实，战斗的前半段，他可以给自己打个高分，因为不仅充分利用了怪物智商不算太高的弱点，成功引导它踏入第二个陷阱，而且严格遵循着事前的计划，完美地与目标周旋许久，将它拖到了伤势即将彻底爆发的状态。唯一不足的是，他缺乏足够的经验，选择用钢叉去刺深坑底部的怪物，而不是找些重量不小的石头直接扔进去。

到了战斗的后半段，接近胜利的喜悦、战斗经验的不足、对怪物智商的轻视导致他上了怪物的当，险些被杀死。这样的表现肯定不及格，幸运的是，他前面的成功让怪物也到了极限，没能快速将他弄死，给了他完成冥想、召唤"特殊"的机会。

坦白讲，在此之前，卢米安完全没想到那"特殊"居然有这么大的作用，让怪物陷入了不可自拔的恐惧之中，连被人攻击都挣脱不出来。他原本还担心召唤"特殊"带来的濒死状态会让敌人轻松解决自己。

"真的很特殊啊，也很强……"感叹之中，卢米安突然产生了一个想法。

废墟里那些怪物之所以不进自己家，让这里变成安全区，是因为屋内有更加恐怖的东西存在，比如，自己召唤"特殊"时听到的那个神秘声音的主人！

嘶，想到这里，卢米安忍不住倒吸了口凉气。

他下意识的反应是赶紧搜查家里每一个角落，找出那个恐怖的东西，但又迅速打消了这个念头。连猎枪怪物都打不过的人，还是不要招惹将猎枪怪物吓到不敢反抗的恐怖之物!

既然家里一片平静,那就不要去揭开那层遮羞布,尽量保持住当前的"安全屋"状态。能这样过一天是一天。

至于以后的危险,等以后再来面对。

"不,不是以后,是我成为非凡者并强大到了一定程度后。"卢米安将目光投向了左手提着的布袋。

——哪怕赤着上半身在镜前检查伤势,他也不想让好不容易获得的超凡力量源泉脱离自己的掌控。

"这玩意儿该怎么用?"卢米安打开布袋,望向那团深红。

它静静躺在布袋底部,本身形体不算太固定,但又明显没有生命力。缺乏神秘学知识的卢米安一时不知该直接吃,还是举行仪式,将那团深红与自己融合,或者献祭给哪位隐秘存在。

后面这两个办法,还是因为他看了《隐秘的面纱》杂志才能想出来,换作以前,他只憋得出一个单词:"吃!"

卢米安没急着做决定,打算先找老酒馆内那个神秘的女人咨询一下。他感觉对方应该会指点自己怎么利用那团深红获取超凡力量。

虽然他并不清楚对方为什么愿意这么做,但他就是有这样的直觉。实在不行,他还能找姐姐套话。

动作不快地穿好衣物,卢米安将那团深红和获得的所有金钱都塞到了内侧口袋里。

做完这一切,他躺到了床上。强烈的疲惫涌来,战胜了脖子、后背处的疼痛和体内的不适,让他迅速昏睡了过去。

卢米安醒来的时候,外面的阳光已穿过窗帘,将整个屋子全部照亮。他缓慢坐起,只觉全身都很酸痛,就像梦里被人狠狠揍了一顿。

确实被狠狠揍了一顿……梦境里的伤真的反映到了现实,但有明显的减弱……卢米安尝试着做了些动作,除了肌肉比较酸痛,没感觉有别的影响。

这让他放下了心,接着,他掏起身上每一个口袋。

"没有……没有!"

卢米安未能拿出那团深红。这让他表情凝重,眉头紧缩,不知该怎么办。

作为涉及超凡力量的物品,那团深红并没有跟着他来到现实,这与老酒馆内那个神秘女人的说法有点不一样!

卢米安定了定神,快速换好衣物,出了房间。

盥洗室的门敞开着,奥萝尔正面对镜子,认真刷着牙。

"早。"卢米安打了声招呼。

"不早了,是你太迟……"奥萝尔含糊不清地说道。

咕噜咕噜呸,随着金发扎成的马尾甩动,她将嘴里含的漱口水吐了出来。接着,她侧头望向卢米安:"昨晚偷偷出去干什么坏事了?"

"那只猫头鹰在外面,我哪敢出去?"卢米安很是淡定。

"也是。"奥萝尔没再继续这个话题,转而说道,"等会儿记得拿五费尔金去行政官那里拍电报。"

卢米安点了点头。

这可是他和奥萝尔逃离科尔杜村的关键,他不敢有片刻忘记。

用过早餐,卢米安直奔村广场,行政官的办事地点就在那里的一栋两层建筑内。他抵达的时候,行政官贝奥斯特还在家里,但别的人员已经开始一天的工作。

交了费用,拍好电报,卢米安转身就往老酒馆而去。

虽然那个神神秘秘的女人此时多半没起,但他愿意等待。在追寻超凡力量上,他已经等了很久,不介意再等一会儿。

进了老酒馆,卢米安意外地发现那个女人已经起床,正在角落的老位置享用早餐。

她又换了身衣物,立领带荷叶边的棕色长裙配上放在一旁的深色天鹅绒帽子,让她仿佛刚参加完上流社会的某个沙龙回来。

"这么早?"卢米安平复了下心态,走了过去。

那女士抬起头,看了他一眼:"有没有一种可能是我一晚都没睡?"

"也许。"卢米安对这种情况倒是不陌生,毕竟遇到截稿日临近,姐姐奥萝尔也经常熬夜。

他只是奇怪面前这位来历神秘、目的不明的女士为什么要突然提这么一句。

他瞄了眼对方的餐桌，发现摆放的食物分别是点缀着些许坚果的奶油舒芙蕾，一块烤得非常诱人的松饼，一个羊角面包，一杯颜色较深的咖啡和一块猫舌饼。

胃口真不错……不过这些东西真不像是科尔杜能够提供的，除了奥萝尔，或许只有行政官家里的厨师会做……卢米安坐了下来，随口说道："都是甜点啊。"

那位女士难得认真地点了下头："因蒂斯的甜点确实味道不错，而且种类众多，就算每天早餐都来一些，也可以一个月不重复。"

说完，她咬了口猫舌饼，半闭起眼睛，感受了一会儿道："这才是旅行的意义之一啊。"

"你不是因蒂斯人？"卢米安趁机问道。

那女士笑了笑："我来自鲁恩，但就现在的局势而言，这并不重要。"

那个除了蒸汽机械、工厂企业、大量军队，只有安乐椅、薄荷酱、炸鱼加土豆以及纯蛇果酿的啤酒能算特产的鲁恩？身为纯正因蒂斯人的卢米安一下就想起了大家平时嘲笑鲁恩王国的话语。

他"嗯"了一声，转而说道："我解决掉那个背猎枪的怪物了。"

那位女士喝了口咖啡，相当平淡地赞道："不错。"

不知为什么，卢米安总觉得对方眼神里带着某种奇怪的情绪。在之前的几次交流中，他其实也有类似的感觉，认为对方在玩味、好笑之外，还暗藏某种情绪，只是自己分辨不出来那究竟代表着什么。

他继续说道："我从那个怪物身上获得了一团不正常的深红色事物，拿着它会让我变得暴躁，充满戾气。

"我认为这肯定是涉及超凡力量的东西，但它并没有跟着我到现实来。"

那女士笑了笑："这么多次进出，你难道没有察觉到，除了你本身的状态，其他都没办法带过来？"

"你不是说超凡事物除外吗……"卢米安话未说完就停了下来。他想到了现在身体的酸痛，想到了在梦境里受的伤，想到了相应的记忆并没有因为回到现实而消失。

思索了一阵，他斟酌着说："你的意思是，通过那团深红色事物获得超凡力量，让自身变成非凡者后，相应的、不同于正常人的状态就可以带到现实了？"

"还算聪明。"那位女士头也没抬，依旧享用着那份奶油舒芙蕾。

"可相应的力量不会因此减弱吗？"卢米安皱眉追问，"我在梦境里受的伤到了现实都轻了很多。"

"非凡特性带来的状态改变不会。"那位女士抬起脑袋，望向卢米安道，"这就是我为什么说超凡事物除外。"

"非凡特性……"卢米安咀嚼起这个名词。

他想到了姐姐说的"非凡者"。

获得了非凡特性，就能成为非凡者？卢米安大概有些明白了。而基于面前女士的解释，他对梦境的"特殊"有了更进一步的猜测。

那片废墟其实是真实存在的，或者原本位于现实某个地方，后来坠入了某个大人物的梦境深处，所以一直在自然地发展着，而我的梦本质上是一个特殊的通道，受胸口那些符号影响产生的特殊通道，连接到了那片废墟？

按照这个推测，我的家出现在那里相当于彼此交互时在我梦境留下的一个印记，是我潜意识里认为最安全的地方的映射，因此，它才会和周围的荒野和那片废墟不像是同类，就像处在不同的世界……

怪物们不敢进来是因为确实进不来，它们在真实的废墟内，而我的家是梦境与现实交融的产物，不具备特殊印记的人没法穿过相应的屏障……

那特殊印记只作用于我本身，本身所具备的状态会被记录下来，带回现实，而这种时候，不涉及超凡因素的会出现衰减，涉及的不变，死亡应该也是……

如果真是这样，那梦境的家里应该没藏着什么恐怖的东西，但胸口这些符号的来历、那个可怕声音的源头同样象征着某种恐怖……

卢米安沉默了好一会儿，对面女士则悠然用着早餐，一点也不介意。

回过神来，卢米安开口问道："那该怎么使用那团深红色的事物？它就是您说的非凡特性？"

关键时刻，他忍不住用上了敬称。

那位女士放下手里的咖啡，看了他一眼："我可以给你一份魔药配方，你照着做就行了。"

慷慨的馈赠让卢米安有些不安："您为什么这样帮我？"

那女士笑了一声："如果我说是命运的安排，你相信吗？"

不信……卢米安下意识在心里回答道。

村里的异常、暴风雨即将来临的压力、对超凡力量的渴望让他压下了内心的不安，沉声说道："我相信。"

一旦机会出现，必须无比果断地做出尝试，尽力把握，不能有半点犹豫，不能思前想后！

那女士笑了，眼中那种卢米安说不清道不明的情绪似乎更浓了一点。她从黑色的女士手包里拿出一沓便笺和一支银制外壳的圆腹钢笔，唰唰写了起来。

很快，她停下手中的钢笔，将最上面那张便笺扯下来递给了卢米安。

卢米安赶紧接过，飞快看了起来。

"猎人"魔药配方

主材料："猎人"非凡特性一份。

辅助材料：红葡萄酒80毫升，红栗花一朵（可以是标本，也可替换成相应精油10滴），白杨树叶的粉末5克，罗勒10克。

使用方法：直接喝下。

卢米安把相应的内容牢牢记在了脑子里，然后折起便笺，将它放入棕色夹克的内侧口袋中。做完这一切，他才好奇问道："'猎人'是什么意思？"

超凡意义上的猎人？

"它是相应序列的名称。"那位女士又抿了口咖啡，"我知道你对神秘学没什么了解，简单给你讲一下吧。我们世界常见的超凡力量共分二十二条途径，通过获取蕴含相应非凡特性的材料调配魔药来获得，而每条途径共有十个序列，从序列9到序列0，数字越小，位格越高，能力越强。

"你获得的非凡特性属于'红祭司'途径，只能用来调配对应的序列9'猎人'。"

卢米安听得非常专注，脱口而出问道："那我姐姐奥萝尔属于哪条途径的序列几？"

"她是'窥秘人'途径的序列7'巫师'。"那位女士不甚在意地回答道。

她没有提自己是怎么知道的。

奥萝尔都序列7了？也是，她都获得超凡力量好几年了……我服食魔药后也才序列9，和她差得还有点多……只希望之后逃离科尔杜村时我能不拖累她……

卢米安忍不住问道："可以直接就喝高序列的魔药吗？或者今天喝序列9，明天就喝序列8？"

"理论上可以。"那位女士在卢米安脸露欣喜之色后才补充道，"但这么做的人，绝大部分都变成了死人或者怪物，一千万人里都未必有一个成功。"

"变成怪物？"卢米安心中一惊。

那位女士呵呵笑道："你姐姐没告诉过你超凡之路很危险吗？喝下魔药后，如果没能驾驭住那种力量，要么因身体崩溃而死亡，要么异变成怪物。你以为你遇到的那个为什么会是人形？"

难怪……卢米安终于明白了姐姐说的危险是什么。

但他愿意去面对。

"没有降低这种危险的办法吗？"他开口问道。

那女士看了他两秒，道："有。坚定的意志，良好的身体状态，不算太差的运气，至于其他，你现在还不用知道，因为这才是你的第一份魔药。"

"良好的身体状态……"本来打算等下就回去补觉喝魔药的卢米安皱起了眉头，他在梦境里还处于伤势不轻的状态。

对面女士轻轻颔首道："不用着急，等到晚上，等到身体的酸痛基本缓和了，再去梦里。"

"呃……"卢米安若有所思地问道，"只要我现实里的身体差不多好了，梦境里的伤势就彻底恢复了？"

要知道，他现实中的身体只是有些酸痛，和梦境中的伤完全不对等！

"对。"那女士肯定了卢米安的猜测。

她接着说道："关于魔药，关于神之途径，还有很多常识，等你喝完魔药，成为'猎人'，我再告诉你。"

神之途径……卢米安疑惑道："为什么现在不讲？"

那女士笑了一声:"你要是喝魔药死掉,或者变成了怪物,我现在讲那么多不是浪费我的时间吗?"

卢米安无话可说。

他站了起来,告辞离开。迈开步伐之前,他又问了一句:"你知道村里存在异常吗?"

那位女士正在吃羊角面包,隔了一会儿才对卢米安道:"知道。"

她果然清楚……卢米安心中一喜,斟酌了下语言道:"我可以付出一定的代价请您帮忙解决科尔杜的问题吗?"

他又改用了敬称。

在他看来,这位神秘的女士绝对要比莉雅他们三个强大,而且强大很多,如果她愿意提供帮助,那科尔杜村的问题将不再是问题,自己和姐姐也不用冒险逃离了。唯一的问题是,相应的代价自己未必支付得起。

至于对方会不会答应,卢米安完全没有把握,甚至可以说持非常悲观的态度。他只是觉得在当前形势下有必要尝试一次,就算被拒绝,也只是损失点面了,他又不在乎这个。

那位女士侧头望向卢米安,语气平和地说道:"我确实能解决这里问题,但相应的代价是所有都被毁灭,包括你。

"想要获得一个更好的结果,只能靠你们自己。"

问题这么严重了?卢米安的瞳孔瞬间放大,想要看清楚对方的细微表情,看她是不是在开玩笑。

这位女士拒绝提供帮助,他一点不意外,也不失落,他震惊的是对方口中的科尔杜村问题比自己预想的还要严重很多倍,甚至可能导致整个村落的毁灭!

她有能力解决,为什么反倒全村都死,而我们这些普通人和力量不够强大的非凡者却能争取到更好的结果?卢米安又疑惑又惊恐。

他决定,后天要是还收不到《小说周报》的回电,就催促姐姐立刻离开科尔杜村。

哪怕需要冒很大的风险,也不能再耽搁了!

"究竟是什么问题?"卢米安向来不讲究体面,继续追问道。

那位女士笑了笑："我说出来和你调查出来，结果也会完全不一样。"

卢米安本能地磨了下牙，他很不喜欢这种"说话只说一点，总是不肯讲清楚"的行为。

不知为什么，他觉得对方眼中那种奇怪的情绪又明显了些。

"好吧。"卢米安想了一下，转而询问，"您知道普阿利斯夫人吗？她也是巫师，呃，非凡者吗？"

"算。"那位女士端起咖啡杯，抿了一口。

确实是啊……卢米安进一步问道："什么途径，哪个序列？"

下一秒，他看见那位女士的表情严肃了一点："不是正常途径。"

"什么叫不是正常途径？"卢米安追问道。

那位女士笑了笑："以后你会知道的。"

我现在就想知道……卢米安努力控制着自己的表情。

本就站着的他正想离开，突然想到了一个问题，很关键的问题："女士，那些辅助材料该怎么带到梦境里？"

以梦境废墟的状态，自己顶多在家里翻出红葡萄酒和罗勒这种富裕家庭都会备上的辛香料，红栗花与白杨树叶则需要在现实中搜集。

虽然两者都不难找，卢米安甚至已经想好去哪里"借"，但拿到了也没用，根本转移不到梦里。

那位女士微笑说道："我再免费提供一个小小的帮助吧。你在现实里找到那些材料，于睡前放到自己卧室的桌子上，我帮你送到梦里。"

她可以把那些东西送到我的梦境里？卢米安先是一惊，然后才因难题被解决松了口气。

他没想到自己认为非常特殊的梦境还有第二个人可以"进入"。想到自己之所以能进入梦境废墟，很可能是因为胸口那些奇异的符号，他就怀疑面前的女士也与那些符号，或者那诡异的、恐怖的声音存在一定的关联。

出了老酒馆，卢米安打算立刻去搜集红栗花和白杨树叶。

就在这时，他看到莱恩、莉雅和瓦伦泰从通向酒馆后门的小路出来，依旧穿着之前的衣物，作相似的打扮。

卢米安心中一动，笑着迎了过去："早上好，我的卷心菜们。"

莉雅侧过脑袋，于叮当的声音里笑道："你也很早。"

卢米安当即装出鬼鬼祟祟的样子，左右各看了几眼，才压低嗓音道："我昨天发现了点异常。"

莱恩表情一正，与瓦伦泰、莉雅分别对视了一眼后道："是什么？"

卢米安略显害怕地说道："我怀疑娜罗卡的死亡不正常，就是你们昨天旁观了葬礼的那位。"

莱恩给出了继续往下讲的鼓励神情。

卢米安吐了口气道："我不是给你们讲过达列日地区的葬礼风俗吗？后来，大家都去墓园后，蓬斯·贝内进了娜罗卡的家，而主人没有反对。这不是在破坏他们家的星座影响，带走相应的好运吗？肯定有问题！"

"蓬斯·贝内是本堂神甫的兄弟？"莱恩想了几秒，转而问道。

卢米安重重点头。

想到本堂神甫那伙人的异常，想到自己和姐姐即将离开科尔杜村，不用担心可能的灭口和事后的报复，他直接说道："本堂神甫就不是个好人！"

"为什么这么说？"莉雅笑吟吟地问道。

她对卢米安这么指责本堂神甫一点也不意外。

卢米安没有客气，将之前某位村民去达列日告密随后失踪的事情讲了一遍，重点放了对本堂神甫的那些指控上。他末了道："我真的怀疑他是不是教会的神职人员。

"有一次，我因为某个故事讲得太真实，引起了某些人的不适，只好临时躲到了教堂里。正当我快在圣坛后面睡着的时候，本堂神甫带着普阿利斯夫人进来了，他们两个就这样在神灵的注视下做起一些肮脏的事情。

"结束之后的闲聊里，本堂神甫还对普阿利斯夫人感慨，说'男人为什么不能娶自己的姐妹？'这句话让普阿利斯夫人都接受不了，认为是极其罪恶的，让本堂神甫赶紧忏悔。本堂神甫却说：'很多不错的家庭因为女儿嫁人、儿子成家而损失了大量的财产，最终败落了，如果儿子能娶他的姐妹，这些问题将不再是问题，很可惜，法律和道德都不允许。'……"

听到这里，冷漠的瓦伦泰脸色铁青地质问道："他究竟是神的仆人，还是魔鬼的仆人？"

莱恩则仿佛在思考般点了点头："难怪蓬斯·贝内结婚这么多年都没被允许单独建立家庭……"

莉雅打量了卢米安两眼，轻声笑道："你果然事前就知道普阿利斯夫人在和本堂神甫偷情，那天是想利用我们。"

卢米安先是尴尬一笑，旋即一脸正义地说道："作为永恒烈阳的信徒，我不能忍受这样的人站在教堂里面。"

那位冷漠的瓦伦泰脸色缓和了下来，赞许地点头道："科尔杜村要是多几个像你这样的人就好了。"

再多几个我？卢米安不敢想象这种情况下的科尔杜村会变成什么样子。

他跟着补充道："那次，我还听见本堂神甫对普阿利斯夫人说，他在谋划一些事情，可能会被裁判所的人盯上，让普阿利斯夫人小心一点，不要说漏了嘴。"

莱恩的表情随之变得凝重："有具体提是什么事情吗？"

"没有。"卢米安未去胡乱编造。

话讲到这个程度就行了，再多说一点，问题说不定今晚就彻底爆发了，他都还没来得及成为非凡者。

告别这三个外乡人后，卢米安花了不少时间搜集到了红栗花与白杨树叶。临近中午，他抵达广场，来到行政官处理公务的那栋两层建筑前。

此时，绝大部分村民已聚集到了这里，等着选出春天精灵。明天就要开始四旬节的一部分庆典活动了。

卢米安找到了雷蒙德、阿娃等人，挤了过去。

"阿娃有上名单吗？"他开口问道。

阿娃没有说话，心情明显很不平静，雷蒙德则摇了摇头："不知道。"

"肯定有阿娃，村里还没结婚的女性里面，除了你姐姐，她最漂亮，而你姐姐年龄不符合。"站在旁边的纪尧姆·贝里插嘴道。

他就是卢米安等人口中的小纪尧姆，是他们经常一起玩的伙伴之一，长着一头微卷的棕发，脸上有明显的雀斑，蓝色的眼睛因为不够大仿佛总是眯起。

阿娃的堂妹阿泽玛也在这里，她外形是小了一号、平庸了一点的阿娃。此时，她没有说话。

卢米安理解她的心情，因为她也想当春天精灵。在达列日地区，被选为春天精灵不仅是大家对你容貌、品性的认可，而且还会有一些隐性的收益。

听到小纪尧姆的话，卢米安笑道："如果没有，等行政官念完名单，我就大声喊：'我选阿娃！'"

阿娃顿时有点尴尬："不用。"

这其实是正常的流程，行政官念完春天精灵的候选名单后，村民们要是有自己的人选，可以当场喊出来，加入投票的行列。只不过，脸皮足够厚愿意这么做的人并不多，卢米安是其中之一。

他对此非常坦然：反正丢脸的是阿娃又不是我。

没过多久，二楼一扇窗户打开，行政官贝奥斯特出现在了那里。

从外表上看，他比本堂神甫强多了，梳理整齐的扑着粉末的棕发、勾着黑线的浅蓝色眼眸、挺直的鼻梁、微薄的嘴唇、打理得很不错的两撇胡须让他的卖相相当不错，而双排扣的法兰绒外套更是彰显出了他的地位。

贝奥斯特俯视了众人几秒："女士们，先生们，时间到了，迟到的人将不再有投票的权利。下面，我宣读春天精灵的候选名单：阿娃·利齐耶……"

听到这里，阿娃明显地松了口气。

没有任何意外，在举手投票里，她获得了超过百分之八十的村民认可。投票结束后，卢米安没和四个伙伴一起去庆祝，借口家里有事，直接离开了广场。

刚一到家，卢米安就询问起姐姐："有回电吗？"

如果有回电，电报员会送到家里来，顺便赚取一点费用。

"还没有。"奥萝尔摇了摇头。她转而道："最近暗流汹涌，你在格斗练习上可不能有丝毫放松，嗯，下午我和你对练。"

卢米安正一身酸痛，闻言暗自嘶了一声。

忽然，他心头微动，故意苦着脸道："不知道是不是最近练得太勤快了，今天浑身都痛，奥萝尔，呃，姐姐，帮我按一下吧？你最专业了！"

"也行。"奥萝尔轻轻颔首。

…………

到了晚上，姐姐的拉伸按摩加上充分的休息，让卢米安的身体状态基本恢复。临睡前，他把三朵红栗花和装在瓶子里的白杨树叶粉末放到了窗前的桌子上。

深深地看了它们一眼，卢米安又期待又有点紧张地钻入了被窝。

❖ 第七章 ❖
★ CHAPTER 07 ★
四旬节

卢米安在灰雾中醒来后的第一反应不是检查自己的身体状况，而是猛地坐起，望向窗前的桌子。那三朵红栗化和装着白杨树叶粉末的玻璃瓶正静静安放于那里，承接着穿透高空浓雾的些许光芒。

"她真的把辅助材料送进来了……"卢米安松了口气，翻身下床，活动起身体。他欣喜地发现，脖子和后背处的疼痛已完全消失，体内的不适同样如此。

"果然，现实好了，梦境也跟着恢复了，虽然两边的伤势一点也不对等……"卢米安快步来到附带全身镜的衣柜前，脱掉上半身衣物，全面审视起自己。

那五道透出血色的指印、高高肿起的青黑和一块又一块的淤血全部不知所踪。这让卢米安忍不住怀疑昨晚猎杀非凡怪物只是自己做的一场梦。

还好，装在布袋内的那团深红事物、比之前多了几枚铜币的财富和就放在一旁的猎枪同时证明着那场经历的真实。

卢米安一颗心安定了下来，带着装深红事物的布袋，揣着大量的钱币，出了卧室，直奔一楼，提了瓶红葡萄酒，翻出个啤酒杯，拿了罐罗勒回来。

当然，他没有忘记带上姐姐奥萝尔教自己功课时购买的量筒、小型天平等教学仪器。

望着摆满物品的书桌，他一时有点激动，又不可遏制地出现了少许紧张。

所有东西都准备好，只剩调配魔药了！而魔药不是饮料，比酒精更加危险，稍有问题就会导致服食者死亡或者异变成怪物。

卢米安吸了口气又缓慢吐出，然后利用量筒，倒了八十毫升红葡萄酒在啤酒

127

杯内。他依次又放入了十克罗勒、五克白杨树叶粉末和一朵红栗花。

整个过程没出现任何异常，啤酒杯里的红色液体与之前相比只是多了点渣滓，漂了朵鲜花。

紧接着，卢米安提起手旁的布袋，专注地看着那团深红事物滑入啤酒杯内。

无声无息间，那团深红似乎飞快溶解了，可又像是周围的液体全部被吸入了它的内部。随着咕噜咕噜的气泡不断冒出，血色渲染了整个杯子，那朵红栗花不知什么时候已然消融。

"这就是'猎人'魔药？"卢米安吞了口唾液，端起啤酒杯，他苦苦追寻的超凡力量已近在眼前。

没有犹豫，卢米安调整了一下呼吸，平复了一下情绪，微仰脑袋，直接喝起了魔药。吨吨吨，他鼻端仿佛有刺鼻的血腥味钻入，脑海中又有了点幻听。

喝完魔药，一放下杯子，他就感觉到了刺痛，来自身体内部每个地方的刺痛。这刺痛是如此的强烈，以至于卢米安怀疑自己喝下的是一团火，而那团火正在灼烧自己的食道、胃袋、心脏、肺部、小肠、大肠和所有血管。与此同时，他喉咙处有浓烈的铁锈味往外扩散。

牢记着那位女士话语的他竭力控制住精神，不让自己直接晕过去，那样的话很可能意味着他被魔药战胜，结果可想而知。

恍恍惚惚间，卢米安低下脑袋，看见手背的血管全部凸显了出来，纵横交错，密密麻麻，鲜红夺目。

刺痛和灼烧来得快去得也快，不过两三秒后，卢米安就有了种它们即将消失的感觉。就在这时，他脑袋嗡了一下，耳畔又响起了那仿佛来自无穷高处又似乎近在身旁的神秘声音。

这声音如同一根钢刺插入他的脑袋，用力搅拌起来。濒死的体验再次袭击了卢米安，本来快消失的灼烧和刺痛跟着变得强烈。

这一刻，卢米安眼睛圆睁，双手紧握，只觉有什么东西正要突破自己的皮肤，从血肉里面钻出来，他周围的灰雾似乎又浓了点。

怎么都听不清楚的恐怖声音平息了，卢米安体内血肉的蠕动如幻觉般不见了，可怕的刺痛与灼烧、浓烈的铁锈味和血腥味也跟着消失了。

卢米安终于又呼吸到了带着点凉意的空气，重新找回了对身体的控制权。他忍不住弯下腰背，将双手撑在膝盖上，大口喘起粗气。

对姐姐所说的追寻超凡力量的危险，他理解得更加深刻了。

只是序列9的魔药，就差点要了他的命！

当然，原本到不了这个程度，只能说确实比较危险，可关键时刻，胸前特殊符号带来的神秘声音让他差点直接崩溃。

每一次喘气似乎都让卢米安找回了一部分力量，没过多久，他感觉自己彻底恢复了，尝试着握紧拳头，对准空气，用力挥了一下。

砰！

他竟然直接打出了气流爆裂的声音，这样的力量他之前从未奢望过拥有！

卢米安愈发兴奋了，就在不大的卧室内腾挪脚步，练习起姐姐教的某种格斗术。

砰砰砰！他每一拳都能带出脆响，而在这么大的动静下、这么逼仄的环境内，他每一步都踏得恰到好处，未碰到任何事物。

一套打完，卢米安不仅不感觉疲惫，反而精神奕奕。他随即评估起自身的状态："不比奥萝尔差了……无论力量、速度、反应，还是对身体的控制能力，都获得了极大增强，有点非人的味道了……

"既有熊的强壮，又有猫的轻灵，略等于两者的综合体……没有魔药，我这一生可能都达不到这种程度……"

还未审视完，卢米安突然闻到了一股血腥味，他忍不住心中一紧，本能地抽了抽鼻子。下一秒，他发现自己竟能分辨出血腥味的源头在哪里。

来自他的身体！

卢米安低下脑袋，看见手背一片血红，像是有多个出血点。他又来到全身镜前，发现脸上也都是血污。

卢米安伸手往脸庞一抹，擦掉了部分血迹，却没看到半个伤口。

想了一阵，他有了一定的猜测："刚才服食魔药让奥萝尔说的毛细血管全部破了？等吸收完魔药，伤口又迅速愈合了？"

只有超凡因素的影响才能解释当前的情况。

既然没有伤，那卢米安就不再关注这件事情，将重点放在了似乎有明显变化的嗅觉上。随着他集中精神，空气中弥漫的味道瞬间被"分解"，以不同种类的形式钻入了他的鼻子。

"血腥味，残留的酒味，花香，尘埃的味道……"卢米安一一分辨了出来，连相当细微的气味都没有放过。

与此同时，他"看"到了地上那一个个正常情况下看不见的脚印，"看"到了灰尘在卧室内的不同分布，"听"见了自身心脏的跳动，"听"见了房屋外面刮过的微风……

"第二个变化是，感官能力直线提升，对痕迹的把握超越了正常人类的水准……难怪那个怪物那么擅长追踪……"卢米安对此颇为欣喜。

而且，更重要的是，这种提升并不影响他的日常生活，只有他集中精神才会呈现，平时只是以弱化版本的状态存在。

经过一次次试验和自我审视，卢米安又找到了"猎人"魔药带来的另外两处改变："第三个变化是在对环境细致观察的前提下，能准确地、直观地找到某些要点，比如，怎么更轻松地把一堵墙壁弄塌。这能让我更好更快速地设置陷阱……也能作用在人类、野兽和怪物身上，让我能更有效地完成猎杀……

"第四个变化是脑子里多了点野生植物、动物器官的知识，这能帮助我更好地在野外生存，受伤后能迅速找到合格的'止血药'，需要时能更方便地制作出涂抹于武器上的毒药……"

初步确认到这里，卢米安忍不住产生了一点荒谬感："我竟然能干掉那个猎枪怪物？现在的我比之前的我强大了很多很多，而它不比现在的我弱多少……"

认真回想了一阵，他总结出两个要点："能力重要，头脑同样重要！利用好环境可以有效增强自身的实力！"

想了想，卢米安在心里又补了一句：还有，任何时候都不能轻忽大意、失去耐心……

他走到窗边，又一次望向那片梦境废墟。

难以言喻的压迫感、恐惧感、危险感随即涌上了他的心头，这是以往从未出现过或者从来没这么强烈的。

"呃，第五个变化是某种直觉增强了……"卢米安轻轻点了下头。

他去盥洗室用清水洗干净了身体，换好另一套衣物，带着那些金钱，重新躺到了床上。

他想赶紧回到现实，看看获得的"猎人"能力有没有被带出去，如果有，是否出现了衰减。

半夜的科尔杜村非常安静，高空云层遮住了红月和群星，让幽深的黑暗成了这片区域的统治者。

卢米安望着这样的夜景，心情极为舒畅。现实里，他也成为非凡者了，而与梦境相比，能力没有丝毫减弱！

在直觉的引导下，卢米安解开衬衣扣子，低头望向胸前，那仿佛荆棘锁链的黑色符号正在慢慢变淡。

"它在现实里也出现了……"卢米安莫名有点不安。

而本该压在荆棘锁链上面的那团青黑色符号似乎还是只存在于梦境中。

突然，卢米安心头一动，抬起了脑袋。

不远处的榆树上，那只巫师传说里的猫头鹰正静静望着他。

那只猫头鹰棕黄的眼白和黑色的眸子在夜色里仿佛泛着些许荧光，望着卢米安的姿态更接近俯视。

卢米安不再像之前两次那么恐惧，沉声骂道："看什么看？有本事你说话啊！"

他倒不是一定要得罪对面那只猫头鹰，而是想以这种方式激对方展现出真实目的，要不然，夜里时不时飞来，就这样看着自己，还是挺让人瘆得慌。

那猫头鹰保持着沉默，连叫声都没有发出。隔了几秒，它再次展开翅膀，向着黑夜的深处飞去。

"精神病啊！"卢米安骂归骂，心里却不敢有丝毫的放松。他依旧专注地望着外面，认真分辨夜色里的所有黑影。

他记得很清楚，上次猫头鹰来过后，自己看见了娜罗卡的身影，而天亮后就听到了娜罗卡过世的消息，这次不知道会不会出现类似的事情……

卢米安仔仔细细观察了许久，未发现任何异常。他这才松了口气，拉上窗帘，躺回了睡床。

深深的黑暗里，卢米安睁着眼睛，思考起接下来的计划："也不知道这猫头鹰究竟想做什么……它表现得这么诡异、神秘，应该不是什么好东西……

"不管它了，反正以村里的情况，我也得赶紧拉着奥萝尔离开，至于之后，我就不信它能跟到特里尔去！

"明天要是还没收到回电，后天上午就必须强行逃离科尔杜……

"如果有回电，那我和奥萝尔就光明正大地从村口道路下山；要是没有，嗯……明天就是四旬节了，后天大家也还在过节，不会注意那么多，可以让奥萝尔去找普阿利斯夫人借她的小马，到附近高山牧场玩耍。这不需要下山，不像是要离开科尔杜，应该不会惹来调查者们过多的关注。到时候，可以利用那边一条危险的小路离开山区……

"那根本不算路，中间好几处断掉，即使是牧羊人都不认为靠它可以下山。不过，以我现在的能力，通过它完全没有问题，而奥萝尔会巫术，能够飞行一段距离，肯定比我还要轻松……到时候有很大的希望能瞒过调查者们的眼睛……"

成为"猎人"后，很多以前不能做到的事情现在都可以完成了，这给了卢米安极大的信心，让他很快就制定好了方案。他内心随之变得笃定，整个人沉稳了不少，接下来的睡眠很是踏实。

第二天上午，卢米安早早起床，于厨房内忙碌起来。

想到自己已成为非凡者，想到即将和姐姐离开充满异常的科尔杜村，他的心情就变得相当好，甚至有哼歌的冲动。

奥萝尔下楼的时候，桌上已摆好了两碗肉酱面。

"你怎么知道我快起床了？"她欣慰问道。

卢米安笑道："我听见盥洗室有动静才开始煮面的。"

与此同时，他在心里嘀咕道：你果然和往常一样，睡醒后会有一段时间处在迷糊状态，连这都没有想到。

奥萝尔点了点头，边坐到餐桌旁，边状似随口地问道："昨天半夜，那只猫头鹰又飞来了？"

"是啊。"卢米安知道姐姐发现了自己半夜不睡到窗口眺望。

也幸好有那只猫头鹰出现，否则他还不知道自己该怎么解释。总不能说成为非凡者后太过兴奋了吧？那样的话，少不了接受姐姐的再教育。

不过，卢米安也没打算在这件事情上瞒姐姐太久，因为这会影响到奥萝尔在很多事情上的决断。他准备后天强行逃离科尔杜时就告诉姐姐这件事情，免得她还要分心照顾自己。

到时候形势紧迫，奥萝尔也没空教育他。

"奇怪的猫头鹰……"奥萝尔微皱眉毛，一脸疑惑。

她也弄不清楚那只猫头鹰想做什么，它每次都只是来看看。

卢米安哧溜吸起了面条，等到吃得差不多了才对奥萝尔道："如果有回电，我们今天傍晚就离开科尔杜村，走平时下山的那条路。

"要是没收到回电，你明早去找普阿利斯夫人借小马，我们到最近的高山牧场去，我知道那里有条小路可以下山，而那些调查者肯定不清楚。"

奥萝尔用手指玩起发丝，仔细思索了起来。过一会儿，她露出了笑容："可以，这个计划成功的可能性相当高。"

她随即啧啧道："我的笨蛋弟弟长大了啊。"

卢米安一阵欣喜，颇为得意。

早餐后，他借口去看阿娃有没有准备好春天精灵的祝福巡游，出了半入地式的内层建筑，直奔老酒馆。

成为非凡者后，他迫切地想了解史多的神秘学知识，而那位女士说过，会告诉他的！

走到离老酒馆不远的地方，卢米安看到位熟人迎面而来。那是穿着棉制衬衣和深蓝短外套的蓬斯·贝内，本堂神甫的弟弟。

"只有一个人啊……"卢米安想到上次被蓬斯·贝内带着打手追了半个村，脸上忍不住浮现了灿烂的笑容。

刚获得超凡力量的他本就处于跃跃欲试，想找人练一练的状态。

"嗨，我的私生子。"卢米安打起招呼，"没得到爸爸我的允许，你怎么敢自己一个人出门？"

他这是打算激怒蓬斯·贝内，让他主动进攻，不提前逃走。

蓬斯·贝内循声望来，看到了他。

这恶棍脸色微变，直接转过身体狂奔了起来，卢米安有点傻眼地看见这家伙消失在了不远处的路口。

"跑得还真快啊……挺机警的嘛……"卢米安无声感慨了两句。

虽然他成为非凡者前就认为自己单对单能稳胜蓬斯·贝内，但蓬斯·贝内很可能也是这么想的，毕竟两人并没有真正交过手，对打赢彼此都充满信心。谁知道，蓬斯·贝内今天一看到他就选择逃跑，仿佛遇到了猛兽。

他不可能知道我昨晚偷偷成了非凡者啊……难道这家伙因为太过愚蠢，没有脑子，反而获得了野兽般的直觉，能嗅到危险的气息？卢米安在心里诋毁起蓬斯·贝内。

他没有尝试追赶，因为刚打完"招呼"，他就后悔了——村里充满异常，形势颇为危险，在真正离开之前，多一件事情不如少一件事情！

真要因为揍了蓬斯·贝内，让本堂神甫那伙人提前发动计划，影响到自身和奥萝尔的逃离，卢米安哭都哭不出来。而且，本堂神甫那伙人神神秘秘，蓬斯·贝内指不定有什么怪异之处，卢米安觉得自己真要和他大战一场，很可能会暴露非凡者的身份，那后续就麻烦了。

"一下成为非凡者，有些太得意太张狂了，没能控制好自己……"卢米安深刻地做起自我检讨，然后走入了老酒馆内。

他本打算直接上二楼，却看见那位女士就坐在角落里。今天她穿的是珍珠灰长裙，配着一顶浅色女士软帽，面前没摆放任何食物。

"用过早餐了？"卢米安走了过去，坐至对面。

"还没有。"那位女士随口回答，"今天约了人一起，还在等她。"

她？不是我啊……卢米安环顾了一圈，除了酒馆老板，没看到别的身影。他重新望向那位女士，诚恳道："我成为'猎人'了。"

你该履行诺言，给我讲更多常识了。

那位女士一点也不觉得意外，微微笑道："状态还不错。"她顿了一下，接着嗓音略显飘忽地说道，"你目前需要掌握的是两个定律、一种方法。"

怎么搞得和学物理一样……卢米安没敢说话。

那位女士继续说道："对大部分非凡者而言，这些知识都异常珍贵，值得他们拿出所有来换取，但你嘛，既然有命运的安排，那我就免费告诉你。"

免费的才是最贵的，我又会在哪里付出代价？卢米安莫名有点沉重。

成为"猎人"之后，他的直觉和观察能力显著增强，此刻清楚地感觉到对面女士眼中那种难以言喻的特殊情绪又出现了，比以往更加浓厚，但他依然分辨不出究竟是什么情绪。

那位女士略微坐直了身体："所有超凡力量的源头都能追溯到最初那位造物主，你是永恒烈阳的信徒，应该很清楚那位的眼睛变成了太阳。"

"是的。"卢米安听过本堂神甫布道。

"这其实是一种象征意义上的描述。"那位女士简单解释道，"总而言之，最初那位造物主创造了这个世界，创造了不少神灵，最终又自我崩解，分裂成了不同途径的非凡特性。"

"所以才叫'神之途径'？"卢米安恍然大悟。

那位女士轻轻颔首："对，每条途径的序列0都等于真神，比如，'歌颂者'途径的序列0叫'太阳'，也就是你信仰的永恒烈阳。"

每位非凡者走到最后都能成神？卢米安无比震惊，与此同时，他泛起了喜悦之情，又莫名觉得恐惧。

如果他是永恒烈阳的虔诚信徒，此时已经在指责对面那位女士亵渎神灵，但很可惜，他不是，他属于跟着大家信一信，不信也无所谓的那种。

他井口追问道："'猎人'途径的序列0叫什么，'窥秘人'途径呢？"

"我不是告诉过你吗？'红祭司'，目前这个位置还空着。"那位女士失笑摇头，"'窥秘人'途径的序列0叫'隐者'，现在被一位邪神占据着。祂叫'隐匿贤者'，非常喜欢给同途径的非凡者灌输知识，用专业的说法叫'知识逐人'，你姐姐的问题有很大一部分由此而来。"

"这样啊……"卢米安开始记恨起"隐匿贤者"。

那位女士把话题转回了正轨："正是因为非凡特性都来自最初那位造物主，所以它们不会消失，也不会增加，只会从一种形式转化为另一种形式，从一种物体转移到另一种物体。

"这叫非凡特性不灭定律。"

卢米安结合学过的物理知识，想了下道："为什么不直接叫守恒定律？"

"那是另外一条定律，但你暂时不用了解详细内容。"那位女士赞许地点头，"其实从本质上来讲，它和不灭定律是一样的，只不过多了一些前置条件和具体阐述。"

这样啊……卢米安思索片刻，斟酌着说道："根据不灭定律，我想要获取非凡特性，除了狩猎相应的怪物，还可以将目标对准别的非凡者？"

既然非凡特性不灭，那非凡者死后，肯定也会有相应的非凡特性析出。

那位女士表现出了一定的感慨："你很敏锐。所以，这条定律并不适合被大部分非凡者知晓，这会造成彼此的杀戮，让非凡者之间不再有丝毫信任。"

"没有这条定律，人类也会互相残杀。"卢米安对此并不在意，"现实世界里，猜忌、欺凌、谋杀还少了吗？"

那位女士饶有兴致地回应："但至少还有一定的温情，还有人性的光辉。"

卢米安又想了一会儿，说："从另一个角度讲，这条定律更应该成为非凡者之间的共识。只有这样，那些弱者才能提前有所防备，不至于彻底沦为少数知晓者的猎物。"

那位女士轻轻颔首："有一定的道理。其实，真发生过几次非凡者之间的战斗，相应人员大概率也能猜到一些。"

她转而道："第二条定律叫非凡特性聚合定律。"

"聚合……"卢米安难以理解，他无法从前面讲的那些内容里推导出来。

那位女士的表情严肃了少许："作为创造这个世界的存在，最初那位造物主即使分裂成了不同途径的非凡特性，也不代表祂彻底退出了舞台，祂的精神分散在不同的非凡特性内，永不磨灭，除非这个世界彻底消亡。

"这些精神虽然更接近烙印，但都有重新聚合在一起，让最初那位复活的本能。也就是说，你成为非凡者之后，会比以往更容易遇上别的非凡者，会比遇上其他途径的非凡者更容易遇上同途径和相邻途径的非凡者。这是命运上的聚合，序列越高，这种情况越是明显。"

针对这些话语，卢米安有太多想要询问的，可又不能一口气提出来，只好从最紧要的开始："再结合非凡特性不灭定律，是不是可以得出一个结论，聚合带来杀戮？"

那位女士又一次流露出赞许的神情:"你对这种事情真的很敏锐。序列较低的时候还好,等到了半神阶段,尤其是天使后,就得想办法削弱或规避聚合带来的影响了。"

"半神,天使?"卢米安虽然已经知道每条序列走到最后都能成为真神,但听到这两个名词还是有些惊讶和意动。

那位女士随口解释道:"半神是半神半人的简称,包含序列4到序列1的非凡者。其中,序列4和序列3叫圣者,序列2和序列1被称为天使,再往上还有别的称呼,但你现在最好不要知道。"

圣者……天使……卢米安瞬间联想到了不同地区的主保圣人和天使。

他们是真实存在的?

圣人遗骸是圣者的尸体,有非凡特性留存?

卢米安忽然有些恐惧,转而问道:"每一份非凡特性都有最初那位造物主的精神烙印,序列越高,遗留越多?那服食魔药的人在别的方面岂不是也会受到影响?"

那位女士点头笑道:"要不然你以为这为什么被称为充满危险和疯狂的道路?这也是服食魔药可能导致失控的主要原因之一。

"嗯,失控指的是失去对超凡力量和自身精神的控制,异变为可怕的怪物。"

"还有别的原因?"卢米安追问道。

那位女士"嗯"了一声,"一是相应非凡特性之前那些主人的精神遗留,强度主要取决于他们本身的位格,呃,死亡前的执念和疯狂程度也会带来一定的加成;二是以错误的顺序或方法服食了魔药,这会导致体内产生极大的冲突;三是某些存在会借助服食魔药的方式施加影响,比如,'窥秘人'途径每一次服食魔药都会被动接受'隐匿贤者'一次知识灌输。"

我喝下"猎人"魔药后听到的那个声音也是类似情况?卢米安略微斟酌,将自己的遭遇如实讲了一遍,末了道:"那是来自哪位存在的影响?"

下一秒,他看见对面那位女士的表情变得略有点古怪。

她郑重道:"某些存在仅仅只是知道祂的存在就可能导致你受到污染,出现失控。很不幸,那道声音的主人就是这样的存在,你目前还不适合知晓祂的尊名。"

这么恐怖?序列0的真神?可我和因蒂斯绝大部分人都知道永恒烈阳,知道蒸汽与机械之神，也没出什么问题啊……难道是真神与邪神有区别？不，她刚才直接提了"隐匿贤者"，这也是位序列0……有没有一种可能，其实她也不清楚具体是哪位存在，以这种含糊不清的话语掩饰自己的无知？卢米安脑海内转过了多个念头。

考虑到本身的实力，他放弃了这个话题，问起另一个感兴趣的名词："什么是相邻途径？"

那位女士的表情恢复了正常："一般情况下，你选了哪条途径，服食了相应的魔药，就只能在这条途径上一步步走下去，否则必将导致失控，至少也是半失控。但万事总有例外，每条途径都存在一条或多条相邻的途径，你可以在特定的序列跳转过去，比如序列4这个划分人与半神的位阶。'猎人'的相邻途径是'刺客'。"

"刺客"……听起来比"猎人"有档次啊……卢米安关切地问道："'窥秘人'的相邻途径是哪条？跳到相邻途径是不是就不再受'隐匿贤者'影响了？"

"是'通识者'途径，目前的序列0是蒸汽与机械之神。"那位女士语气平和地回答道，"跳转过去后，还是会受到'隐匿贤者'影响，只是程度会降低很多，毕竟相应的非凡特性依旧存在，除非想办法把它们排出去。"

"怎么排出去？"卢米安没想到还有这种事情。

"最简单的是生孩子，有不小概率能通过神秘学上的遗传将相应非凡特性转移给他。"那位女士只简单提了两句，"还可以借助某些途径的特殊能力，但存在一定的风险，需要付出不小的代价。"

卢米安点了点头，提出了另一个问题："必须得在特定序列转吗？"

升到序列4，成为半神，一听就希望渺茫。

那位女士看了他一眼："理论上可以在更低序列转，只是失控的风险会大很多，除非没有别的办法，否则尽量不要尝试。"

她顿了下道："两条定律已经讲完，下面是那种方法。这是神秘世界最重要的知识之一。"

最重要？卢米安本能地挺直了腰背，异常专注。

那位女士继续说道："它叫'扮演法'。是帮助你消化魔药的方法，而消化掉魔药后，服食下一个序列的魔药，失控风险会降低很多。"

难怪不能今天喝序列9魔药，明天就喝序列8的……得利用"扮演法"消化掉前一份……卢米安恍然大悟。他没有打断对方，认真倾听着她的讲解。

"记住，是消化，不是掌控。什么是'扮演法'呢？就是根据序列的名称像演员那样做相应的扮演，借此调和自身与非凡特性残余精神烙印之间的差异，得到相应的认可，绕过原本存在的屏障，将非凡特性与本身融合。"

"也就是说，我要扮演猎人，每天上山打猎？"卢米安进入了听课状态。

那位女士摇了摇头："这是最粗浅的扮演。我们不仅要理解序列名称的表面含义，还得探究它的深层次意蕴。比如，都市也是丛林，每个人既是猎物，也是猎人。"

这我熟啊……卢米安对"猎人"的深层次含义早就有所体会，这主要来自他过往的流浪生活。

"那怎么确定自己已经消化掉魔药，可以晋升下一个序列了？"他忍不住追问。

那位女士笑了笑："魔药真正消化的时候，你自己能感觉到。"

好吧……卢米安没有继续这个话题，疑惑道："不同序列的名称是谁取的？"

为什么照着它们扮演就能消化掉魔药？

那位女士表情一正："最早的序列划分来自最初那位造物主分裂后的残留，那是一块写满了神秘学知识的石板。因为涉及成为神灵的秘密，所以它被称为亵渎石板。

"在古老年代里，也就是第二纪元末和整个第三纪元，出现了一位接近最初那位造物主的强大神灵，叫作远古太阳神，祂陨落后，遗骸里诞生了第二块亵渎石板，当前所有的序列名称和魔药配方都来自上面。"

"我学的第二纪和第三纪历史不是这样的……"卢米安在心里咕哝了一句。

那位女士继续道："罗塞尔大帝在世的时候，参考第二块亵渎石板，制作了一副以塔罗牌的大阿卡那牌为蓝本的亵渎之牌，它共有二十二张，每一张都包含着一条神之途径。"

"罗塞尔大帝也是非凡者？"卢米安震惊。

作为普通的因蒂斯人，他很难不对罗塞尔大帝产生一定的崇拜之情。

"不然呢？"那位女士笑了一声。

卢米安追问道："他很强大吗？"

"接近神灵。"那位女士言简意赅。

这么厉害？卢米安既错愕诧异又觉得理应如此。他想了下道："那罗塞尔大帝留下的日记岂不是很珍贵？"

那位女士点了点头："对，但能解读那种奇怪文字的人很少很少。"

奥萝尔好像收藏了一些罗塞尔大帝的日记抄本，她似乎能够解读……她部分力量来自这里？卢米安陷入了沉思。

那位女士侧头望了眼老酒馆窗外："时间差不多了，最后再给你讲一点小常识。

"基于非凡特性不灭定律，我们可以知道，人与非凡特性结合成为非凡者，生物与非凡特性结合成为超凡生物，那物品与非凡特性结合呢？"

她不给卢米安回答的机会，直接道："那叫神奇物品。

"因为物品本身不存在意志、精神、自控等概念，加上其他因素的共同作用，所以它们结合了非凡特性后，除了展现出相应的特殊能力，还会带来很强的负面影响。各大教会倾向于将它们封印起来，需要的时候再用合适的方法开启，这也导致神奇物品又被称为封印物。

"而曾经被各大教会封印过的神奇物品都有自身的编号，共分3、2、1、0四个档次，前级数字越小，危险性越高，其中，1级和0级封印物数量有限，危害极大。编号是各大教会共通的，不会重复。"

"0级封印物……"卢米安低语起这个词组。

他对序列0等于真神这件事情印象极为深刻，由此产生了一定联想，遂开口问道："这是过去陨落的那些神灵或被消灭的邪神形成的封印物？"

按照二十二条途径都有序列0，都对应着一位真神看，当前神灵的数量明显不足。当然，卢米安也承认这可能是自己对邪神对隐秘的存在没什么了解造成的。

"不全是。"那位女士想了下道，"绝大部分是天使位格，只有少量具备弑神的能力。"

卢米安点了点头："我明白了，我不会轻视别人手中的物品的。"

那位女士补充道："也不能轻视封印物的负面影响，将来你必然会拥有属于自己的封印物。

"嗯，在神秘学领域还存在另一类物品，它们叫非凡之物，由相应序列的非凡者利用本身的能力、灵性，或者借助灵界、神灵制作而成，不含有非凡特性，但具备一定的超凡表现，只是力量会随着时间的推移逐渐流逝，其中，符咒、药水等更是只能使用一次。

"相比较而言，非凡武器更为稳定，不少能以年为单位使用。你作为'猎人'，在序列7之前缺少对付灵体鬼魂类生物的能力，之后如果有机会，考虑获取相应的封印物或者非凡之物。"

卢米安认真听完，探究问道："灵界？"

他在《隐秘的面纱》杂志上看到过这个名词，但没有获得足够的解释。

那女士语速略快地说道："从神秘学角度，这个世界分为三重，一是现实世界，二是灵界，三是星界，其他的都是依附在这三者之一上形成的，比如，冥界。

"现实世界不用我多讲，你自己很清楚；灵界是灵生活的世界，在那里，很多现实的概念不复存在，之后你会逐步了解的；而星界原本指的是神的世界，现在则需要把整个星空都包含进去。"

卢米安本身只是随口一问，得到初步的答案后立刻回归了刚才的话题："'猎人'可以制作非凡之物吗？"他感觉"巫师"应该可以。

那位女士先是摇头，继而又道："'猎人'靠序列本身不行，但因为灵性得到了提高，可以通过学习仪式魔法，向某位神灵或者隐秘存在祈祷，借助祂们的回应制作符咒、武器等非凡之物。

"但我要提醒你的是，绝大部分隐秘存在都非常危险，最好不要尝试向祂们祈祷，否则死亡都算是最好的结局。而七位正神基本不会回应你，除非你加入了相应的教会，成为官方的非凡者。"

"简单来说就是'猎人'完全不可能制作非凡之物？"卢米安颇有点失望。

那位女士笑道："也不是，一方面你可以借助某些超凡生物的血液、唾沫等制作剧毒武器，这从某种意义上来讲，也算非凡之物。另一方面嘛，等你解开了梦境的秘密，我会告诉你一位伟大存在的尊名，你可以向神祈祷。"

伟大存在？这还是她第一次用"伟大"做形容词，之前对永恒烈阳和"隐匿贤者"都没用过……会是哪位？向祂祈祷就没有危险了？卢米安眸光微凝，又惊又疑，他越了解越感觉自己在神秘学知识方面的贫乏。

卢米安"嗯"了一声，带着问一问又不会损失什么的心态道："'猎人'对应的序列8是什么，序列7呢？"

那位女士不甚在意地回答道："'猎人'途径的序列8叫'挑衅者'，序列7是'纵火家'。好了，今天就到这里。"

她随即站起身来，往二楼入口走去。没几步，她停了下来，回头说道："忘了提醒你。记住，你只是在扮演。"

只是在扮演……卢米安咀嚼着这句话，若有所思地问道："如果把扮演的角色当真了呢？"

"你会越来越不像自己，直到有一天……"那位女士笑了笑，闭上了嘴巴。

她转过身体，走到楼梯口，消失在了那里。

又不把话说完……卢米安无声嘀咕了一句。他能感觉得到，如果不记住自己只是在扮演，后果大概率会很严重。

卢米安没急着离开老酒馆，静静坐在角落里，把刚才那位女士讲的所有常识完整回忆了几遍，免得有所遗忘。他越琢磨越能体会到那两种定律和一个方法的重要性："它们就像是神秘学这栋建筑的主框架，其他都是依附它们而生……不知道奥萝尔了不了解，等离开科尔杜，和她交流下这个问题……呃，也不知道那位女士允不允许我直接告诉奥萝尔……"

出了老酒馆，卢米安回头望了一眼，无声嘀咕道："那三个外乡人怎么还没有行动，今天都四旬节了……"

他边思索边去了村广场，等他询问完有没有回电出来，恰好看见阿娃、雷蒙德等人来到这里。

阿娃换上了一身洁白的长裙，头上戴着树枝和花朵编成的圆形头饰，脖子处挂着类似的巨型项链，背后、手臂、腰部、双腿各有棕色树枝和绿色树叶作为点缀，衬托得她仿佛林中的仙女。

这就是四旬节的主角，春天精灵。

雷蒙德等年轻人围绕于阿娃身旁，各自提着一个树枝编成的篮子，里面装着青草、泥土、石头、树叶等东西。

"卢米安，祝福巡游要开始了！"阿娃水蓝色的眼眸一转，看见了卢米安，她满脸都是喜悦的神色。

雷蒙德等人也是一脸的高兴："快，我们一起去拿奉献！"

因为《小说周报》还没有回电报，所以卢米安暂时无事可做，干脆加入了祝福巡游的队伍。

他们这些年轻人高声歌唱了起来，簇拥着阿娃，走出了广场。

也就十几米的距离，他们停在了第一栋建筑前。

卢米安走到门口，砰砰砰拍起了门："春天精灵来了！"

房门吱呀一声打开，娜阿拉依扎出现在众人面前。她是村里另一位冠有"娜"的女性家主，四十多岁，黑发挽起，蓝眸带笑。

看到门开，阿娃上前两步，摊开双手，唱了起来——

"我是春天的精灵

"脸蛋可亲又漂亮……

"唱起来吧，跳起来吧

"只有这样才能获得丰收……"

唱完一段，阿娃从雷蒙德提的篮子里拿出一块泥土，递给了娜阿拉依扎。

"感谢春天精灵。"娜阿拉依扎笑着接过，将手里拿着的一块布料交给阿娃。

"丰收！丰收！"卢米安等年轻人异口同声地回应。

这是一种祝福仪式。春天精灵用歌唱和给予泥土、青草、石块等自然之物的方式祝福村民们今年获得丰收，村民们则需要给予回馈，也就是做一定的奉献，否则祝福会变成诅咒。

等身旁的雷蒙德收下了布料，阿娃又热烈地唱了一段，他们这才告别娜阿拉依扎，往下一户人家走去。

祝福巡游里收到的奉献，一部分会在举行水边仪式时丢进河中，剩下的则摆放于最后的仪式里，等到四句节过去，担当春天精灵化身的少女有权挑选其中的一些带走。

——这是相当可观的收益。

而如果科尔杜村今年真的获得了丰收，那担当春天精灵化身的阿娃会被广泛认为得到了精灵的喜爱、春天的祝福，谁家娶了她就等于有了长年的丰收。那样一来，她真的有希望嫁给家境不错的人。

祝福巡游的队伍边唱边走，一路来到了卢米安家。

开门的自然是奥萝尔，她也换了身比较正式的衣物——荷叶边的浅色立领长裙配挽起的金色头发。

阿娃迎了过去，再次唱起同一首歌："我是春天的精灵……"

奥萝尔笑吟吟地听完，边接过一片树叶，边拿出一个陶制的小罐递给阿娃："感谢春天精灵。"

从大罐里面分出来的动物油脂？卢米安瞄了一眼，觉得姐姐太过慷慨了。自己家除了屋后有一片很小的菜地，根本没什么田，完全不用在意丰收不丰收。

卢米安只是习惯性心疼一下，没有阻止姐姐。

等阿娃、雷蒙德等人转过身体，往附近建筑走去，他刻意落到了最后，小声对奥萝尔道："如果《小说周报》有回电，赶紧来喊我。"

"放心，我不会在这种事情上疏忽大意的。"奥萝尔给了卢米安一个"我办事你放心"的眼神。

带着喜庆和欢乐，祝福巡游的队伍满载着歌声，在科尔杜村不断地敲响村民们的大门。最后，他们抵达了行政官官邸。

这是由索伦王室时期的一座城堡改造而来的，位于科尔杜村边缘的山丘上，颜色深黑，高耸着两座塔楼。

围绕这栋建筑的外墙早已被拆掉，卢米安等人穿过贝奥斯特夫妇特意开辟的花园，抵达了门口。

那对开的大门足有四五米高，呈树木的棕绿色，一看就很沉重。不过，它分为上下两截，不是迎接贵客不需要完全开启，只用打开下面两米高的部分。

春天精灵是春天的化身、丰收的使者，自然值得最尊贵的待遇，此时，那扇对开的沉重大门已完全敞开，普阿利斯夫人套着一身浅绿色束腰长裙立在那里。她的女仆卡茜提着一个树枝编成的篮子站于侧方，落后了半步。

阿娃走了过去，唱起祝福之歌。普阿利斯夫人嘴角含笑，静静听着，显得高贵而矜持，让跟随春天精灵的年轻人们想看又不敢看。

旁听过对方和本堂神甫做肮脏之事的卢米安见状，在心里"呵"了一声。

歌曲告一段落，阿娃用树的种子换来了一篮鸡蛋。

至此，祝福巡游结束，卢米安、雷蒙德等年轻人簇拥着春天精灵阿娃往村外不远处的山间河流而去。

接下来是四旬节的第二个环节：水边仪式。

来到平时牧鹅的地方，阿娃靠近清澈的河水，跳起简单的舞蹈，重复起之前的歌曲，而卢米安等年轻人全部原地不动，和春天精灵相隔七八米。

做完这件事情，阿娃从脚旁篮子里拿出某位村民给予的已切成块的芜菁，往河水里扔去。一边扔，她一边唱道："丰收！丰收！"

等阿娃扔完，卢米安脚底一踩，几步就奔了过去，弯腰从篮子内捞出切块的芜菁，砸向河水。

"丰收！丰收！"他大声喊道。

剩下的年轻人比起他的反应慢了足足一拍甚至更多，只能唯恐落后般互相拥挤着跑向阿娃，从那个篮子里拿出芜菁块、萝卜块等不算太珍贵的事物，向河水不同地方丢去，并大喊"丰收"。

雷蒙德没有占到先机，又抢不过别人，最后一个才完成这仪式。下一秒，他看到了卢米安、小纪尧姆等人不怀好意的笑容。

这些年轻人一拥而上，把雷蒙德抬了起来。他们一边高喊"丰收"，一边把雷蒙德抛向了水中。扑通一声，雷蒙德落入水里，衣物和头发瞬间湿透，而岸上的人还捡起泥土、树枝，往他周围砸来。

这是水边仪式的固定流程：最后完成祈祷的那个人会被扔进河里，不准上岸，他只能往下再游一段距离，悄悄回村，躲到家里，天黑之前都不能外出。

雷蒙德抹了抹脸上的水珠，扑腾了几秒，向着下游而去。祝福巡游的队伍这才簇拥着阿娃，走向科尔杜村广场边缘的永恒烈阳教堂。

这时已接近中午，绝大部分村民都聚集到了这里，包括卢米安的加加奥莱尔。

和城里的"同事"们相比，这座教堂并不宏伟，最高也就十一二米的样子。它穹顶呈半圆形，从外面看，就仿佛顶着个洋葱，而于内部往上望去，映入眼帘的是金碧辉煌的太阳壁画。整个教堂装饰以金色为主色调，看起来非常敞亮，这也是永恒烈阳教会所有教堂的共同风格。

圣坛位于东面，各种太阳花围绕着一枚巨大的圣徽。圣徽表面，金色的圆球和代表着光芒的一节节线条组成了一个很有神秘学意味的符号。

这是永恒烈阳的象征。

圣坛后方，墙壁高处，有两扇镶嵌着些许金箔的纯净玻璃窗，每天太阳升起的时候，光芒就会穿透玻璃照到圣徽上。与此对应的位置，教堂的西面也有类似的两扇玻璃窗，用来承接夕阳的辉芒。

由于这不是教会的正规仪式，而是民间的传统庆典，本堂神甫纪尧姆·贝内没有出现，由行政官贝奥斯特代为主持。

依旧是春天精灵打扮的阿娃站到了他的旁边，笛声、七弦琴声等乐器声随之响起，村民们唱起了歌颂春天，祈求丰收的歌曲。他们没有排练过，歌声并不整齐，甚至有人一边唱一边跳，让场面显得很是热闹。

卢米安嘴巴张合着，却没有发出声音，一副"我就敷衍敷衍"的模样，倒是他身旁的奥萝尔唱得很是投入，但看起来不是想祈求丰收，而是趁机玩一玩，飙飙高音。

因为只是敷衍一下，所以卢米安有足够的空闲环顾周围。他没发现村民们的表现有什么异常之处，下意识抬头，望了眼穹顶上金灿灿的太阳壁画。

突然，卢米安知道自己为什么总是觉得不对了——村里很多人很久没有赞美过太阳了！

对一个以信仰永恒烈阳为主的村庄而言，日常生活里应该时常出现"赞美太阳，我的神我的父"等话语，可卢米安回想这段时间，发现自己很少听到！

作为一个泛信徒，他平时其实也不怎么说类似的话，加上得罪了本堂神甫，已好一段时间没进教堂参与任何活动，所以之前并不觉得有什么问题，直到今天，身处教堂庄严肃穆、金色高悬的环境内，才猛然察觉到异常。

紧接着，他还原出的那封求助信的内容浮现在他的脑海：我们需要尽快获得帮助。周围的人越来越奇怪了。

周围的人越来越奇怪了……这一刻，卢米安对这句话有了更加深刻的理解和认同。

他再次环顾四周，想寻找莉雅等外乡人的身影，可莱恩他们似乎并没有来旁观四旬节庆典。

"真是的，该出现的时候不出现……"卢米安在心里咕哝了起来。

他假装什么都没有察觉，发出声音，加入了合唱。

等到歌声平息，庆典结束，他凑到奥萝尔耳边，压着嗓音道："先回家，我等下有事情和你讲。"

作为护送春天精灵巡游的人，他还要参与仪式的最后一环，不能像其他人一样提前离开。他也不打算强行闯出教堂，那很可能导致异常提前爆发。

奥萝尔若有所思地点了下头："好。"

她没有多问，和普阿利斯夫人等绝大部分村民一起离开了教堂。

没过多久，这里只剩下参加过祝福巡游的年轻人和春天精灵的化身阿娃。之前收到的那些奉献，除开丢进河里的，全部摆放在阿娃身旁，另外，还有具备象征意义的牧草、斧头、铁锹、鞭子、牧鹅棍等物品。

接下来，卢米安等人只需要等待教堂外面进来一个人宣布送春天精灵离开，就可以围住阿娃并摘掉她身上的桂冠、项链、树枝、树叶了。这个过程中，他们需要留出一个缺口，供春天精灵脱离阿娃的身体。

也就是二三十秒的工夫，教堂大门处传来一阵脚步声。

卢米安本能望了过去，看见了两个人。

一个是专门赶回来参加四旬节的牧羊人皮埃尔·贝里。偏瘦的他眼窝略微凹陷，套着带风帽的深棕色长衣，腰间系了根绳子，脚下踏着很新的黑色皮鞋。

和之前不同的是，他油腻腻的黑发似乎已经洗过，看起来还算干净柔顺，杂乱繁多的胡须同样做过处理，不仅没那么长了，而且整齐了许多。此时，他蓝色的眼眸一如既往地带着淡淡的笑意。

另一个是本堂神甫纪尧姆·贝内。他还是一身代表着神职人员的白色镶金线长袍，黑发浅浅，鼻子微勾，气质威严，即使个子不高，连一米七都差点，也依旧把身旁的皮埃尔·贝里比了下去。

本堂神甫……他怎么进来了？卢米安又惊讶又疑惑。作为永恒烈阳教会的神职人员，他不该出现在这种没有"赞美太阳"环节的民间庆典上。

147

想到本堂神甫那伙人暗里在谋划着某些事情，想到自己已经狠狠得罪了他，卢米安回过神后，立刻缓慢、隐蔽但坚决地往侧方的彩绘玻璃处退去。

因为此时还没到围住春天精灵阿娃的阶段，他们这群年轻人正各自站在不同的地方，所以他的举动不算显眼。

阿娃看到本堂神甫也有些诧异，但想到他是村里最有威望的人，由他来宣布四旬节庆典的结束比任何人都合适，又重新露出了笑容。

很快，本堂神甫纪尧姆·贝内和牧羊人皮埃尔·贝里走到了阿娃身旁。

前者沉声说道："送春天精灵离开。"

卢米安之外的人开始准备冲向阿娃，将她围起来。

"送春天精灵离开！"牧羊人皮埃尔·贝里边跟着高喊，边笑眯眯地弯下腰背。

不好！看到这幕的卢米安心中一动，下意识踏出右脚，前倾起身体。

在大家反应过来之前，皮埃尔·贝里拿起物品堆里的斧头，双手握紧，直起身体，用力一挥！

噗的一声，阿娃的脖子处喷出了大量的血液，仿佛有团赤红色的浓郁雾气在那里飞快成形。

扑通。

阿娃的脑袋孤零零地掉在地上，于血污里滚了好几圈，最终脸部朝上。她眼睛里还残留着明显的喜悦。

往她这个方向跑了两步的卢米安内心一沉，当即掉转身体，奔往侧方的彩绘玻璃。

沾满血液的布料、罐子、鸡蛋等物品和弥漫于鼻端的浓烈腥味并没有让本堂神甫纪尧姆·贝内的表情有丝毫变化，他侧过身体，望向教堂某个地方，蓝色的眼眸内映出了卢米安狂奔的身影。

本堂神甫的瞳色随即变浅，虚化到仿佛透明。在他的眼中，卢米安周围出现了一个又一个水银色的复杂符号，它们如同一条条小河自我缠绕而成，而卢米安就像在由这些符号组成的、泛着波光的虚幻河流里奔跑，前方是一条又一条更为模糊的支流。

纪尧姆·贝内伸出右手，隔空往目标身周的一个水银色符号抓去。

卢米安右脚用力一踩，准备将身体甩向前方的彩绘玻璃，直接撞出教堂。就在这时，他脚底一滑，没能完全发上力，他的身体以一种狼狈的姿态飞了起来。

在一阵"砰——哗——咔嚓！"的声音里，卢米安撞碎了描绘着圣西斯的彩绘玻璃，却没能穿透过去，停在了教堂内部。他身上随即出现了多个因划伤带来的口子，鲜红的血液飞快往外溢出。

这个时候，一斧头砍掉阿娃脑袋的牧羊人皮埃尔·贝里锁定了卢米安。他脸上依旧带着温和的笑容，蓝色的眼眸内却充满凶戾之色，就像不知什么时候解开了体内某个封印，让原本被隐藏的真实自我显露了出来。

皮埃尔·贝里拽着斧头，大步奔向卢米安。他每踏出一步，身体就仿佛跟着变高变壮了一截，明明实际上还是那样，却有了巨人的气质。

卢米安正背对着这个残忍的牧羊人，靠在破碎的彩绘玻璃窗上。他刚从重重摔倒惨遭划伤的痛苦中挣脱，正打算双手一撑，强行翻滚出教堂，突然有了异常危险的感觉。

背后有人……卢米安急头一闪，继续按住满是破碎玻璃的窗框，不顾伤口的刺痛，不顾鲜血的流出，作势就要往外翻滚。

这个动作只是一个幌子，他迅速缩回了身体，不进反退，向后倒去。

砰！

一把斧头以横扫的姿态砸在了只剩碎玻璃片的窗框上，将它劈得脱离了墙壁，飞出了教堂。而卢米安后倒接翻滚，险之又险地从皮埃尔·贝里的脚旁越了过去，躲开了这无比狂暴的一击。

对此，他没有产生一点庆幸和欣喜的情绪，因为他被彻底逼回了教堂内部，而最快逃离的通道被出现明显异变的牧羊人皮埃尔·贝里完全堵住了。

卢米安虽然看过不少小说，但绝不抱有只要一直翻滚就不会被打中的幼稚想法，刚和皮埃尔·贝里擦身而过，立刻就手肘一撑，腰部用力，弹了起来。

他目光顺势一扫，发现除了小犯尧姆等少数几个，剩下的年轻人似乎都被某些东西影响到，全部失去理智，变成了疯子。

他们无视了阿娃倒下的无头尸体和喷洒在四周的鲜血，兴高采烈地喊道：

"送春天精灵离开！"

"送春天精灵离开！……"

小纪尧姆等少数几个也彻底傻掉了，他们愣在那里，看着阿娃大大睁着、略带笑意的眼睛，一动不动。他们脸上尽是惊恐、慌乱和不敢相信的情绪，仿佛在做一场无法挣脱的噩梦。

而皮埃尔·贝里明明还是原来那么高，却给卢米安一种他不比穹顶矮多少的错觉。这位牧羊人一击落空，迅速抽回斧头，转过身体，顺势又劈向了不远处的卢米安，而卢米安还未站稳，就已向前奔了出去，成功躲开了这一击。

噔噔噔！卢米安充分发挥猎人的速度和敏捷，以弧线的路径狂奔了起来。

目标：本堂神甫！

他的经验告诉他，这种时候一定要逮住敌人之中领头的那个，不管别人怎么对付自己，反正就只是打领头人，摆出要么放过我要么两个人一起死的凶狠姿态。只有这样，才能在非常不利的处境下创造奇迹。

牧羊人皮埃尔·贝里没有追赶卢米安，而是拿着沾满血污的斧头，站在失去窗框的墙壁前，朝目标的身影伸出了左手。

整座教堂一下变得昏暗，卢米安周围更是严重，一片幽深。

这幽深似乎有了自己的生命力，轻轻摇晃了起来。它仿佛只是一层帘布，后方藏着一条又一条苍白的、漆黑的、奇怪的手臂，即将抓出。

而本堂神甫纪尧姆·贝内淡化到近乎透明的眼睛里，卢米安的身影依旧沉在那条由水银色复杂符号组成的、泛着波光的虚幻河流内，前方则是类似的但更虚幻的、仿佛象征着未来的事物或者说支流。

纪尧姆·贝内的右手经过一段时间的尝试，终于握住了那幅关键的、由多个符号组成的图案。只要他逆转它，卢米安所有的努力都将归结于无效，未来的命运必由此改写。

突然，本堂神甫的眸光凝固了。

"啊！"

他猛地大喊出声，两只眼睛紧紧闭上，流下了鲜红的血液和浑浊的泪水。惨叫回荡之中，他的身体膨胀起来，就像被谁往里面灌了大量的气体。

刺啦！

他那件白色镶金丝的长袍难以承受，迅速崩裂开来。他的皮肤已被撑到接近透明，之前被衣物遮掩住的诡异印记显露于外。

那是一个又一个类似印章痕迹的黑色事物，它们与难以描述的世界连通着，带来了极为恐怖的气息。

这气息瞬间填满了教堂，那些还在欢送春天精灵的年轻人随之陷入了无比惊恐的状态，他们或绕着祭品奔跑起来，或跪到地上，或匍匐于地，不敢抬头。小纪尧姆等本就被吓傻的少数几个人直接晕了过去，身下一片湿润，有恶臭传出。

牧羊人皮埃尔·贝里正要施展秘术抓住卢米安，此时也丢掉斧头，单膝跪到地上，低下了脑袋，不再有任何动作。

整座教堂内，唯一没事的是卢米安。

他其实也有受到影响，头部异常刺痛，但比起那道能让他直接进入濒死状态的神秘声音，现在这气息差得还有点远。另外，他还感觉胸口有些灼热，怀疑是那黑色的荆棘链条符号凸显了出来，或许还要加上疑似眼睛和虫子的青黑色符号。

卢米安顾不得检查身体状态，顾不得理解为什么自己突然就占据了优势，继续奔向本堂神甫纪尧姆·贝内。

只要出现机会，就不能放过！

随着距离越来越近，他看清楚了那些印章般的黑色痕迹：它们似乎由独特的文字和奇异的符号共同组成。

目光快速扫动中，卢米安发现了一个熟悉的东西。本堂神甫纪尧姆·贝内的左胸胸口，如同荆棘的黑色符号从内部钻了出来，绕向身后！

这和卢米安自己胸前的一模一样，只是淡了不少。

"他也有？"卢米安心头一震。

"这是村里出现异常的根源？我为什么会有，什么时候有的？……"

一个接一个的念头飞快浮现于卢米安的脑海，却没有影响到他的动作。

他奔到纪尧姆·贝内的身前，右臂一伸，环住了敌人的脑袋。紧接着，他没有停留，用力绕到了本堂神甫的背后。

喀嚓一声，纪尧姆·贝内的脑袋跟着转了个方向，垂向了自己的脊椎。

呼……卢米安见状，悄然松了口气。最大的麻烦解决了，自己得赶紧回家，和姐姐一起逃离，剩下的交给那三个外乡人处理！

就在这个时候，本该死去的纪尧姆·贝内睁开了眼睛，他的眸子一片血色。

嗡！

卢米安的脑袋仿佛直接被人用斧头劈成了两半，剧烈的疼痛让他连惨叫都无法发出。他眼前所见的一切瞬间支离破碎，变得无比深黑。

他失去了知觉。

…………

痛！

很痛！

卢米安猛地坐起，睁开眼睛，揉起脑袋。他随即看见了窗前的木桌、斜放的椅子与分列于两侧的衣柜和小书架，这一切他都很熟悉。

这是他的卧室。

"我被姐姐救回来了？我昏迷了多久？教堂的情况怎么样了？"卢米安顾不得多想，一记起发生了什么事情，立刻翻身下床，捂着脑袋冲了出去。

很快，他在一楼厨房内找到了奥萝尔。奥萝尔穿着轻便的蓝色长裙，正认真准备着晚餐。

"奥萝尔！姐姐，快逃！"卢米安高声喊道，"本堂神甫还有村里好多人都疯了，他们在庆典最后杀了阿娃！"

他不确定姐姐知不知道究竟发生了什么事情，毕竟"救"有很多种方式，不代表一定要到现场，所以，干脆直接讲出了重点，免得耽搁时间。

奥萝尔回过身来，一脸疑惑地反问道："庆典？四旬节的庆典？"

"对。"卢米安用力点头。

奥萝尔笑了："刚才这个故事编得真不错，短短两句话就把一起诡异事件勾勒了出来，让人不由自主地害怕。但下次编故事麻烦考据一下，距离四旬节还有好几天呢。"

"……"卢米安一下怔住。

第八章
CHAPTER 08
时间循环

隔了几秒，卢米安望着奥萝尔的眼睛，放缓语速道："距离四旬节还有好几天？"

他怀疑姐姐刚才是在反向恶作剧，可这么多年以来，他从未见姐姐于重要事情上表现出轻浮的态度，而当前是涉及整个村子包括自己姐弟存在与灭亡的紧迫关头。

奥萝尔上下打量了弟弟几眼："你刚才是补了个午觉，睡傻了吗？今天是1358年3月29号，距离四旬节还有好几天。"

3月29号……卢米安咀嚼着这个日期，忽然有一种"我现在是不是在做梦"的感觉。

他明明已经历了四旬节那个开头欢乐结尾血腥的庆典，明明看见阿娃的脑袋被牧羊人皮埃尔·贝里用斧头砍下来，鲜血喷到了半空……

究竟是现在在做梦，还是之前在做梦……不管哪个是梦，都未免太真实了吧？卢米安从姐姐的脸上找不出撒谎的痕迹。

当然，这也可以用奥萝尔演技高明来解释，但卢米安相信奥萝尔绝对不是这样的人。这五年相处下来，各种细节数之不清，姐姐是什么样的人根本不可能骗过他！

奥萝尔在日期这件事情上欺骗他只有两种可能：一是她被不堂神甫或者暗中的某位控制了；二是事情已得到完美的解决，所以她才有心情开玩笑，搞恶作剧。

如果这两种可能都不成立，那她说的极大概率是真话：时间真的回到了3月29号，四旬节之前好几天。

以卢米安的常识，这显然是不可能发生、不应该出现于现实世界的事情，但姐姐的态度让他茫然了。

得想办法确认一下……

卢米安竭力回忆这段时间的经历，发现绝大部分细节自己都还能记起来，比如，四旬节庆典已成功举办对应的那个3月29日，奥萝尔穿的确实是这身轻便的蓝色长裙，而这个晚上，自己还遇到了莉雅、莱恩、瓦伦泰那三个外乡人，带他们到教堂捉了本堂神甫的奸。

"怎么了？"奥萝尔伸出右手，在莫名呆住的弟弟眼前晃了晃。

卢米安回过神来，急匆匆说道："奥萝尔，我忽然想到件事情得出去一下。很快就回来！"

确认时间是否真的回到3月29日的最好方法是，找到阿娃！她要是还活着，卢米安就得认真考虑是否接受这项不可思议的变化了。

不等奥萝尔答应，卢米安绕过她，匆匆忙忙跑向门口。

"叫姐姐！不要错过晚餐！"奥萝尔放大音量，叮嘱了一句。

出了自己家，卢米安狂奔向阿娃·利齐耶的家，生怕慢了一秒就会被难以言喻的噩梦追上，彻底吞噬。

一路之上，他引来不少村民的侧目，但无人拦下他询问缘由，他们害怕这是一场他自导自演等着他们上当的恶作剧。

终于，卢米安抵达了目的地。

阿娃的父亲纪尧姆·利齐耶是科尔杜村及这片山区有名的鞋匠，家境不算好但也不差，他们居住的房屋同样是半入地式的灰蓝色两层建筑，后方还带一个堆着草和柴火、修着鹅舍的空地。此时接近晚餐时间，利齐耶家的厨房内有好几道身影在忙碌。

卢米安通过敞开的大门，直接走了进去，一眼就看到了阿娃。

这位有着水蓝色眼眸的棕发少女套着灰白色的长裙，正在帮她的母亲准备晚餐，手脚利落，眸光灵动，一看就是活人。

她真的没死……卢米安下意识望向阿娃的脖子，试图找到缝合的痕迹——在奥萝尔的某部恐怖小说里就有尸块被缝合起来冒充活人的桥段——然而，阿娃的脖子修长光洁，连一点伤疤都没有。

"卢米安，有什么事情吗？"

坐在厨房椅子上的鞋匠纪尧姆·利齐耶发现了这位不请自来的客人。他棕发乱蓬蓬的，身前挂着条略显油腻的棕白色围裙，不快不慢地站起来，迎向卢米安。

听到父亲的招呼声，阿娃停下手头的事情，诧异转身，望向门口。她随即看见卢米安又呆愣又茫然地站在那里。

"有什么事吗？"她跟着问了一句。

卢米安猛地回神，打算随便编个理由敷衍一下，可走过来的鞋匠纪尧姆·利齐耶让他瞬间有了一个想法。

他斟酌了一下，问："纪尧姆叔叔，贝里家的皮埃尔是不是在你这里定做了一双皮鞋？"

卢米安记得很清楚，自己和雷蒙德"将"在明天上午碰到牧羊人皮埃尔·贝里，惊讶于他不管羊群、不顾长途跋涉的危险和辛苦赶回来参加四旬节庆典，而那个时候，皮埃尔·贝里已穿上一双崭新的、质地柔软的皮鞋。

——除非去达列日的成品鞋店购买，否则制作一双皮鞋是需要时间的，这说明皮埃尔·贝里回到村里至少有两三天了！

"你怎么知道？"纪尧姆·利齐耶颇为诧异，"皮埃尔·贝里前几天就回来了，但村里没什么人知道，他还让我不要告诉别人。"

果然……卢米安编起理由："我看到一个人很像他，还以为自己产生了幻觉。因为那人穿着一双新皮鞋，所以找你确认一下。"

"是他。"纪尧姆·利齐耶做出肯定的答复，"当时他还赶着三四只羊，说是雇主分给他的。"

不是五月初才会让羊群回到村里剪毛挤奶吗？现在就赶几只羊回来怎么放？高原草场还在禁牧期啊……卢米安越想越觉得牧羊人皮埃尔·贝里的行为极其反常，而他在庆典最后的表现证明了卢米安的判断。但卢米安还无从知晓他和本堂神甫这些人究竟想做什么，或者已经做过什么。

想到这里，卢米安对纪尧姆·利齐耶和阿娃笑道："既然真的是他，我就放心了，我还以为自己经常喝酒喝到脑子和眼睛同时出了问题。"

他随即对利齐耶一家挥了挥手道:"再见。"

出了利齐耶家,卢米安脸上的笑容迅速消失——他现在有很大把握确认今天真的是3月29日。

是时光倒流了,还是我做了一个预知梦?梦不可能那么真实,真实到每一个细节都有……卢米安边走边竭力思考。

无论时光倒流,还是预知梦,他都是从奥萝尔的小说里了解到的,之前从未想过这会发生在现实里。

回家的途中,卢米安专门绕至广场,来到永恒烈阳教堂的侧面。

那扇本该彻底破碎连窗框都飞了出去的彩绘玻璃窗完好地镶嵌在墙上,表面描绘的圣西斯传教图在夕阳的光辉下流光溢彩。卢米安心情极为复杂地看着这一幕,感觉脑海内各种念头摩擦得都快冒出白烟了。

在返回广场的途中,他看到从教堂正门走出来一道熟悉的身影。那是鼻子略勾,气质威严,套着白色镶金线长袍的本堂神甫纪尧姆·贝内。

卢米安心中一紧,双腿略略分开,身体微微弓起。

这既是发动攻击的准备,也是狂奔而逃的前置。

纪尧姆·贝内看了他一眼,没什么表情地点了点头:"明天再来祈祷吧。"

呃……对啊,3月29号傍晚的他还没有被我带人捉好,还没和我撕破脸皮,也不存在暗中图谋即将暴露的担忧……想到这里,卢米安本能做出了反应。他站直身体,张开双臂道:"赞美太阳!"

"赞美太阳!"纪尧姆·贝内回以同样的姿势。

离开村广场后,卢米安习惯性回想了下刚才的事情。突然,他发现了一个自己之前因为震惊于"时光倒流"而忽视的点。

他的超凡能力还在!

他还是"猎人"!

无论是狂奔到利齐耶家都没怎么喘气的事实,还是面对本堂神甫时一下就摆出最好姿态的反应,都说明他的身体素质和相应状态远超服食魔药前!

卢米安由此做出了判断——之前那段经历不是预知梦!他已经是序列9的非凡者了!

晚上试试进那个特殊的梦境，看还能不能进，有没有改变……卢米安迅速有了下一步的计划。

回到家里，他装出若无其事的样子，和姐姐奥萝尔共享晚餐。

因为弟弟经常闯祸，又不想每次都让自己帮忙善后，时不时就有类似的表现，所以奥萝尔看在眼里，也没多问。

洗过餐具，清理好厨房，卢米安和姐姐打了声招呼，直奔老酒馆。他要确认一下不属于科尔杜村的那几个外乡人是否会出现。

进了老酒馆，卢米安坐至吧台，和老板兼酒保莫里斯·贝内、瘦削中年男子皮埃尔·纪尧姆等人分别打了声招呼。

"一杯酸酒。"他熟稔地说道。

酸酒指的是苹果劣酒，在酒馆里只比部分啤酒贵，城市的街头经常有人叫卖。

"吝啬小子，你不是很喜欢苦艾酒的痛苦感吗？"莫里斯·贝内絮叨了一句。

"你请我喝吗？"卢米安说着熟悉的话语，这让他有一种恍惚感。

莫里斯·贝内立刻不说话了，倒了杯酸酒，推给卢米安。

卢米安一边小口喝着酒，一边开始等待。

没多久，他听见了叮叮当当的声音。他回过头去，看见了戴简陋版深色圆礼帽、穿棕色粗呢上衣和浅黄色长裤的莱恩。

而吸引了老酒馆内几乎所有男人目光的是莉雅，她还是白色无褶羊绒紧身裙配米白色小外套和马锡尔长靴，靴子和充当头巾的面纱上分别系了两个银色的小铃铛。

同样的，瓦伦泰穿着白色马甲、蓝色细呢外套和黑色长裤，黄色的头发上扑了点粉。

他们三人在一道道目光注视中走到吧台，于卢米安身旁依次坐下。

一杯达列日红葡萄酒，一杯黑麦啤酒，一杯"辣心口"……卢米安没有抬头，于心里默默说道。

莱恩取下礼帽，放到一旁，然后对莫里斯·贝内道："一杯达列日红葡萄酒，一杯黑麦啤酒，一杯'辣心口'。"

听到这里，卢米安长长地叹了口气。

"怎么了？"莱恩侧头望向他。

他喝了口酸酒，嗓音低沉地说道："我是一个失败者，几乎不怎么注意阳光灿烂还是不灿烂，因为没有时间……"

卢米安有心观察，将自己与莉雅等人"结识"的流程完完整整走了一遍，直至双方来到永恒烈阳的教堂外面。他初步确认，这三个外乡人真的不认识自己，对相应的恶作剧毫无提防。

时光真的倒流了吗……卢米安一时有些恍惚。

"我们来过这里，没有人。"瓦伦泰望着前方半融入夜色的宏伟建筑，说出了"预定"的台词。

卢米安定了定神，不再按流程来。他直接说道："那是因为本堂神甫不想理睬你们。"

他打算在这三位疑似官方非凡者的外乡人眼中留下"爱开玩笑但性格并不恶劣"的印象。

"你是说，本堂神甫就在教堂里面，只是碍于某些事情不回应敲门声？"莉雅想到了好几种可能。

卢米安笑了："在教堂内偷情可不适合被别人看到。"

说完这句，他本能地在心里嘀咕了一句：可惜啊，这次听不到"你们破坏了神圣教会的行动"这句经典台词。

当然，对普阿利斯夫人有了进一步了解后，他觉得在某种意义上，本堂神甫这么说也不是完全没有道理。

难道就不允许本堂神甫像奥萝尔写的卧底类小说中的主角那样，为了完成重要任务，甘愿忍受暂时的屈辱，出卖自己的身体，以打入普阿利斯夫人代表的邪恶势力内部？

"在教堂偷情？"瓦伦泰一改冷漠的态度，急声反问。

卢米安摊了下手："这有什么问题？这对本堂神甫来说是日常活动，你不用这么激动。不是有句俗语叫'古往今来都一样，男人总会偷婆娘'吗？"

"可这是在教堂！"瓦伦泰厉声说道。

卢米安想了想，好奇地提问："也就是说，神职人员只要不在教堂内偷情，就是可以接受的?"

"这是对神的亵渎!"瓦伦泰一副快要爆炸的样子。

莱恩拍了拍他的肩膀,示意他冷静一点。与此同时,这位最沉稳的外乡人询问起卢米安:"知道本堂神甫今晚是在和哪位偷情吗?"

卢米安摇了摇头:"可能性太多了,他的情妇,仅仅是我知道的,就有普阿利斯夫人、马戴娜·贝内、菲利帕·纪尧姆、西比尔·贝里……"

"马戴娜·贝内,和本堂神甫同姓?"莉雅敏锐地把握到了这一点。

卢米安点了点头:"她和本堂神甫是隔了两代的堂兄妹。"

瓦伦泰愣了好几秒,咬牙说道:"纪尧姆·贝内究竟是神的仆人,还是魔鬼的仆人?"

你就会这句台词吗?也没见你去打爆他的脑袋……卢米安故意帮本堂神甫做起辩解:"这其实没什么,在达列日地区有句俗语是,'远房堂姐妹,尽管一起睡'。"

"你怎么知道这么多俗语?"莉雅忍不住笑了一声,头顶的银铃叮当作响。

卢米安再次摊手:"乡下地方就是这样。"

这时,莱恩若有所思地问道:"你怎么知道我们不是达列日地区的人?要不然,你不会说'在达列日地区有句俗语'。"

这是你们自己告诉我的啊……卢米安一时嘴快,竟把"之前"发生的事情当成了已然了解的信息。他只好编起理由:"你们的气质就不像是达列日本地人。"

他随即指了指通往村里的道路:"我已经帮你们找到本堂神甫了,接下来我得回家了。"

"我以为你会跟着我们进去。"莉雅瞄了他一眼,浅笑着说道。

"我可不敢得罪本堂神甫。"卢米安状似随意地提了一句,"上次告密的村民已经失踪很久了。"

不等莱恩等人回应,他挥了挥手,往广场另外一边跑去,边跑边说:"记得替我保密,我的卷心菜们!"

红月被云层遮住,卢米安走在洒落着星光的乡间道路上。他双手插兜,思考起最近发生的事情。

快到家的时候，卢米安停了下来，抬头望向那半入地式两层建筑的屋顶。

果不其然，穿着蓝色轻便长裙的奥萝尔正坐在那里，抱着双膝，静静望着星空。夜色里，她的身影孤单而遥远。

真的重复了……有没有一种可能，之前那些事情是真的，现在在做梦？卢米安刚有了新的猜测，突然发现了两个3月29日的不同：他今天没在老酒馆内看见那位给自己"权杖"牌，教自己神秘学知识的女士。

这让他有点分不清现在到底是不是在做梦。

明天去做个确认……卢米安收拾好心情，走到家旁，推门而入。

他和"上次"一样，利用二楼的梯子爬到屋顶，脚步轻快地走至奥萝尔身旁，坐了下来。

"这有什么好看的?"卢米安故意说道。

奥萝尔侧过头来，叹了口气，正要说话，卢米安又补充道："我的意思是，看星空对你究竟意味着什么?"

奥萝尔上下打量了他几眼："今天这么直接?"

她随即又望向星空，语气幽幽地说道："你知道的，我不是科尔杜人，也不是达列日人。我不知道你有没有听过一句俗语，回不去的才是故乡……"

卢米安没有开玩笑，跟着望起了星空。

等奥萝尔飞入她的卧室，给笔友写信，卢米安未暴露自己已成为非凡者，按原路返回二楼，就笔友这件事情和姐姐交流了一阵。然后，他帮奥萝尔带上门，走回了自己的卧室。

望着铺有白色四件套的睡床，卢米安忽然心中一动，走过去掀开了枕头。

枕头底下静静躺着一张牌，代表着"权杖七"的小阿卡那牌！

望着牌上面容坚毅、穿着绿色衣物、手持权杖对抗敌人攻击的男子，卢米安一下想到了那位女士对这张牌的解读："危机，挑战，对抗，勇气……"

卢米安越想越觉得这四个单词真切地揭示了自己当前的处境。

在抽牌之前，他大概率已经陷入危机，开始面对挑战！接下来需要做的是鼓起勇气，对抗问题？

等等，时光不是已经倒流了吗？我都没有和那位女士碰过面，还没有抽过牌，为什么它会出现在这里?卢米安一阵心惊,对之前的猜测又不太有把握了。

各种各样的念头和推断迅速在他的脑海内冒出,就像煮沸的水里咕噜咕噜腾起的气泡,弄得卢米安脑袋一阵胀痛,有种自己快疯掉的感觉。最终,他将那位女士和她给予的物品暂时设为了例外,这才让自己的思绪不至于轰然爆炸。

以那位女士表现出来的神秘和特殊之处,在时光倒流里不受影响属于还算正常的发展!

明天如果能找到她,她也还认识我,那就说明我的推断没有问题……卢米安吐了口气,产生了一种精神上的疲惫。他去盥洗室简单洗漱了一下,早早地躺到了床上。

在熟悉的、淡淡的灰雾里,卢米安醒了过来,翻身坐起,看见了窗前的木桌和斜放的椅子。

他又一次来到了这个特殊的梦境。发现那张"权杖"牌依然存在后,他就知道自己肯定还能进入这里。

卢米安下意识摸了摸衣服的内兜,表情骤然凝固。

金币不见了!那些金币全部不见了!

卢米安连忙跳下睡床,全身摸了个遍,又找了找刚才躺的地方,还是没翻到辛辛苦苦搜集来的那些金钱,连1科佩的铜币都没有!

"这里的时光也倒流了?"卢米安陡然有了这么个猜测。

卢米安环顾四周,没看到应该放在这里的猎枪、斧头和钢叉。他平复了下心态,出了卧室,通过走廊,来到一楼。

近两米的钢叉和铁黑色的手斧完好无损地摆放在它们原本的位置,与卢米安第一次探索梦境废墟时一样。同样的,那桶玉米油也还没被放到灶炉旁。

至于那把猎枪,卢米安到处找了一遍都未发现。

他越来越倾向于这里的时光也倒流了。

"去废墟里看看,看看那两个怪物还在不在……"卢米安无声自语了一句,直接提上斧头,开门而出。没过多久,他穿越满是裂缝、杂草不生的荒野,抵达了那片废墟的边缘。

与第一次探索这里不同，身为"猎人"的他只是随意一扫就发现了活物行动留下的不少痕迹。等他集中起精神，更是分辨出这里经常出没的生物有两个，其中一个的浅浅脚印绕到了因燃烧而半坍塌的房屋后面。

之前的我要是有这样的超凡能力，第一次探索时怎么可能差点被偷袭？卢米安提着斧头，进了那栋建筑，他直奔目的地，抵达了那个打碎的陶制罐子前。

一抹金色从里面透了出来。

卢米安弯下腰背，捡起了这枚金路易。它的色泽和卢米安第一次捡起它时一模一样。

确实，时光倒流了，除了极少数例外，其他都回归了"最初"的状态……卢米安一阵叹息。

突然，他往前急行两步，腰部一扭，向右侧半转过身体。伴随着这个发力动作，他手中的斧头劈了出去。

那无皮的血色怪物刚从屋顶扑下就失去了目标的身影，迎接它的是一把斧头。

噗！

它的脑袋直接飞了出去，无头的身体在洒落的血珠和脓液里重重摔在了地面。

"和'上次'的强度差不多……"

卢米安望着无皮怪物的尸体，低声自语了一句。

时光倒流之前，他和这怪物打得是有来有回，靠着智商碾压，才看起来还算轻松地解决，而现在只是一斧头的事情。

当然，这也有他"曾经"经历过，对刚才偷袭非常了解，提前做出预判的缘故。可不管怎么样，"前后"对比的变化足以让他感受到自己成为非凡者后获得的是一种质变般的提升。

卢米安思索了两秒，将无皮怪物的尸体和脑袋弄到角落，但未用石块、木头、泥土等加以掩埋，任由它们和满地鲜血暴露于外。

然后，卢米安快速搜索起这半坍塌的建筑，精准地将剩余一百九十七费尔金二十五科佩找了出来，分类装入不同的口袋。

那本小蓝书他也再次翻了翻，没发现什么异常的地方。

做完这一切，他往废墟深处潜去，可是只前行了二三十米，他就绕了个圈子，返回了刚才那个地方，然后沿着无皮怪物生前的行动轨迹，灵巧地爬到了半坍塌的屋顶上。

完成必要的准备后，他隐藏好了自身。

时间一分一秒地过去，卢米安相当耐心地等待着，就像一名经验丰富的猎人在等待猎物。

不知过了多久，一道身影从废墟某处过来。

它外形呈半人半野兽状，膝盖带动小腿前弯，黑发油腻腻地披下，身后背着一把猎枪，正是"之前"让卢米安获得一份"猎人"非凡特性的那个怪物。

猎枪怪物谨慎地前行着，仿佛在做日常的巡逻。

忽然，它鼻子抽了抽，发现远处地上有大量的血液。它忙改变方向，靠近因燃烧而半坍塌的建筑。

循着血迹，猎枪怪物找到了无皮怪物的尸体和脑袋。它蹲了下来，仔细做起检查。

半坍塌的屋顶上，卢米安见状摇了摇头，无声自语道："这种距离下都没有闻到我的气味？就算有血腥味掩盖，也不该毫无察觉啊！"

他一边嘀咕，一边抬起斧头，用力劈在侧方提前加深过的石缝里。

哗啦！

半坍塌的屋顶出现晃动，沉重的石块轰然往下砸落。猎枪怪物反应极快，立刻就转动腰部，一撑双腿，向还未坍塌的区域跳去。

卢米安笑了，他猛地从还未坍塌的屋顶扑下，如同一只抓拿半空猎物的雄鹰。

伴随着呜呜的风声，卢米安与猎枪怪物在空中相逢，一个居高临下，单手扬起斧头，一个背对高处，艰难转身，试图格挡。

卢米安左手握拳往下击出，等到怪物伸臂格挡，却早有准备地张开手掌，柔和了力量，一把抓住了对方。

伴随着卢米安左手的后拉，他右掌握住的斧头猛然下劈。噗的声音里，洒落的血液中，一人一怪物同时摔到地上。

有"缓冲垫"的卢米安未受影响，抬手又砍了一斧头。猎枪怪物的脑袋再是不情愿，此时也不得不脱离了身体，滚了两圈。

卢米安站起身来，望着这怪物，低声嗤笑道："你变弱了！只剩下了一个恐怖的外壳，里面塞的其实是个稻草人吧？"

已成为"猎人"的他对再次解决猎枪怪物有很大把握，但没想到会如此轻松。

望着地上的尸体，卢米安耐心等待着非凡特性析出，可他等了好一阵都没等到深红色的光点浮现。

"没有？"卢米安疑惑自语。

他竟不觉得有什么意外。因为猎枪怪物那份非凡特性在"上次"就被他得到，变成魔药进了他的身体。

果然，既然时光倒流没有让我重新变成普通人，也没有让我体内的非凡特性消失，那就意味着这里少了一份"猎人"非凡特性。猎枪怪物只是简单地回归了活着的状态，但缺乏本质事物的支撑……现在的问题是，为什么我还保持着时光倒流前的状态？

卢米安一时想不到答案，只好搜刮了猎枪怪物身上那几枚铜币，往废墟外面走去。

天亮之后，卢米安未像上一个3月30日那样在姐姐面前假装头疼，挑起超凡相关的话题，而是早早起床准备食物，将烤的吐司、煎的溏心蛋、切片的熏肉等一一摆上了餐桌。

"哟，这么勤快？"下楼看到这一幕的奥萝尔颇为诧异，"我还以为你昨天喝那么多酒，今早会起不了床。"

卢米安随口说道："就一杯苹果酸酒、一杯苦艾酒，哪里多了？"

"这有什么好骄傲的？除了葡萄酒可以喝一喝，其他的酒精饮料都不健康，会影响到我们的大脑。"奥萝尔摇头笑道，"难怪你越来越笨了，我的酒鬼弟弟。"

从来争辩不过姐姐的卢米安小声咕哝道："为什么葡萄酒例外？"

"因为我喜欢喝。"奥萝尔一副"你有本事就反驳"的模样。

卢米安无话可说。

等用过早餐，他没急着出门，而是揉起了面粉。

这看得奥萝尔啧啧称奇："你是闯了什么大祸吗？这么乖巧……说吧，姐姐不会揍你的，顶多加练一堂格斗课。"

"没有。"卢米安趁势开启话题，"我只是觉得村里的气氛越来越古怪，有些人表现得越来越不正常。奥萝尔，你有没有这种感觉？"

据他观察，姐姐确实没有了和倒流的那段时光相关的记忆，但村里的异常绝对不是这几天才出现的，3月29日之前应该就有一定的征兆了，作为"窥秘人"的奥萝尔或许有所察觉，只是不够重视。

奥萝尔表情严肃了一点："连你都能察觉到不正常了？说说，都有哪些人让你有这种感觉？"

奥萝尔果然知道某些人存在一定的问题，只是没想到问题会那么严重……卢米安边洗手边斟酌着说道："普阿利斯夫人，本堂神甫，蓬斯·贝内，还有提前回村的牧羊人皮埃尔·贝里。"

"普阿利斯夫人确实有一些问题，从她和行政官来到科尔杜，我就知道她不太对劲，但她表现得很克制，除了连续和人发生婚外恋情，没任何可以称得上邪恶的地方。"奥萝尔回忆着说着，"我在她身上看见过……"

奥萝尔停了下来，似乎不希望将卢米安牵扯进超凡世界。

连续和人发生婚外恋情？卢米安在发现普阿利斯夫人和本堂神甫偷情前，还以为这是位正派的女士，谁知道本堂神甫并不是她的第一个情人。

当然，这符合卢米安现在对普阿利斯夫人的刻板印象。

"至于本堂神甫，他和你一样对超凡力量有强烈的渴求，但一直没有获得永恒烈阳教会的恩赐。"奥萝尔边想边说，"蓬斯·贝内那种脑子里都是肌肉的家伙干不出什么怪异之事……牧羊人皮埃尔·贝里这次赶回来的那几只羊似乎有点不对，但我看不出不对在哪里，也不敢深入去看……"

不愧是"窥秘人"途径的序列7……时间倒流前，和姐姐交流这方面的事情还是太少了，竟然错过了皮埃尔·贝里的羊可能有问题这条重要线索……嗯，那时候也对皮埃尔·贝里没有太大怀疑，只是觉得他提前赶回来参加四旬节有点奇怪……卢米安正要说话，门口响起了叮叮当当的声音。

他们家的门铃被拉响了。

"谁啊？"卢米安一边问，一边走了过去。

"奥萝尔有封电报!"外面的人高声回应。

"电报?"奥萝尔一脸疑惑,"谁给我拍的电报?最近没什么紧要的事情啊……"

卢米安也是不解:时光倒流前的3月30日,家里没收到过电报!

不对,3月30日那天,我很早就去村广场那里等雷蒙德了,也许姐姐收到过电报但没告诉我……卢米安迅速找到一种可能性,打开了大门。

门外确实是负责电报的行政官下属贝特朗,他将一张纸递给卢米安的同时道:"一费尔金。"

棕发褐眼的贝特朗并非科尔杜本村人,他跟随行政官从达列日而来,是个外表热情实际贪婪的年轻人。

卢米安拿出一费尔金的银币丢给贝特朗,低头看起了电报。

电报的内容不算复杂,他迅速就浏览完了大致的内容:"之前提过的作家沙龙在六月,若奥萝尔小姐您愿意,现在就可以启程到特里尔来,留出足够的时间游览。我们保证,这将是一段非常美好的旅程。"

署名是《小说周报》编辑部。

这……卢米安的眼睛骤然睁大,这是《小说周报》的回电?

"我什么时候说我要参加作家沙龙了?"奥萝尔凑了过来,看了几眼,"《小说周报》的编辑部在发什么疯?一下要见那么多人很烦的!"

这个时候,贝特朗已经远离了门口。

听到奥萝尔的话语,结合电报的内容,呆住的卢米安突然有一个大胆的猜测:自己手中的这封电报确实是《小说周报》的回电,但它回的是自己将于几天后发出的那封电报!

更准确的说法是,自己于时光倒流前发的电报,在时光倒流后收到了回电,而在当前经历里,那封电报还没有拍出!

想到这里,卢米安得出了一个结论:如果自己刚才的猜测是真的,那就说明时光倒流的只有科尔杜村及周围区域,其他地方并未受到影响!

这是不是表示只要能脱离这里,就可以回归正常的生活?

卢米安心念电转间,侧头望向奥萝尔,装出心虚的模样:"这个,呃,这封电报其实是我搞出来的。"

"你?"奥萝尔又好气又好笑,但更多是茫然。

她怀疑自己是不是一不小心被弟弟恶作剧了。这简直是常年打猎的给老鹰啄了眼!

卢米安"诚恳"解释道:"是这样的,我不是一直都想去特里尔看看吗?所以,前两天偷偷给《小说周报》对应的电报局拍了电报,以你的口吻咨询最近的作家沙龙在什么时候,他们果然热情地发出了邀请。"

"原来是这样啊……"奥萝尔一脸"谜团终于解开"的模样。下一秒,她抄起了放在旁边的木棍,咬牙切齿地说道:"孩子长大了啊!"

卢米安赶紧补充:"奥萝尔,不,姐姐,你听我狡辩,不,听我解释。"

他倒是不慌,还刻意开了下玩笑。

"行,你讲。"奥萝尔杵着木棍道,"你姐姐我一向以良好的德行让人发自内心地服气,怎么能不听嫌疑人陈述就判人有罪?死也要让你死得明白点!"

卢米安语速极快地说道:"在囚蒂斯,大学数量最多质量最好的地方是特里尔,我快要参加高等学校统一入学考试了,想提前去实地考察下,以决定最后报考哪三所。"

奥萝尔微不可见地点了点头,示意弟弟继续。

卢米安言辞恳切地赞美起姐姐:"我相信,只要我提出这个正当要求,你肯定会带我去特里尔转一圈,但这样一来,花的是你的钱,而如果由《小说周报》发出邀请,不仅蒸汽列车的车票费、旅馆的住宿费,就连在特里尔的各种娱乐花费,都能够报销。

"我知道你不缺这些钱,但那都是你一个单词一个单词辛辛苦苦写出来的,能有办法节省,我绝对不会放过。"

奥萝尔表情舒缓了下来:"还算知道心疼姐姐。但你有没有考虑过我并不想参加什么作家沙龙?我讨厌和那么多陌生人接触。"

卢米安笑了:"奥萝尔,呃,姐姐,你有没有想过,《小说周报》这么热情地邀请你,不是为了让你参加沙龙,而是想借沙龙这件事情和你搞好关系,你可是有名的畅销小说作家。

"所以,沙龙并不重要,重要的是你这个人,只要你愿意接受他们的邀请前往特里尔玩一段时间,到时候随便就可以找个理由推掉沙龙,《小说周报》的人不仅不会生气,反而会庆幸,庆幸你接受了前面部分的招待。"

奥萝尔上下打量了卢米安几眼:"你琢磨人的本事越来越不错了。"

她随即吐了口气道:"好吧,我处理点事情,收拾下行李,过两天就带你去特里尔。到时候,提前给《小说周报》拍封电报,让他们到特里尔列车站接我们。"

"好!"卢米安没有掩饰自己的欣喜之情。

虽然他怀疑自己和奥萝尔不可能简简单单就走出科尔杜村,在解开时光倒流的秘密、找到相应的根源前,"脱离"这个行为很可能引发某种难以预料的变化,但总得尝试一下,不能自己把自己困死在原地。抱着这样的心态,他刚才试着说服了奥萝尔。

卢米安没打算现在就把时光倒流的事情告诉姐姐,因为奥萝尔失去了对应的记忆,不太可能相信这近乎妄想的推测,除非卢米安一直做"预言",而预言又得到验证。但他本身还想装作自己对时光倒流毫无察觉,暂时不准备"预言",看能不能发现点端倪。

以读书为借口,卢米安回到二楼,进了书房。

他坐下来,随便拿本书翻开,先确认了没有拿反,然后就陷入了自己的思绪,希望通过昨晚和今天发现的种种细节进一步弄清楚当前的遭遇。

目光放空地移动中,卢米安扫到了桌上那本小蓝书。他心头一跳,收回思绪,探出手掌,将小蓝书拿了过来。飞快翻动之下,缺了部分单词、出现相应空洞的书页随之映入了他的眼帘。

"那封信……"卢米安无声低语了起来。

结合《小说周报》"迟"来的回电,他对莉雅、莱恩等人收到的那封求助信有了新的猜测:"也许,那封信真的是我写的,我就是那个'凶手'!时光倒流很可能已经发生了不止一次,按奥萝尔小说里的定义,这应该叫时间循环。

"在之前的某次循环里,我通过某些探索行为发现了一定的异常,决定用寄匿名信这种不牵连到奥萝尔的方式向外界求助?而等到官方人员认识到问题的严重性,派出莱恩他们来处理,科尔杜已经开始了新一轮的循环,我也像奥萝尔现在一样,失去了相应的全部记忆,回归了初始状态……

"现在有一个问题，为什么这本小蓝书还保持着被剪掉部分单词的样子？按理来说，它也该回归初始状态啊，就像上次循环里我吃掉的那些食物一样……

"嗯，两种可能：一是我发现异常向外求助的动作发生在时间开始循环之前。可那样的话，相关记忆不应该被重置啊，难道说还有别的原因导致我失去了部分记忆？这就越来越复杂了……

"二是那次循环里的我还找到了让某样东西不受循环影响的办法……会是什么办法呢？如果真有，为什么不直接找张纸，把发现的事情写下来呢？"

卢米安既觉得自己拨开了一层迷雾，还原出了大概的情况，又陷入了更多的疑惑里。

他认为自己应该已经经历过不少次时间循环，只是之前那些循环里，一旦从头开始，他的记忆和身体状态都会重置，所以完全没有察觉。而这次之所以能保留记忆，保留"猎人"非凡特性，是因为遇到了那位女士，得到"权杖"牌，进入梦境废墟，激发了身上的"特殊"。

既然那两种符号带来的"特殊"能让卢米安将梦境里的非凡者状态带到现实，那它们完全有可能把他完整的身体情况保持到循环的初始点。

"所以，那个猎枪怪物状态重置后依旧没能拿回'猎人'非凡特性……"卢米安向后靠住椅背，望着天花板，缓慢地吐了口气。

他随即自嘲一笑："刚成为非凡者就要面对这种超常规的事情，不给我发育的时间啊……

"呃，那封求助信还不能完全确认是我弄出来的，也有可能是奥萝尔。普阿利斯夫人同样有嫌疑……她们作为非凡者，都有可能在之前某次循环里察觉到不对，做出自救的努力，而且，以她们掌握的神秘学知识，一定比我更容易找到保留下一定痕迹的办法……但不管怎么样，时间出现循环确实是最符合当前种种情况的推测。"

想着想着，卢米安有了确认那封求助信源头的办法。

办法很简单，那就是进入梦境废墟，在那里的家中翻同一本小蓝书。

如果那本小蓝书也出现了单词缺失的情况，那就说明求助信是卢米安自己弄出来的，因为特殊梦境里的家是他的潜意识投射混合废墟世界形成的，潜意识里知道的事情应该都会出现在那里。要是没有，那大概率就是奥萝尔或者普阿利斯夫人做的，卢米安的潜意识不可能知晓此事，无需对此负责。

卢米安没急着补觉，见时间差不多了，偷偷溜出家门，直奔老酒馆。

老酒馆的角落里，一道熟悉的身影映入了他的眼帘。

那位给了他"权杖"牌和魔药配方的女士又出现了。她穿着荷叶边的橘黄色立领长裙，手边放着一顶浅色系的女士褶边帽。

卢米安顿时松了一口气，就跟溺水的人终于抓到了救生圈一样。他快步靠拢过去，看见那位女士面前桌上摆放的不是早餐，而是分成三沓的塔罗牌。

"需要我抽张牌？"卢米安试探着问道。

"你已经抽过了。"那位女士头也不抬地将三沓塔罗牌混合在了一起。

卢米安瞬间有了种眼眶泛酸的感觉——她果然也没有受到时间循环的影响！

没有采取委婉的方式，卢米安坐了下来，直接问道："我，以及整个科尔杜村，都陷入了时间的循环？"

那位女士抬起了脑袋，微笑回答道："对，你们都是环中人。"

环中人……卢米安在心里重复起这个名词。他疑惑地问："这是指什么，陷入时间循环的人？"

那位女士笑了笑："它有两种解释，一是向某位存在祈求后获得的相当于序列4的特殊力量，二就是你们现在这种情况。"

"可以通过向隐秘的存在祈求来获得力量？"卢米安对环中人的第一种解释很是诧异。

不是说二十二条超凡途径都是靠服食魔药来晋升吗？

那位女士轻轻颔首："理论上来说，永恒烈阳也能让自己的信徒无需魔药仅靠恩赐就成为非凡者，但于祂而言，这是一种负担，仅能作为临时性的手段。当需要恩赐的人越多，负担越大，甚至会影响到祂的状态。

"受赐予者也不是毫无坏处，他们会缓慢地向着永恒烈阳靠近，无论身体，还是心灵和精神。

"还有，既然是上位者的恩赐，那祂们随时可以收回，除非你拥有某些途径的独特力量，在保留着恩赐的那段人生里偷偷完成了一定的、隐蔽的窃取。"

卢米安想了下道："身体、心灵和精神会向赐予者靠近是因为恩赐的力量带着相应的烙印？"

他这是从非凡特性有最初那位造物主和前面部分拥有者的精神遗留这一点做出的推断。虽然恩赐的是纯粹的力量，不含特性，但应该也会染上所有者的色彩。

那位女士拿着塔罗牌，赞许地点头道："你的逻辑能力还算不错。你应该感谢奥萝尔给了你足够的基础教育。"

"这不需要你提醒……"卢米安在心里咕哝了一句。

那位女士进一步说道："即使恩赐者本身并不想影响受赐者，也难以避免对方在身体、心灵、精神上向袖靠近的结果，因为赐予的力量如果不包含恩赐者的意志，那它就很难被受赐者驾驭，很快会流失。所以，正神们在这方面的恩赐基本是临时性的，并且会控制在一定程度以内。"

邪神们就无所谓受赐者最后会变成什么样子？卢米安若有所思地点了下头，好奇地问："非凡者，我的意思是，拥有非凡特性的人还能接受恩赐吗？两者会不会产生冲突，导致失控？"

那位女士笑着看了卢米安一眼，摇了摇头道："会有一定的冲突，但不大。

"你想想，赐予的力量会让你的身体向着恩赐者转变，而你的身体原本是以适应自身非凡特性的状态存在的，一旦出现相差过大的改变，肯定会与非凡特性产生冲突，直至找到新的平衡点。

"因为这种冲突不涉及心灵和精神，所以正常情况下不至于让你失控，除非你那段时间精神本来就接近崩溃。唯一的问题是，你可能得学会用平静的心态看着自己长出第三只眼、第四只手。

"当然，前提是赐予的力量在你身上长期存在，相应的位格也很高，否则身体那一点点改变可以忽略不计。"

卢米安"嗯"了一声："如果是来自自身或者相邻途径的恩赐呢？"

那位女士点了点头："这确实不会带来冲突。"

她随即笑了笑："但不表示不会出现身体的变化。"

这是什么意思？

未等卢米安再问，那位女士就笑着说道："我还以为你知道环中人后，会迫不及待地询问时间循环相关的事情，结果，你竟然在关注这将来都不知道能不能派上用场的知识。这不像你啊！"

卢米安露出了自嘲的笑容："我本来一开始就想问您有没有办法帮我们打破这时间的循环，但我记起了你曾经说过的一些话。

"你说，你帮忙解决相应问题的代价是整个科尔杜村都被毁掉，所有人都将死去，要想争取到更好的结果，只能靠自己摸索。

"之前，我其实无法理解，现在大概猜到了原因。不是环中人的你要想打破这里的循环，只有直接摧毁这个办法？"

那位女士颇为满意地点头："确实是这样。"

"那你之前为什么不说清楚？"卢米安忍不住反问了一句。

这又不是讲出来就会导致毁灭的事情！或者说，这位女士已经习惯了说一半藏一半的表达方式？

那位女士顿时笑了一声："我那时候告诉你整个村子都陷入了时间的循环，你会相信吗？"

卢米安沉思了一会儿道："不会……"

在没有亲身经历前，谁会相信这种荒诞离奇像是故事桥段的说法？

"所以。"那位女士笑道，"我为什么要讲清楚？那样一来，我还得花费大量的时间给你解释。"

卢米安沉默了，之后，他趁机咨询："您知道打破这种循环的关键是什么吗？我应该往哪个方向努力？"

那位女士又一次摇头："在这里，占卜某些事情是很危险的。"

"啊？"卢米安一时没有听懂。

那位女士只好补充道："我要是知道关键在哪里，肯定会告诉你，早点解决我就能早点结束这段旅程。"

她随即叹了口气："什么时候才能不带工作地好好旅游一次啊……"

工作？卢米安见得不到这位神秘女士的"启示"，只好试探着问道："是不是只要不杀死本堂神甫，时间就不会开始循环？"

"不是。"那位女士做出准确的答复,"循环还有多个触发点,包括时间来到第十二夜,其他的,你自己摸索吧。"

第十二夜……还是有不少时间来调查的……卢米安思考了一下道:"因为激发了身上的'特殊',所以我之后每次循环都能保持记忆和非凡特性?"

见那位女士点头,他进一步问道:"如果是这样,那我只要能在保证自己活着的前提下,不断地循环,不断地展开调查,迟早能找到结束这一切的关键……"

这是奥萝尔讲过的"穷举法"的一种应用方法。

"理论上是这样没错。"那位女士眼中那种让卢米安迷惑不解、难以分辨的情绪又浮现了出来。

"但你应该也发现了,只有科尔杜村及周围一片区域在循环,其他地方都没有,也就是说,外界的时间在正常流逝,日期和科尔杜村完全不一致。那三个调查员每隔一段时间会往外面发一封电报,描述自身和村子的状态,一旦他们提及日期,因蒂斯官方就能察觉到这里的异常。

"即使调查员每次循环都没来得及发出电报或者没提相应的日期,随着时间的推移,官方肯定也能发现问题,到时候,你觉得他们会采取什么办法来解决科尔杜村的循环?"

卢米安沉默了,好一会儿才道:"应该会像你的备选方案一样,直接摧毁。"

"这能有效防止异常扩散,影响到别人。"那位女士颇为感慨地说道,"将来你要是有机会去苏尼亚海,可以打听一下班西港,那里就是因为遭受了某种污染而被风暴之主教会直接毁掉的,没有一个人逃出来。"

这个说法更坚定了卢米安要自行找到循环关键点的决心,他再次嘲笑起自己:"看来留给我的时间不多了。"

顶多也就再有三四次循环,而且不能每次循环都拖延到第十二夜。

那位女士站了起来,平和地说道:"至少你还有挽救的机会,有的人连机会都没有。"

出了老酒馆,卢米安站在路上,望着周围不算多的行人和那一栋栋房屋,只觉科尔杜村一切都很正常。

大家有喜悦，有愤怒，有欲望，有感情，与其他地方的人没什么区别。

可就是这座看起来安宁和嘈杂并存、祥和与吵闹同在的村子，却隐藏着令人难以想象的恐怖，这里的时间、这里的每一个人都陷入了循环，不断地过着相同的几天。

而除了本堂神甫纪尧姆·贝内、牧羊人皮埃尔·贝里、蓬斯·贝内、阿娃·利齐耶这少数几个人，卢米安暂时还无法判定谁有异常，谁是无辜者。就连雷蒙德·克莱格这个平时傻乎乎没什么心眼的家伙，他都不能百分之一百确认对方完全没有问题。

上次四旬节最后，大部分年轻人的反常表现也可能是因为当场受到了本堂神甫用超凡能力施加的影响，而不是之前就有问题。

一时之间，卢米安有了种"科尔杜村是原始森林，处处充满危险，而自己分不清谁是猎物谁是猎人"的感觉。

谨慎和耐心是在这种环境下存活下去的第一要素，能力、胆量、智慧和经验都得往后排一排。

这和他从前的流浪生活既存在一定的相似，又有明显的不同。

随着这些念头的浮现，卢米安莫名感觉"猎人"魔药出现了消化的迹象。

"这就是'扮演法'的第一步？挺快的嘛，我还以为得一两个月才能入门……"

想到这里，卢米安突然兴奋起来：能不能在一两次循环内就消化掉"猎人"魔药？到时候，配合梦境废墟的狩猎，自己说不定能很快成为序列8的"挑衅者"，获得更为强大的力量，提升解决时间循环问题的成功概率。

卢米安一边思索，一边前行，很快就来到了村广场。他目前的打算是找本堂神甫"聊聊天"，试探一下他，看能不能发现点异常获得些线索。

就在这时，他看见一道身影向教堂走去。

那身影穿着带风帽的深棕长衣，腰间系了根绳子，脚下踏着双质地柔软的崭新皮鞋，正是牧羊人皮埃尔·贝里。

他……卢米安快步靠拢过去，故意问道："皮埃尔，你怎么回来了？"

此时的皮埃尔·贝里依旧是那个样子，黑发油腻腻地打着卷，脸上的胡须一看就很久没剃了。听到卢米安的问题，他颇为高兴地回答道："这不是四旬节快到了吗，我已经好几年没参加了，今年再怎么样也不能错过……"

他蓝色的眼眸内洋溢着温和的笑意，与那个给卢米安留下深刻印象乃至阴影的牧羊人截然不同。

呃，看来换了个地方，换了个人问，回答就和上次循环有一定差别了。虽然本质没变，但某些用词会不一样……卢米安认真听完，低头看了眼皮埃尔的新鞋，笑着说道："发财了？"

"不算，只能说这次雇主很好，分了我不少东西。"皮埃尔很是开心，"晚上请你喝酒。"

"好。"卢米安答应了下来，指了指教堂，"你是去祈祷？"

"对，太久没在教堂内向神祷告了。"皮埃尔感叹道。

这句话原本没有什么，但现在的卢米安越听越觉得不太对劲。

牧羊又不是完全远离人类城镇，平原草场周围多的是村落；高山草场倒是荒凉，可牧羊人每隔一段时间都会下山补充点东西，怎么可能找不到教堂？

当然，如果皮埃尔·贝里这次转场去了费内波特或者伦堡，那确实找不到永恒烈阳的教堂，只不过卢米安先入为主，觉得皮埃尔·贝里每一句话都有问题。

皮埃尔·贝里转而问道："你也去教堂？"

"不是。"卢米安摇头否定，"我以为广场上会有人聊天，谁知道都没来。"

他随即挥了挥手："我先回家了。"

"晚上见。"皮埃尔·贝里跟着挥手。

目送这位牧羊人走向教堂后，卢米安往村里返回。

他改变了去找小堂神甫聊天的主意，将接下来的目的地改成牧羊人皮埃尔·贝里的家！

❖ 第九章 ❖
★ CHAPTER 09 ★

三只羊

贝里家十几口人都挤在一栋外表破破烂烂的两层房屋内，卢米安熟门熟路地望了眼敞开的大门，小心翼翼地从侧面绕了过去，来到后方用木头栅栏围起来的空地旁。

空地靠屋檐的区域有一堆堆干草和柴火，三只因肮脏而显棕的白色绵羊正在那里徘徊。

卢米安正是想到奥萝尔说皮埃尔·贝里这次赶回来的几只羊有些奇怪但又不知道奇怪在哪里，才特意趁牧羊人去教堂祷告，来这里检查一下羊群。

虽然他从未牧过羊，但身处科尔杜这么一个靠近高原草场的村落，接触过的羊没有一百，也有七八十，对它们绝对称不上陌生。

仔细观察了一阵，卢米安未发现眼前这三只羊和它们的同类有什么不一样，只好无声嘀咕了起来："靠肉眼观察不出来，得使用超凡能力？"

可"猎人"并没有这方面的超凡能力。

卢米安刚才已经使用了因超凡能力而大幅提升的视力、嗅觉，以及对各种痕迹的把握，依旧没找到任何问题。

他唯一觉得比较奇怪的地方是，那三只羊拉的屎都堆在角落里而不是到处都有。当然，这大概率是贝里家的人为了更有效地利用粪便，定时做了清扫。

又看了几十秒，卢米安小声咕哝道："光靠看和闻似乎还不行……得直接上手？"

他片刻也没犹豫，手撑栅栏，翻了进去，熟练得就像回到自己家。

那三只羊同时侧头，望向卢米安。

他立刻露出笑容："来，我给你们检查身体。"

他完全不担心被主人发现自己的行为，因为类似的事情他做过也不是一次两次了，村里每户人家都知道这家伙擅长以各种方式搞恶作剧，拿羊来当道具属于正常表现。

用卢米安自己的话说就是：当名声已经坏掉，那自然有名声坏掉的好处。

顶着"恶作剧大王"名头的他在科尔杜村做任何事情都不至于太引人怀疑，即使被明确有异常的那几个当场抓到，对方也没法直接确认他有问题。

当然，这种情况下，本堂神甫纪尧姆和牧羊人皮埃尔可能会抱着"宁可杀错，不能放过"的理念将他灭口，所以，该小心的时候还是得小心一点。

"咩！咩！咩！"

似乎察觉到了卢米安的不怀好意，那三只羊纷纷向干草堆后面躲去，叫声并不响亮。

可它们又怎么躲得过一名"猎人"？卢米安抓住了一只羊，拍了拍它的侧面，强制检查了下牙齿。

"也没问题啊……"他小声说了一句。

见那只羊望向自己，他笑容充满恶意地补充道："身体很健康，做成豌豆炖羊肉应该很不错。"

他刻意这么说是为了测试这三只羊的智商。当目标身体不存在问题，他只能从这方面入手。

那只羊的目光瞬间呆滞。

卢米安一下笑了："很有灵性嘛，知道我在说什么？"

那只羊眼神恢复了正常，侧过脑袋，吃起干草。

"不理我？"卢米安摸起了下巴，"我等会儿就找皮埃尔·贝里把你买回去，今晚就吃掉！"

那只羊没有反应，咬住了部分干草，用力往外一拉。

那干草堆猛然坍塌，身为"猎人"的卢米安眼尖地看到了一样东西。他表情一沉，走了过去，蹲下细看。

那是缠绕着黑色发丝的几块指甲,被剪下来的那种。

"这怎么会在屋外?"卢米安诧异地低语。

作为科尔杜人,他当然了解达列日地区的丧葬风俗,知道家里死人后,要剪掉亡者的一些头发和指甲,秘密藏在屋里某个地方,以达到不影响星座,留住好运的效果。

这种东西怎么会出现在房屋外面的干草堆里?

卢米安捡起了这缠绕着发丝的几块指甲,边掂量边做起观察。看起来很新啊,像是才剪下来没多久……他迅速有了判断。

可整个科尔杜村最近都没有死人!

卢米安只能怀疑这是和丧葬风俗相似的一种巫术,打算回去请教下姐姐。

为了不引人怀疑,他把那几块指甲和黑色头发重新塞入了干草堆,将凌乱的现场复原。完成这一切,他向着木制的栅栏走去。

前行几步,他又回头望向那三只羊,抱着试一试又不会损失什么的心态以自言自语的方式感慨道:"皮埃尔·贝里真的有点不对劲啊,明明还不到五月,就赶回了村里……他是不是在外面犯了罪?作为因蒂斯的好公民,神的虔诚信徒,我是不是该去一趟达列日,打听一下?"

那三只羊只是望着他,没别的动作,眼神也未出现变化。

智商上同样没什么特殊之处啊……卢米安暗自叹息,一阵失望。他随即抬起双手,拇指朝上,食指向下,做了个鄙视的手势。

心情不好的时候嘲讽下羊有什么问题?

下一秒,被卢米安检查过身体的那只羊突然往前走了几步,眼眸里似乎多了点叫作希冀的光彩。它抬起前蹄,在泥土地上画了起来。

卢米安又茫然又迷惑,一时有些怔住。很快,他回过神来,快步靠近那只羊。

那只羊在地上画的似乎是一个个字母,卢米安觉得有些眼熟但又不认识。他皱眉推测道:这种文字应该和因蒂斯语同源……可我只会因蒂斯语和部分古弗萨克语……

这一刻,卢米安从另外一个角度认识到了奥萝尔说的"知识就等于力量"。

那只羊很快画完,退了两步,眼神里满是恳切之情地望向卢米安,其他两只羊也有了类似的情绪变化，咩咩地低声叫了起来。

卢米安看着地上那个单词，陷入了沉思。他满脑子都是"这什么意思？""我该怎么回应？"等念头。也就是一两秒的工夫，他有了主意，郑重对那三只羊点了点头。与此同时，他伸出右脚，抹掉了泥土上的单词。

虽然他看不懂，但至少可以装出看懂的样子！先把这三只羊糊弄过去，回头再向姐姐请教！

不等那三只羊"回应"，他一边表情沉重若有所思地缓慢点头，一边向着栅栏走去，仿佛在说"你们先等等，我想想办法"。

离开羊圈，卢米安没有耽搁，直接回到家里，找到了窝在书房躺椅上看书的奥萝尔。

"姐姐。"他急不可待地喊道，"有件事情。"

"开口就叫姐姐……"奥萝尔瞬间提高了警惕，"这次闯了什么祸？"

卢米安平复了下情绪，组织了下语言："你不是跟我说牧羊人皮埃尔·贝里那三只羊有问题吗？我趁皮埃尔去教堂祷告，特意到他家后面看了看那三只羊，你猜我发现了什么？"

奥萝尔的表情瞬间变得严肃："你做这种事情要提前跟我讲，现在这样很危险的，都没人给你提供保护。"

可是提前讲了，你多半不会让我去……卢米安一边感动于姐姐的关心，一边腹诽。

"下次我会记住的。"他诚恳保证。类似的话语，他已经说过好几十次。

奥萝尔分得清什么是紧急情报，什么是可以推后的事情，于是点头示意卢米安可以讲他的发现了。卢米安飞快把自己在羊圈的经历完完整整讲了一遍，奥萝尔越听越是凝重。

"把那个单词写出来。"她从安乐椅上起身，找出纸笔，递给了卢米安。

卢米安刚才有刻意去记，唰唰几下就还原了那个单词。奥萝尔只是看了一眼，就沉重说道："问题很大。"

"我知道……"卢米安在心里回应。而且，他相信问题比姐姐想象的还要大。

"什么问题？"他开口问道。

奥萝尔指着那个单词道："这是高原语，费内波特王国的官方语言，和因蒂斯语一样源自古弗萨克语。它的意思是……"

奥萝尔顿了一下，沉声说道："救命！"

"救命？"卢米安愕然脱口，"那三只羊在向我们求救？"

奥萝尔"嗯"了一声："我怀疑他们不是羊。他们原本应该是人！"

"人？"卢米安惊讶反问。

这超越了他的知识范畴。他之前只是觉得那三只羊智商很高，有类人情绪，还掌握了一些人类语言，但绝没有把它们和人类等同起来。

对他来说，人变成羊只存在于那些充满想象力的故事里！

话刚出口，卢米安已不再感到震惊。时间循环都出现了，人变成羊有什么好奇怪的？在神秘学世界，离奇与荒诞不会少。

面对弟弟的疑惑，奥萝尔凝重颔首："我不确定有没有一种秘术能让人变成羊，但现在所有的细节都指向这种可能。"

"确实。"卢米安附和道。

他越想越觉得那三只羊应该是人。牧羊人皮埃尔·贝里放牧的其实是人？

卢米安转而又问："那些指甲和头发为什么会藏在房屋外面？"

奥萝尔抿了下嘴巴道："这是达列日地区的一种丧葬风俗，只不过正常情况下不怎么用得到，很多人都忘记了。而我作为一名巫师，曾研究过这方面的事情，看是否能获得一些有用的知识。"

她随即解释："当家庭成员自杀，或者被亲属谋杀，又或者生前品性非常恶劣，给整个家族带来了相当不好的影响，死后剪下来的头发和指甲就得藏在房屋外面，免得影响到家的星座，带来厄运。"

自杀，或者被亲属谋杀？卢米安忽然想到了一件事情：上次循环里，蓬斯·贝内不遵守丧葬风俗进了娜罗卡的家，他会不会是去带走娜罗卡的头发和指甲？

如果蓬斯·贝内进入娜罗卡家真是为了带走头发和指甲，那就说明娜罗卡大概率死于某位亲属的谋杀。这是因为娜罗卡名声很好，是整个家庭的支柱，而身体和精神又比较健康，不太可能自杀……卢米安迅速有了一系列推测。

可是，若娜罗卡真的死于亲属的谋杀，那又是因为什么呢？

见弟弟陷入沉思，好一会儿没说话，奥萝尔还以为他被"人变成羊"和"贝里家某位可能死于谋杀"吓到，遂柔声安慰了几句："事情虽然严重，但目前还影响不到我们。

"看来我得反思一下了，总是禁止你接触真正的神秘学知识很容易让你在遇到类似事情时恐惧慌张，不知道该怎么办。嗯，这个世界，最近这几年，超凡事件发生的频率是越来越高，而我不可能随时都在你的身边，你总会长大，总会有自己的人生……"

没听说过长大就必须离开家人的……卢米安在心里反驳了一句。他感觉得出来，因为人变成羊这件事情，奥萝尔对自己接触神秘学知识的态度有了松动。

再加把劲就能直接和她坦白我已经成为非凡者了……卢米安还未来得及开口，奥萝尔已做出决定："你现在就去收拾行李，我们借《小说周报》的邀请立刻离开科尔杜。

"运气真好啊，关键时刻来这么一封电报，让我们可以光明正大地离开而不会被谁怀疑。嗯，旅途中没人的时候我会给你讲一些真正的神秘学知识，但成为非凡者这件事情，想都不要想，太危险了。"

"那倒不是运气好，本身就是发现了问题才拍的电报，只是等到这次循环才收到回电……"卢米安一边无声咕哝，一边欣慰于姐姐依然是那个果断的人。虽然他并不看好他们姐弟能顺利离开科尔杜村，或者说就此摆脱循环，但总得试一试。

"呃，那三只羊，三个人，不救了？"卢米安试探着问道。

奥萝尔摇了摇头："这有可能引发我们和皮埃尔·贝里之间的冲突，而我不确定他有多强，也不清楚他还有多少帮手，盲目救人太危险了。

"还是让官方来吧，这是他们的责任。嗯，我们到了达列日，买好蒸汽列车票，就给官方寄匿名信，让他们来处理。"

"可他们要是不相信呢？"卢米安故意追问了一句。

奥萝尔笑了："在神秘学上，你确实是文盲。我们在信中把人变成羊这件事情描述清楚点，他们自然会找专业人士来占卜，即使得不到什么详细的启示，也能发现科尔杜存在异常。"

"我明白了。"卢米安不再浪费时间，上楼收拾起行李。

"那三只羊在向我们求救……"

没多久，姐弟俩各拿了一个棕色的手提箱下来。

奥萝尔望了眼门外道："现在去找普阿利斯夫人，向她借马车，争取用最短的时间抵达达列日。"

从科尔杜村到达列日，普通人要走一个下午，身为"猎人"的卢米安肯定不用，但在奥萝尔眼里，他还不是非凡者。

卢米安犹豫了下要不要趁机向姐姐坦白，又想到基本不可能逃离科尔杜村，不如趁机到普阿利斯夫人家里看看，找找线索。于是他"嗯"了一声："好的。"然后伸出手，从姐姐那里拿过她的行李箱，一人提着两个就向门口走去。

奥萝尔先是又满意又欣慰地点头，继而略感疑惑地说道："你力气变大了嘛，提得这么轻松。"

她下意识就要抬起右手，揉一揉眼睛两侧，但这时卢米安已经出了门，她只好放弃尝试，快步跟上。

前往行政官官邸的途中，不少村民见奥萝尔带着行李箱出门，纷纷好奇地打听情况。有正当理由的奥萝尔对此非常坦然，倒是卢米安，这么一段路就编了七八个故事来应付不同的村民。

什么奥萝尔得到因蒂斯荣誉军团勋章，要去特里尔受勋；什么自己被特里尔高等师范学院特招，现在就可以去报名了；什么奥萝尔炒股破产，债主即将上门，只能赶紧逃去别的地方……听得没什么见识的村民们一愣一愣的。

得益于卢米安的名声，他们在回过神后都选择了不信。

没多久，姐弟俩来到了那栋由古代城堡改造的黑色建筑前。

抬头望了眼高高耸起的两座塔楼，卢米安笑道："也不知道那里面有什么，奥萝尔，你进去过吗？"

"我怎么可能到别人家乱逛？"奥萝尔白了弟弟一眼。

卢米安小声嘀咕起来："我以为普阿利斯夫人会请你游览城堡的，他们这种人不是最喜欢带客人参观自己的大房子和珍贵收藏吗？"

"这有什么好游览的……"奥萝尔越说声音越低，因为她想到这对自己在作品里描述古堡有很大帮助，"哎，以后有机会再说吧，也不知道还能不能回科尔杜。"

她随即领着卢米安，穿过姹紫嫣红的花园，走向城堡的大门。

走了几步，奥萝尔放缓速度，左右看了几眼，疑惑说道："这花园的花开得很早嘛……"

科尔杜村在山上，附近就有高原草场，正常时节得到四月中下旬才会迎来春天的第一波花。

"也许是普阿利斯夫人的园丁有特别的办法。"卢米安想到那位夫人是不正常途径的非凡者，怀疑这与某种超凡现象有关，但嘴上却不能这么说。

奥萝尔也只是随口感慨一句，没有多想，和卢米安一起抵达城堡，得到了普阿利斯夫人的热情款待。

这位夫人今天穿着蓝色束腰长裙，胸口依旧挂着那镶嵌有黄金的钻石项链，褐色长发一半挽起一半垂下，显得比往常更为年轻。

她坐在小客厅的单人沙发上，静静听完了奥萝尔的请求，浅浅一笑道："不需要这么客气，我们是朋友。"

呵……卢米安在心里嘲讽了起来。哪有给朋友瞎介绍结婚对象的？

他刚无声嘲讽完，就看到普阿利斯夫人望向自己，明亮的棕眸里带着水波流淌般的笑意。卢米安一下回想起上次循环里和普阿利斯夫人的对话，顿时有些不自在了。

"好吧。"奥萝尔则一脸无奈。

她每次借马车都会提出支付费用，但普阿利斯夫人总是拒绝，所以她一般会在返程时给这位女士带一些不贵重但也不廉价的礼物，同时给车夫一点小费。

等待车夫准备的时间里，普阿利斯夫人请姐弟俩品尝起自家厨师做的甜点。

卢米安尝了块松饼，环顾了一圈道："隆德先生呢？"

路易斯·隆德是行政官贝奥斯特的管家，跟着行政官从达列日来到科尔杜村。卢米安有他和村里某位女性偷情并悄悄卖掉城堡内某些藏品的把柄，以此获得了普阿利斯夫人是本堂神甫情妇的消息。

什么碰巧撞上本堂神甫和普阿利斯夫人在教堂内偷情，那都是骗外乡人的！

此时，卢米安寻找路易斯·隆德是想骂他一顿，说"你这个母猪养的，为什么不告诉我普阿利斯大人是巫师"。

普阿利斯夫人"哎"了一声："路易斯生病了，在他的房间休息。"

生病？卢米安莫名觉得这可能有什么问题。

趁着姐姐和普阿利斯夫人聊天，他借口去盥洗室，出了小客厅，直奔楼梯口。

这座城堡很大，行政官夫妇带来的仆人又不多，到处都显得空空荡荡，走在某些地方甚至还能听见回声，这就给卢米安的潜入提供了更好的外在条件。

他靠着强大的感官，简简单单就躲过了一位男仆和一位女佣，脚步很轻地来到二楼，找到了路易斯·隆德的房间。他没急着敲门，侧过脑袋，将耳朵贴在了木板上。

"啊！"

"啊！"

"啊……"

房间传来了一声声属于男性的痛苦惨叫。

真的生病了？听起来还挺严重的……卢米安略一思索，走到旁边，打开了其他仆人的房门——行政官贝奥斯特和普阿利斯夫人住在三楼。

闪入房间后，他轻轻关上木门，几步来到另外一边，推开了玻璃窗。

卢米安望了眼下方，见没有人，立刻双手一撑，轻巧地翻了出去，"挂"在城堡外墙上。紧跟着，他轻轻一跃，如同野猫一般无声无息落在了管家路易斯·隆德的窗台上。

卢米安立在玻璃窗边缘，侧过身体，悄悄望向房间里面。他看见路易斯·隆德正浑身赤裸地躺在床上，肚子高高鼓起，给人一种随时会爆开的感觉。

年过四十的管家黑发全部被汗水打湿，脸上尽是痛苦之色。听见他时不时发出惨烈的叫声，卢米安忍不住皱起了眉头：这是什么病？很吓人的样子，肚子竟然能鼓这么大……

此时，路易斯·隆德的睡床旁边还站着一位四十多岁的妇人。

她棕发棕眼，容貌姣好，皱纹不多，套着条灰白色的长裙，正一脸兴奋地对路易斯·隆德喊道："快了，快了。"

什么快了？卢米安刚闪过这么一个念头，就听到了一声惨叫，看见路易斯·隆德的肚子某处被什么东西高高顶了起来。

几乎是眨眼的工夫，那里被撑破了，路易斯·隆德的肚子被撑破了！一只血淋淋的小手往上探了出来。

"生了！生了！"那妇人高兴地喊道。

她随即俯下身体，从路易斯·隆德的肚子里抱出了一个皱巴巴脏兮兮血淋淋的婴儿。

卢米安整个人都呆住了。

相比起"时间循环""人变成羊"，眼前这幅画面不仅在令人震撼上毫不逊色，而且更让卢米安有种眼睛、心灵和精神遭受严重污染的感觉。如果事前知道会目睹这样的事情，他绝对会选择放弃行动。

"这到底是怎么回事？路易斯·隆德明明还是个男人啊！他怀的是谁的孩子，行政官，或者普阿利斯夫人？

"这就是神秘学世界吗？奥萝尔不让我接触果然是为了我好……"

一时之间，卢米安念头无序，神志混乱，恨不得直接挖掉自己的眼睛，强行遗忘掉看见的画面。

"哇！哇！哇！"

路易斯·隆德生下来的那个婴儿啼哭出声，让污秽的"产房"瞬间多了几分神圣的气息。

这是新生命降临的美好，连藏在窗外的卢米安都直观地体会到了那种来自人类本源的喜悦。当然，除此之外，那种怪异、荒诞、肮脏、不协调的感觉也愈发明显。

卢米安终于回过了神，下意识往房间内又看了一眼。

那个婴儿已被穿灰白长裙的妇人放到路易斯·隆德身旁铺着的白色丝绸上，他是个男孩，体表的血迹多过乳白色的油脂，但除了这个，没什么异常，像是个普普通通的新生儿。

卢米安又观察了两秒，发现这男婴十指弯曲，指甲很长，仿佛是鸟类的爪子。刚才，他就是用这双手撕开了路易斯·隆德的肚子！

路易斯·隆德则躺在那里，已陷入半昏迷的状态。他肚子上的裂口尚未被缝合，血液不断渗透出来，隐约能见里面被压在一旁的肠子和一个奇怪的、类似鸟巢的、覆盖着肉色薄膜的事物。

那妇人将婴儿用丝绸包裹好后，取出那个鸟巢般的东西，拿起缝衣针和羊肠线，帮路易斯·隆德处理起伤口。

在路易斯·隆德痛苦的呻吟中，她一边缝一边念叨："你这还算轻松的，我上次生四胞胎的时候，那才叫痛苦……"

卢米安脸庞肌肉微抽，只觉继眼睛、大脑、心灵、精神受到影响后，耳朵也被污染了。他收回视线，决定赶紧离开这里。

又是轻轻一跃，卢米安跳到了来时那个窗口，翻入房间。他关好窗，出了门，直奔楼梯口。

躲过了上来的一名男性仆人，卢米安轻手轻脚又非常快速地返回了大厅。

"你去了哪里？"

突然，一道略带磁性的柔美嗓音响在了耳畔。

以卢米安的"猎人"感官竟然都未提前察觉到有人就站在楼梯入口旁。他猛地转过身体，望向那边，看见了身穿蓝色束腰长裙、头发半挽半披的普阿利斯夫人。

这位夫人脸上没了笑意，明亮的棕色眼眸清晰映着卢米安的身影。

卢米安的精神瞬间高度紧绷，于恐惧的同时做好了战斗的准备。

就在这时，奥萝尔从侧面房间出来，望向他道："你去了哪里？马车已经停在门口了。"

类似场景下，卢米安经验丰富，半真半假道："刚才普阿利斯夫人不是说隆德先生病了吗？我和他喝过几次酒，想着去探望一下，但这城堡太大了，我又不知道他住哪间房，找了好一会儿都没找到。"

奥萝尔点了点头，叮嘱道："你可以直接向普阿利斯夫人提出请求，不需要瞒着我们，这又不是什么坏事。"

"是我的错，对不起。"卢米安诚恳地望向普阿利斯夫人。

看到楼上那一幕后，他对这位夫人的害怕多过了厌恶。

普阿利斯夫人终于露出了笑意，不再那么严肃："我替隆德感谢你的心意，但他这次生病时的状态不好，不愿意以不体面的形象出现在别人面前。"

确实不体面……卢米安默默"附和"了一句。

奥萝尔随即对普阿利斯夫人道："那我们上马车了？真是太感谢你了。"

卢米安悄悄盯着普阿利斯夫人,担心她找借口让自己姐弟俩多留一会儿。那样的话就说明她可能察觉到了异常,需要确认下路易斯·隆德那里有没有问题!

虽然与姐姐会合后,卢米安觉得自己两人也不是没有和普阿利斯夫人一战之力,但这里毕竟是她的城堡,周围全是她的仆人,对"猎人"来说,属于最差的狩猎环境。

普阿利斯夫人轻轻颔首,微笑对奥萝尔道:"期待你从特里尔带回来的礼物,那里的流行风尚总是让我向往。"

"希望能给你一个惊喜。"奥萝尔虽然不知道有生之年还能不能回科尔杜村,但该表态的还是要表态。

普阿利斯夫人带着贴身女仆卡茜,将姐弟俩送到了门口,看着他们上了那辆包厢式的四座马车。

留着深棕色络腮胡、体格魁梧的车夫穿着深红色的衣物和黄色长裤,戴着顶打蜡的帽子,除了没系领带,与城里的专业马车夫几乎一样。

这是行政官贝奥斯特的强制要求。

"麻烦你了。"关上车门前,奥萝尔很有礼貌地对车夫说了一声。

车夫叫作赛韦尔,有着因蒂斯共和国最常见的蓝色眼眸。他因奥萝尔这位漂亮女士的尊重而欣喜,为到了达列日后肯定会有的小费而期待,很是热情地说道:"女士,先生,坐好了。"他扬起鞭子,让马匹由慢到快迈开了脚步。

马车穿过科尔杜村的时候,忽然停了下来。

虽然知道离开的道路绝对不会顺利和轻松,但卢米安还是忍不住咯噔了一下。

"怎么了?"他隔着车厢,询问起外面的车夫。

赛韦尔说道:"夫人昨天答应要送娜罗卡去朱纳克村,我担心去了达列日再返回来不及,想着顺路就接上她,放心,不会耽搁你们时间的。"

朱纳克村比科尔杜村更靠近达列日,先去那里确实不怎么影响奥萝尔和卢米安到达目的地的时间。因为这是别人的马车,自身无权阻止,所以奥萝尔未提出异议。

卢米安则更在意娜罗卡这个人——上次循环里,娜罗卡突然死亡,疑似被亲属谋杀,且与本堂神甫那伙人有关。

赛韦尔下了马车，进了娜罗卡的家，然后领着这位夫人走出来。

娜罗卡与往常不同，换了身有精致花纹的黑色长裙，戴着顶老妇人喜欢的深色软帽，稀疏而苍白的头发明显有认真梳理过。

"哟，我的小卷心菜，你这是要去哪里？"娜罗卡上了马车，看到奥萝尔，很是高兴。她多有斑块和皱纹的脸庞洋溢着掩饰不住的喜悦，以往略显浑浊的眼睛有神了不少。

"我去特里尔参加一个作家沙龙，顺便带卢米安考察下那里的大学。"奥萝尔说着绝对意义上的真话，转而问道，"娜罗卡，你是去做客吗？"

虽然娜罗卡作为一名寡妇，穿黑色的衣物很正常，但这条裙子她只有节日、宴会和亡夫忌日才穿。

娜罗卡露出了期待的表情："是啊，去见一些人。"

卢米安没有说话，悄悄观察着娜罗卡，看能否从她身上看出点什么。

马车再次行驶起来，往着科尔杜村外面。

奥萝尔和娜罗卡有一句没一句地聊着，注意力更多地放在了车外。她始终还是担心自己姐弟俩匆匆离开会引来某些人的怀疑。

马车走着走着，卢米安突然察觉到娜罗卡的状态发生了变化。和刚才相比，这位夫人脸色苍白发青了不少，眼神也不再那么灵动，整个人完全沉默了下去，只有奥萝尔问，才会简单回答一两句。

这和在上次循环里于半夜看见的那个娜罗卡很像！

卢米安悄然拉了下奥萝尔的手。奥萝尔迅速侧头望向他，用眼神表示询问。卢米安隐蔽地指了下娜罗卡，又在姐姐的掌心画了个"×"。

"×"是奥萝尔批改他卷子时常用的符号，表示错误，此时卢米安用来代指娜罗卡状态不对。

奥萝尔怔了一秒，很快明白了卢米安的意思。她收回注意力，望向娜罗卡，明显地感觉到了异常。

她随即抬起右手，捏了捏额头两侧的太阳穴。她浅蓝色的眼眸瞬间变得更加深邃，染上了少许幽暗。

只是看了一眼，奥萝尔好看的金色眉毛就皱了起来，身体微微后仰，像是受到了某种冲击。她闭上眼睛，略显痛苦地揉起太阳穴，仿佛有些疲惫。

重新睁开双眼后，奥萝尔侧头对卢米安道："到了达列日，你一定要跟紧我，无论什么情况都要紧紧跟着我。"

她说得很是严肃，卢米安一听就懂，知道姐姐的意思是接下来如果发生什么事情，一定要牢牢跟着她，她会处理的。他郑重地点了下头，决定等下就向姐姐坦白自己已经成为非凡者的事情。

奥萝尔收回视线，看向娜罗卡，故意问道："娜罗卡，你真的是去朱纳克村吗，还是说，别的什么地方？"

她担心等到马车自行停下，事情会更加无法解决，既然如此，不如提前引发，不在对方期待的环境里战斗。

娜罗卡目光有些空洞，嗓音低沉地回答道："不，我不是去朱纳克村。我要去的是，彼岸世界。"

她话音刚落，卢米安就感觉马车车窗外变得异常昏暗。

什么彼岸世界？卢米安心中一惊，忙侧头望向窗外。

他本该看到山岭、草场和树木，可映入他眼帘的是一片荒野，而高空云朵苍白，层层堆叠，遮住了全部的阳光，让所有的事物都仿佛置身于巨大的阴影里。

此时，黑褐色的荒野上，一道又一道身影走动、徘徊，他们绝大部分都穿着白色的麻衣，脸庞白中带青，眼神无比空洞，嘴巴微微张着。

这一看就不像是正常人。

数不清的身影中，有一部分在疯狂地奔跑，向着荒野的尽头，或是从荒野的尽头而来，仿佛永远都无法停止这种行为，获得渴望已久的休息。

在荒野的尽头，疑似悬崖的地方，隐约可以看到一些头长羊角身似人类的漆黑怪物，它们时不时抓住一道穿白色麻衣的身影，扔到悬崖下面。

惨叫之声由此而来，隐隐约约传入了卢米安和奥萝尔的耳中。

哒哒哒，那数不清的身影中，一个高大的人类套着深黑的全身盔甲，骑着瘦削到似乎只剩皮和骨头的白色马匹，时而缓慢行走，时而来回奔驰，仿佛在牧羊。

卢米安视力出众，趁对方转过身体，隔着很远的距离就看清楚了"他"的模样。

"他"那泛着金属光泽的头盔内，两道深红色的光芒如火焰般摇曳，脖子处则有道狰狞的伤口一直延伸到肚脐处，几乎将"他"分成两半，导致苍白的肠子都拖出来好长一截。

不需要别的证据，卢米安脑海里直接闪过了一个念头：死亡骑士！

这是因蒂斯很多民俗传说里经常出现的死亡骑士！

就在这个时候，他和奥萝尔乘坐的马车停了下来。

娜罗卡不发一言，打开车门走了下去。除了衣物，她青白的脸庞、空洞的眼神、麻木的表情，与那些套着白色麻衣的身影越来越像。

奥萝尔收回望向窗外的目光，沉声说道："这里都是亡灵，你等下绝对不要离开我身边。"

她一边说一边拿出一枚黄金铸就的胸针，戴在身前。与此同时，她另一只手从衣物暗袋里掏出了一把灰黑色的粉末状事物。

卢米安趴到前面，看向车夫所在的位置，发现赛韦尔也变得和娜罗卡一样，脸庞青白，眼神空洞，正慢悠悠地向荒野深处走去，仿佛已经死了很久。

他忙对奥萝尔道："姐姐，我已经是非凡者，你对付这些亡灵，我来驾车，尽快冲出这里！"

考虑到自身没有对付亡灵鬼魂类生物的能力，他只好暂时做个车夫。当然，如果那个死亡骑士冲过来，他也会尽力帮忙阻挡。

奥萝尔吃了一惊，顾不得多问，提醒道："你看一下马的状态怎么样！"

卢米安这才醒悟，观察起前方的马匹。它们似乎被抽取了血肉，皮毛枯萎，包着骨头，一动不动。

"那两匹马好像死了。"卢米安汇报起情况。

奥萝尔还没来得及说话，徘徊于他们周围的那些亡灵仿佛闻到了生者的气息，纷纷改变方向，涌到马车旁边，试图进来。

"×××。"奥萝尔用卢米安听不懂的语言念出了一个单词。

伴随着这个单词，她身前的黄金胸针微微发亮，左手握着的灰黑色粉末瞬间燃烧了起来，散发出剧烈但不刺目的金色光芒。

这光芒如水，向着四周流淌而去，那些亡灵刚一接触到就发出本能的惨叫，身上就冒起了青烟。它们想往后退，但更多的亡灵在向前涌，大量的身影不得不挤在了马车周围，不断有亡灵蒸发，消失不见。

卢米安看得又羡慕又沉重。他恼怒于自己给不了什么帮助，于是愈发渴望提升序列，获得更多的能力。

见奥萝尔手里的粉末快要燃烧殆尽，而不远处的亡灵还在往这边涌来，完全无视前面那些身影已被光芒消融的情况，卢米安赶紧提醒道："我们不能一直待在这里。往外闯吧！"

姐姐就算准备了再充足的材料，也对付不了这么多亡灵！

而且，死亡骑士和荒野尽头疑似魔鬼的生物都还没往这边来。当前最好的办法就是趁着材料还没有消耗完，强行逃出这片被称为彼岸世界的荒野。

奥萝尔点了点头，简单说道："你跟着我。"

她话音刚落，手中的灰黑色粉末燃烧殆尽，周围空荡荡的荒野一下又被涌来的亡灵填满。

奥萝尔赶紧又掏出一把材料，借助身前的黄金胸针，让它们自然焚烧起来，制造出灿烂的金色光芒。

刚靠近马车的亡灵发出了一声声惨叫，纷纷消融在光里。

奥萝尔立刻跳下马车，向着最近的荒野边缘跑去，卢米安紧随其后。

突然，金色光芒里伸出一只手，抓向卢米安的胳膊。

卢米安直觉出众，感官优秀，提前察觉到了危险，立刻反过小臂，猛地抽向了那只手。

啪！他仿佛打在了一块坚硬的冰上，强烈的寒意随之涌入他的身体，让他感觉四肢仿佛被冻僵。

牙齿上下碰撞间，卢米安看见了那只手的主人。

它同样是套着白色麻衣的亡灵，但脸上戴着一张白纸做成的面具，身影在金色的光芒里蒸发得非常缓慢。

见卢米安顿住，这古怪的亡灵陡然虚化，就要与他重叠在一块。

这时，一道纯净而神圣的光芒照来，落到了这戴面具的亡灵身上。它一下定在了那里，身体剧烈燃烧起来，化成一股股黑气消散。

"不要停！"奥萝尔收回按在黄金胸针上的右手，继续狂奔起来。

卢米安摆脱了寒冷，大步跟上姐姐。

靠着那一把把灰黑色的粉末和"巫师"的法术，两人一前一后强行穿越荒野，不知多少穿白色麻衣的亡灵因此在金色的光芒里蒸发。

可惜，奥萝尔不可能只准备一种材料，将每个袋子都塞满同样的东西，身为"巫师"，她得考虑各种情况各种场景。没过多久，她装太阳花粉末的暗袋已变得空荡。而此时，他们距离荒野边缘还有好几百米，周围的亡灵则仿佛无穷无尽。

更让姐弟俩恐惧的是，那个死亡骑士似乎察觉到了这边的动静，让马匹转向了两人。

金色的光芒里，奥萝尔表情变幻了几下，放缓脚步，一咬牙齿道："笨蛋弟弟，等下听到我喊'三'，你就往荒野边缘狂奔，不要回头！"

卢米安正要反对，奥萝尔又补充道："放心，我会跟在你后面，你留下来只会干扰我使用一个厉害的法术，拖累我逃跑。"

她一边说一边取下身前那个黄金胸针，递给同样放慢速度的卢米安，并做出指导："集中你的灵性，将它延伸到这枚胸针上，等下狂奔的时候复读这个单词，'×××'！"

卢米安听不懂那个单词，但强行背下了发音。

他一拿到那黄金胸针，就感觉有暖洋洋的光芒照到身上，许多阴暗的念头随之消失，以至于思绪都迟钝了少许。

本能地戴好胸针，卢米安按照姐姐的指点集中起精神，外延出灵性。

奥萝尔见手中的灰黑色粉末越来越少，边掏出另外的材料，边高声喊道："一，二，三！"

为了不拖累姐姐，卢米安狂奔了起来。几乎是同时，他竭力喊出了那个单词："×××！"

黄金铸就的胸针亮了起来，外溢出一道道浅金色的阳光。这一刻，卢米安就像戴了个小太阳在胸口，周围那些亡灵本能地避开了他。

噔噔噔！他大步狂奔之中，还是放心不下姐姐，忍不住半侧身体，转过脑袋，望向奥萝尔的所在。

奥萝尔留在了原地，身周是一道道缭绕的黑气。这黑气对亡灵似乎有极强的吸引力,让它们放弃了卢米安,尽数涌向奥萝尔。

卢米安不是傻瓜,看到这一幕的同时就明白了姐姐说的"会跟在后面"是骗自己的话语。

"奥萝尔!"他大喊一声,直接急刹,顺势转过了身体。

他害怕在循环里死去的人等到循环结束会真正死去。

奥萝尔循声回望,见他停了下来,连忙急声喊道:"你是不是傻啊?快跑!"

卢米安没有说话,朝着奥萝尔奔了过去,前方的亡灵在黄金胸针的照耀下纷纷让路。

奥萝尔见状,微低脑袋,小声骂道:"真是个笨蛋啊……"

她旋即又掏出另外一种材料,将铁黑色的它们撒向了卢米安。

卢米安顿时被无形的巨掌按住,强行推往荒野的边缘。他剧烈挣扎,却找不到任何可以着力的点,下一秒,他看见金发盘起的奥萝尔露出了一抹略显悲伤的笑容。

奥萝尔柔声喊道:"笨蛋弟弟,好好活下去……"

话音未落,她周围的黑气已被亡灵们吞食一空,而她则直接暴露在了数不清的身影和那死亡骑士面前。

"奥萝尔!"

卢米安眼睛睁到了极限,眼眶都似乎要因此而裂开,大量的红色血丝出现在了他的眸子内和皮肤表面,可他还是难以阻止地被推向荒野边缘。

就在这时,所有的亡灵都停下了动作。

远方仿佛有什么事情在发生,奥萝尔有所感应,愕然望去,看见一辆敞篷马车驶过。

那马车似海螺,如摇篮,通体呈暗红色,拉动它的不是马匹,而是两个长着羊角疑似魔鬼的漆黑生物。

车内坐着一名女性,头戴花冠,身穿绿裙,容貌很像昔阿利斯大人。但与昔阿利斯夫人不同,她的气质非常威严。

死亡骑士掉转过马匹,追随起这位夫人。

荒野上所有的亡灵也都做出了同样的选择,它们簇拥在马车后,往荒野另外一侧的模糊山岭而去。

卢米安也被"魔鬼"拉着的马车和亡灵们的反应惊到,一时忘记挣扎,被无形的巨掌又推了十几秒才停下。

虽然马车越来越远,但他靠着鹰一般的视力,还是看清楚了车上那位女性的模样。

她褐色的长发高高挽起,棕色的眼眸美丽而明亮,浅淡的眉毛略显稀疏,身穿清新的绿裙,头戴花朵编成的桂冠,气质高雅而威严。

——普阿利斯夫人!卢米安第一反应就认为车上那位夫人是行政官的妻子、本堂神甫的情妇。

可仔细再瞧,他又觉得双方有明显的不同,不仅气质相差很大,就连容貌也存在一定的区别:车上那位夫人五官更柔和更成熟。

如果真要卢米安比喻,他更愿意将车上那位夫人称为普阿利斯夫人同父同母但大了七八岁的姐姐。

此时,那位夫人端坐在"魔鬼"拉着的敞篷马车上,在数不清的亡灵和死亡骑士的簇拥下,向着远方的山林奔去,就像在做某种奇妙的巡游。

奥萝尔收回了目光,快步奔向卢米安,边跑边喊:"趁机脱离这里!"

卢米安回过神来,等到姐姐赶上,才迈开大步,噔噔逃向最近的荒野边缘。

没过多久,两人同时产生了一种穿过虚幻帷幕或是厚厚水层的感觉。他们眼前所见的场景随之发生了变化:荒野如泡沫般消散,清澈的河水、两岸的新草、绿色的树木同时映入了他们的眼帘。

对卢米安和奥萝尔来说,这场景是如此眼熟,熟悉到他们无须辨认就做出了判断:他们还在科尔杜村周围!这是阿娃·利齐耶经常牧鹅的地方!

回来了……

卢米安既不失望,也不惊讶,反倒带着"果然发生了"的心态环顾起四周。

奥萝尔喘了口气道:"不管普阿利斯夫人是故意还是失误,我们现在都不能返回村里。继续去达列日!"

卢米安当即提议:"那我们到最近的草场去,那里有条危险的小路可以下山,以我们的能力肯定没问题。"

"好。"

奥萝尔转过身体就发力奔跑了起来。时不时向普阿利斯夫人借小马骑的她对科尔杜村周围那些高原草场一点也不陌生。

卢米安见状,紧跟在姐姐身旁。对于刚才的遭遇,他既庆幸又恐惧。他完全没想到普阿利斯夫人会那么强大,竟然可以得到如此多的亡灵、"魔鬼"和死亡骑士追随。

当然,那未必是普阿利斯夫人。

跑着跑着,奥萝尔速度变慢了下来,呼吸声越来越重,喉音越来越明显。

"怎么了?"卢米安的体能还很充沛。

这是"猎人"带来的提升之一。

奥萝尔干脆停住,大口喘气道:"太累了,之前施法消耗了我很大精力。"

卢米安毫不犹豫地说:"那我背你,我还不累。"

事情危急,时间紧迫,奥萝尔也不矫情,点了点头,走到蹲下的卢米安身后,趴了上去。卢米安先是取下身前的胸针,还给姐姐,然后直起身体,噔噔噔又跑了起来。

"这是,神奇物品吗?"他犹有精力提问。

奥萝尔怔了一下,呵呵笑道:"看来你懂得不少了嘛。这确实是神奇物品,我叫它'正直胸针',可以制造神圣的阳光或是帮我点燃材料,助我使用一个对付鬼魂类生物的秘术,但戴太久会让人出现狂热状态,而只要戴上,就会失去一些念头。你知道的,战斗里不道德的方法也许更管用,而这被它限制住了。"

奥萝尔顿了顿,沉声问道:"你从哪里获得的非凡特性?"

卢米安一边奔跑,一边断断续续地回答:"那张'权杖'牌,不是让我……在梦里保持住了……清醒吗?"

"什么'权杖'牌?"奥萝尔一脸不解。

哦,这是上个循环的事情……卢米安重新组织了下语言:"我在……老酒馆……碰到一位神秘的女士,她给了我一张……'权杖'牌。

"靠着那张牌,我在梦境里……变得清醒,进入了一片奇妙的空间。在那里,我遇到了一些……怪物,得到了……'猎人'非凡特性。"

"'猎人'啊……"奥萝尔对这个因蒂斯常见的序列很熟悉。自语之中,她忽然低笑了一声,不知想到了什么。

笑什么……卢米安莫名其妙。

奥萝尔又问道:"那配方是谁给的?那位神秘的女士?"

"嗯。"卢米安边跑边点头。

奥萝尔叹了口气道:"我的笨蛋弟弟也有自己的秘密了……我现在也没法确认你说的是真是假,就当是这样吧。"

卢米安不忍姐姐失望,赶紧转移了话题:"刚才马车上,那个人是……普阿利斯夫人吗?"

"很像又很不像。"奥萝尔说着彼此矛盾的话语。

她斟酌了几秒道:"既然你已经是非凡者,那我直接和你讲吧,我的同伴,呃,就是那些笔友曾经提过一些事情。

"他们说最近这几年,在鲁恩南部、因蒂斯南部和费内波特王国,出现过多次和刚才类似的奇怪现象,同样有女士乘坐魔鬼……嗯,疑似魔鬼的生物拉的马车于荒野山间巡游,同样有许多亡灵漫山遍野地跟在马车的后面,而一些掌握着相应秘术的非凡者也会趁机让自己的灵离开身体,追随马车一段时间。这似乎能让他们获得某种奇妙的体验,并得到一定的神秘学知识。

"我有位同伴获得了其中一位非凡者的笔记,里面提到那位女士叫'夜夫人',而笔记的主人从追随马车巡游的经历里获得了一份秘药的制作方法,可以利用婴儿的尸体制造隐身药水。

"据调查,不同地方类似现象里的女士并不一样,但事情都发生在深夜。"

卢米安愕然道:"可现在……是白天。"

难道是科尔杜村的异常带来了变化?

"所以我不敢肯定。"奥萝尔回想了下道,"也许是'送娜罗卡去彼岸世界'这件事情带来了不同,也许那片荒野就是彼岸世界,'夜夫人'们白天在那里巡游,夜里则出现于人类社会。嗯,结合那位夫人很像普阿利斯这点,我更倾向于前面那个猜测。"

卢米安对这方面的神秘学知识毫无了解,但直觉地认为姐姐的怀疑是对的。

他沉默着又跑了一段距离，终于忍不住问道："你为什么……要牺牲自己……救我？我更希望……你自私一点。"

"我很自私的。"奥萝尔笑道，"当时我有考虑过抛下你自己逃，等我变得更加厉害了再帮你报仇，但我仔细想了下，发现即使把'正直胸针'给你，教会你使用方法，你也没法帮我吸引住绝大部分亡灵，让我有机会逃跑，只有身为'巫师'的我才能办到这件事情。

"在两个人一起死和至少你能活下去之间做选择，答案不用我说了吧？"

做出这样的抉择哪有你现在说得这么轻松……卢米安理智上可以接受，情感上却不能。他闷闷说道："还不如……一起死。"

"你要是死了，谁给我报仇，谁来复活我？神秘学世界，一切皆有可能！"奥萝尔教训起弟弟，"所以，我最后才会故意说点煽情的台词，只有这样，你才能一直记住，不会忘记要努力复活我。"

也是啊……卢米安渐渐有点认同姐姐的选择。

又跑了一阵，已经能够看见最近的高原草场，而背着奥萝尔的卢米安明显感觉到了疲惫。他没有停下来休息，鼓起余勇，一口气冲到了那片长着青青牧草的山坡上。

这里有多个牲口圈和窝棚，前者由石头加树枝围成，地面是夯实的泥土和压平的粪便，一端有狭长的、只能供一只羊通过的出口，后者则类似原始的帐篷——先用石头垒出一圈矮墙，留出门和排烟孔，再靠矮墙修建一排格栅，格栅的下半部分埋到泥土里，上端支撑起木制的构架，而木制的构架上是草泥盖的屋顶。

这就是牧羊人们生活的地方，环境非常艰苦。

卢米安不再背负奥萝尔，领着她一路到了山坡另外一侧。

那条危险的小路就藏在下面。

望着需要跳七八米山崖才能触及的道路，奥萝尔对卢米安道："虽然你现在可以攀爬，但还是不要浪费时间了，我直接带你飞下去。"

"好。"卢米安想试试离开科尔朴村会产生什么样的变化。

奥萝尔一只手抓住卢米安的胳膊，另一只手撒出了银色的粉尘。两个人同时飘了起来，向着山崖下面缓慢飞去。

身在半空，卢米安脑袋突然一痛，仿佛被人重重砸了一锤。

奥萝尔也有了类似的反应。

卢米安眼前迅速发黑，只觉所有事物都变得支离破碎。

…………

唰的一下，卢米安坐了起来，看见了熟悉的木桌、椅子、书架和衣柜。

又回到最开始了吗……他若有所思地翻身下床，来到一楼，不出意外地发现奥萝尔穿着那条轻便的蓝色长裙，正在准备晚餐。

"奥萝尔，今天是几号？"卢米安试探着问道。

奥萝尔瞪了他一眼："叫姐姐！你睡傻了吗？今天是29号。"

第十章
CHAPTER 10
仪式魔法

果然又循环了……听到奥萝尔的回答,卢米安一点也不意外。

到目前为止,这已经是他能记住的第三次循环,结合本身的经历和那位神秘女士的提点,他有了初步的总结:

"循环的时间限制是到第十二夜;

"循环的空间限制是科尔杜村及周围区域;

"循环的人物限制是不能杀死本堂神甫。

"这是循环的三个关键点……"

想到这里,卢米安望向奥萝尔,若有所思地问道:"姐姐,如果你写一本关于时间循环的小说,你会把解除循环的关键放在哪里?"

"突然问这么一个问题,还很乖巧地叫姐姐……"奥萝尔疑惑地上下打量起卢米安,"想到了骗人的新故事?"

"算是吧。"卢米安诚恳地回答。

奥萝尔微皱眉头,思索了一阵道:"从小说家的角度,或者说从正常逻辑的角度出发,循环最关键的部分肯定在最后一幕场景,因为它既是本次循环的结束,也是下次循环的楔子,是把结尾和开始连接在一起的那枚扣子,没有它,就没法让直线流淌的时间变成封闭的圆圈。

"你想想,循环往上追溯,总会有第一次,当时必然是在最后关头发生了什么事情才导致时间的重启。"

第十二夜吗?卢米安认可姐姐这个推测,点了点头,转而问道:"那为什么最关键的部分不能是循环的第一天？总得问问凭什么是从这个时间点开始循环吧？"

奥萝尔笑道："编个短故事暂时骗几个人是你的强项，但这种需要严密逻辑和丰富知识的内容，你就不行了。

"循环的第一天之所以是第一天，也许只是因为造成循环的力量，或者说能量，从最后一天往前追溯只能覆盖到这一天，这就像循环的大概率不是整个世界，而是某个地方一样，不是不想，是办不到。"

卢米安其实也想到了这一点，他只是觉得知识渊博见多识广的姐姐应该能想出不一样的答案。

奥萝尔想了想又补充道："如果那个循环不是完全封闭的圆，还存在环外和环内的交互，比如里面的信息可以传递出去，外面的人可以进来但不能离开，那循环的第一天也许是从外来者恰好进入的那天算起，免得再次循环时，他们没有'位置'。当然，也可以强行让外来者从原本没有行动的第一天开始做之后才会做的事情，类似的故事有太多的编法了。"

卢米安听得眼睛一亮，很想大声赞美下姐姐。

他怀疑是莉雅、莱恩、瓦伦泰的进入才导致循环从3月29日的下午开始。如果真是那样，第十二夜或许已经变成第十夜、第九夜，当然，也可能原本是第十三夜，因为外来者的"闯入"变成了第十二夜。

这都是有可能的事情，需要卢米安自己去验证。

他完全认同姐姐刚才的推理，相信"第十二夜"必然出了某件事情才导致循环产生，只有弄清楚当时发生了什么，才有可能找到解除循环的关键。

所以，卢米安决定本次循环尽量不要去触动任何异常，四旬节也找借口不加入祝福巡游的队伍，"安安分分"地待到第十二夜。

但他也不能什么都不做，时间不允许。

除非卢米安这次经历完第十二夜就解除了循环，否则到了下一次循环，他就得抢时间了。一次完整的循环有足足十二天，等过完这次循环，外界发现科尔杜村有异常的概率是直线上升，留给卢米安解决问题的最多也就是一次完整的循环，甚至不到。而要想在一次循环里中止异常，他必须掌握足够多的情报，对整个村子的信息有充分的了解。

既要不引爆异常，又要调查出问题……卢米安忍不住在心里嘲笑起自己，这和在悬崖边缘走钢丝绳的小丑有什么区别？既要又要可不是什么好事。

奥萝尔见他好几秒没有说话，似乎已经在编故事，遂扬手挥了挥道："差点忘记做晚餐！"

"等一下。"卢米安表情严肃而凝重地望向了奥萝尔。

奥萝尔顿时"啧"了一声："我闻到了恶作剧的气息。"

卢米安直截了当地说道："奥萝尔，呃，姐姐，其实我们已经陷入了一段循环。"

"呵，刚学会就用在你姐姐我身上了？"奥萝尔又好气又好笑。

有的时候，人还是需要一点信用的……卢米安边无声感慨边笑着说道："至少你先听完我编的这个故事行不行？要不，顺便打个分？"

奥萝尔望了眼窗外依旧明亮的天色："也行。"

卢米安从自己遇见莉雅等外乡人讲起，用大纲的形式说出了自己在梦境里保持清醒，进入一个独特的废墟，通过狩猎怪物，获得非凡特性，成为"猎人"。

他没有隐瞒锁住自己胸口的荆棘圆环图案，因为这可能涉及时间循环的关键——他在本堂神甫那里看到了同样的符号，而杀死本堂神甫导致时间提前重启。

奥萝尔刚开始还带着笑，觉得弟弟这次编得很有创意，可听着听着，她的表情严肃了起来，因为很多知识不该是卢米安能够了解的。

到卢米安说自己已成为非凡者，她终于有了动作，抬起右手，捏了捏两侧太阳穴。她浅蓝的眼睛顿时变得幽邃，却没有映出任何身影。

她看了卢米安一阵，轻轻颔首道："你的以太体有了非常大的变化，生命能量和肉体状态都超过普通人很多。星灵体有一定的改变但不大……

"果然是更擅长肉搏而非施法的'猎人'……那个符号和相关的变化我看不出来，也不敢往深了看……"

说到这里，奥萝尔鼓了下腮帮子，还是有些疑惑地反问："你该不会是为了让我接受你成为非凡者，故意编了这么一个离谱的故事吧？"

这是典型的卢米安风格。

卢米安没去解释，直接讲起那位女士灌输给自己的神秘学知识。当然，他只是简单提了提名称，没做具体的阐述。

这不是因为他很有道德很有原则，在未得到那位女士允许前连姐姐都不告诉，而是对方明显很强大，真要是外泄珍贵的知识，触怒了她，那时间循环也许会由此得到解决，但人肯定是没了。

"不灭定律……聚合定律……扮演法……"奥萝尔整个人都傻住了。

神秘学领域的文盲弟弟竟然掌握了这些无比宝贵的知识！

她从成为非凡者到现在已经有足足五年多，最开始是靠罗塞尔大帝的日记，后来加入了那个组织，加上本身途径有神秘学领域的通识象征，时不时会被知识追逐，才掌握了"扮演法"、非凡特性不灭定律、非凡特性守恒定律这三个构建超凡世界的基石，因此自诩为资历不深但知识足够渊博的非凡者，甩大部分同类几条街。而现在，从未接触过神秘学的弟弟竟然能讲出这些东西，并且还有自己不知道的非凡特性聚合定律！

这就排除了卢米安偷看她巫术笔记的可能。

作为"窥秘人"途径的非凡者，奥萝尔一边按捺住想知道聚合定律具体内容的心情，一边望向弟弟，又疑惑又惊讶又担忧地问道："你究竟付出了什么才能让那位女士教你这些知识？"连魔药配方都是免费赠送的！

她再次打量起卢米安，从上到下，从下往上，想找出对方身上究竟少了点什么。

"什么都没有。"卢米安自嘲一笑，"就是这样才恐怖，我都不知道将来会为此付出什么代价。嗯，我怀疑和我胸口的符号以及那个梦境废墟有关，那位女士应该是想让我解开相应的秘密。"

奥萝尔"嗯"了一声："你继续。"

她以非常正经的态度等待起后面的"故事"。

卢米安讲起了那只猫头鹰，讲起了四旬节的异变，讲起了第二次循环里姐弟俩的经历，讲起了两人一尝试离开科尔杜村，循环就直接重启。

奥萝尔认认真真听完，难以置信地自语道："要么我被你催眠过，什么都告诉了你，要么时间真的在循环……"

她开始相信卢米安，因为她那枚"正直胸针"的名字是自己取的，且没有记录在任何地方，除非她亲口告诉弟弟，否则卢米安不可能知道，而她对此完全没有印象。

卢米安趁热打铁:"我还能预言那三个外乡人晚上会出现在老酒馆,预言本堂神甫今晚在和普阿利斯夫人偷情,预言牧羊人皮埃尔·贝里已经返回村里,带着的三只羊都有问题……"

奥萝尔越听,表情越凝重,好一会儿才道:"那三个外乡人是下午进村的,而你和我在练格斗,之后休息,根本没有出去过。嗯,在下午的格斗课上,你还是个普通人……"

她接受了卢米安关于时间循环的说法。

换作别人,卢米安高低得笑着来一句"信了!信了!你居然真的相信这么离谱的故事",但面对奥萝尔,他还是非常克制。

他随即提议:"我现在去村里转转,看能不能搜集到更多的情报。"

奥萝尔点了点头:"我也会用我的'眼睛'到处看一看,但这有很大的限制,且非常危险,我不确定会有收获。"

卢米安挥了挥手,表示知道,然后往门外走去。走了几步,他回头望了眼奥萝尔站在厨房内的身影,一下联想到了对方在无数亡灵里将自己推向安全地带的画面,莫名泛起了分离的痛楚。

他下意识问道:"姐姐,你当初为什么会收养我?"

奥萝尔没好气地回答道:"我也不想的!我只是好心给你点食物,结果你就一直跟着我,甩都甩不掉,还很乖巧地帮我做这做那,我一时心软就……谁知道你会长成现在这个样子!我当时一个少女带你这么个小孩有多辛苦你知道吗?"

听完奥萝尔的回答,卢米安本想说声谢谢,赞美姐姐一句,可话到嘴边却塞在了那里,仿佛要涌向眼睛和鼻子。

他转过头,往村里走去。

既要调查,又不能激发异常,导致循环提前重启,卢米安只能考虑从问题的边缘开始,一步一步悄悄深入。

他初步的思路是今天下午找本堂神甫那些情妇,利用偷听、套话等办法看她们知道点什么,如果没有收获,或暂时缺乏机会,那就去教堂看能不能碰到本堂神甫,当面和他聊一聊村里的日常。

卢米安第一个目标是西比尔·贝里，她既是本堂神甫纪尧姆·贝内的情妇，又是牧羊人皮埃尔·贝里的姐妹，与两大异常人物都存在紧密联系，也许知道点什么。

——卢米安的朋友小纪尧姆，也就是纪尧姆·贝里，和皮埃尔·贝里是远房堂兄弟，连发色都不一样，并不住在一起。

西比尔·贝里今年二十四岁，已经出嫁，丈夫叫让·莫里，是个快四十岁的中年人。

他单身了三十多年，之所以能娶到西比尔·贝里，是因为对嫁妆没什么要求。而西比尔·贝里愿意只拿很少的财产出嫁，卢米安怀疑是由于她当时已经成为本堂神甫的情妇，需要一个丈夫为可能到来的私生子当爸爸，本堂神甫则暗里许诺了什么。

虽然因蒂斯风气开放，私生子现象很常见，不少丈夫或者妻子知道后，生气归生气，还是愿意将配偶的私生子留在家里，毕竟这等于以后多个不要钱的男仆或者女佣，且他们无权分割财产，但永恒烈阳教会的神职人员是不允许结婚生孩子的，他们往往会为自己的私生子找个便宜父亲。

卢米安一路来到了让·莫里家，这是位于科尔杜村边缘的一栋低矮房屋。

它整体呈灰白色，只有一层，厨房后面就是卧室，另外一侧与地下室连通，既放着木桶储物，又充当着客厅与餐厅。至于盥洗室，那是没有的，只是在屋后搭了个棚子。

卢米安没敲门进去，悄悄来到房屋侧面，蹲在了卧室窗户下。

此时，里面有人坐着，卢米安能听到他的呼吸声，并据此判断相应的身高。

没多久，轻巧的脚步声从厨房到了卧室。无须计算，身为"猎人"的卢米安脑海内自然有了脚步声主人的大概体重——这应该是位女性，很可能就是西比尔·贝里。

在卢米安的印象里，西比尔·贝里黑发柔顺，不爱像其他妇人一样挽起，只是简单披下或是绑成马尾，给人一种还没结婚还是少女的感觉。她五官不算出众，但柔和而圆润，很具肉感。

这时，坐在卧室内一直沉默不语的让·莫里开口了，他闷闷说道："本堂神甫今天下午来过了？"

他的声音和他的人一样，都比较闷——他属于平时在村广场榆树下聊天，大家说四五句才回一句的那种人，加上黑发经常懒于梳理，棕眸没什么神采，胡须刮得也不太干净，整体显得阴沉沉的。

"来过了。"西比尔·贝里的嗓音还带着些许少女的清澈。

她天生就是这样。

让·莫里沉默了一会儿又问："你们干那种事了吗？"

"干了。"西比尔回答得很是坦然。

让·莫里再次沉默，等西比尔又走向厨房时才说道："对于神甫，我没什么可说的，但你要提防其他男人，尤其是帕托·鲁塞尔。"

帕托·鲁塞尔是马戴娜·贝内的丈夫，他妻子同样是本堂神甫的情妇。

外面窗户下的卢米安听得暗自咋舌：这关系真是混乱啊！

他对本堂神甫的欲望又高看了一眼，下午才来找过西比尔·贝里，晚上又要和普阿利斯夫人约会，堪称偷情界的劳动模范。但凡他能把这方面的精力多分配点给教会事务，结合他本身的心机和手腕，早就可以擢升神品，成为非凡者了。

神品是永恒烈阳教会神职人员的品阶：一品叫司门员；二品是诵经员；三品为赞颂员；四品叫襄礼员，又称辅祭员；五品是副助祭；六品是助祭，又称牧师、神甫或教士；七品则是主教，某些地方也叫司铎、司祭；八品是大主教；九品是枢机主教。教宗不在神品行列。

其中，从六品开始被称为高级神品，用奥萝尔的说法就是很大可能拥有超凡能力。而最低阶的三品主要是做些教堂杂务、仪式辅助，最近几百年已名存实亡，不被当作真正的神职人员。四品襄礼员通常是神学院刚毕业的学生，五品副助祭则可以代表真正的牧师主持乡村地区的一个教堂。

科尔杜村的情况同样如此，由一名五品的副助祭担任本堂神甫，一位四品的襄礼员做副本堂神甫，再搭配几个杂役仆人。纪尧姆·贝内只要再升一品，就是真正的牧师了。

"我知道了。"西比尔·贝里简单地回应了丈夫的叮嘱。

让·莫里改变了话题："你兄弟皮埃尔转场回来了？"

"是的，之后有个重要的仪式需要他帮忙。"西比尔随口解释道。

仪式？卢米安听得眼皮一跳。

让·莫里追问道："四旬节庆典吗？"

"不是，神的仪式。"西比尔不耐烦地回答，"你不要多问，到时候就知道了。"

让·莫里"嗯"了一声道："赞美太阳！"

西比尔没有回应，出了卧室，走入厨房。

卢米安瞬间有了判断：西比尔对本堂神甫和牧羊人皮埃尔·贝里暗中的勾当有一定的了解，而她的丈夫让·莫里完全不知情！她口中的仪式并非四旬节上的"祭祀"，很可能与第十二夜有关！

有了一点收获的卢米安离开莫里家，往帕托·鲁塞尔和马戴娜·贝内住的那栋两层建筑赶去。

和西比尔不同，马戴娜·贝内是带着属于自己的那份财产出嫁的，帕托·鲁塞尔也从原本的家里分到了自己应得的那份，所以他们能修建起还算不错的房屋，并有二十多只羊委托给了牧羊人放牧。

马戴娜是什么时候成为本堂神甫情妇的，卢米安并不清楚，他只知道最近这一年，在和普阿利斯夫人勾搭上之前，本堂神甫最爱找马戴娜，或许是身份上的禁忌带来了某种火焰。

此时，学行政官留着两撇绅士胡须的帕托·鲁塞尔正在厨房内踱步，他询问起指挥女仆忙碌的马戴娜："什么时候再请本堂神甫来做客？"

他一脸热切，希望能攀附上那位科尔杜村的实权者。

马戴娜望了帕托父亲的私生女，也就是做饭的仆人一眼，语气微妙地说道："我不知道，这取决于他的心情。"

还有他的身体状态，对吧？在外面隐蔽处偷听的卢米安无声嘀咕了一句。

"你最近不是经常去教堂祷告吗？可以顺便问问他。"帕托·鲁塞尔不肯放弃。

经常去教堂？卢米安皱了下眉头。

本堂神甫那伙人是在教堂谋划暗中之事？真是一点也不给永恒烈阳和圣西斯面子啊……

又听了一会儿，他从鲁塞尔家往村广场边缘的教堂走去，希望能和本堂神甫当面聊一聊。

可他抵达教堂的时候，本堂神甫纪尧姆·贝内已经不在这里，只剩副本堂神甫米歇尔·加里古站在圣坛前方。

这是位外乡人，来自达列日，毕业于比戈尔神学院，于去年被主教派到科尔杜村当纪尧姆·贝内的副手，平时很受排挤，仅负责做丧葬结婚生子的登记。

上次循环的时候，卢米安到教堂内，正好遇见本堂神甫离开，而对方让他第二天再去祷告，完全不给米歇尔听信徒祈祷和忏悔的机会。

米歇尔个子较高，不比之前的卢米安矮（因为服食了"猎人"魔药，卢米安感觉自己又长高了两三公分，快一米八了），是位有棕色卷发，略显青涩的秀气年轻人。

望着套白色镶金线长袍的米歇尔·加里古，卢米安直接张开了双臂，喊道："赞美太阳！"

行完礼，他盯住米歇尔，想看看这位副本堂神甫面对永恒烈阳教会的礼仪会有什么反应。如果他出现一定的迟疑，那卢米安就能判定他被本堂神甫那伙人拉下水了。

米歇尔·加里古当即回以同样的姿势："赞美太阳！"

他没有一点犹豫，棕黄色的眼眸内满是喜悦和期待之情。

从马蕴娜·贝内的话看，本堂神甫那伙人经常会在这里商量事情，作为副本堂神甫，米歇尔应该会有一定的察觉吧？卢米安没直接询问，左右看了一眼道："本堂神甫不在？"

"离开有一段时间了。"米歇尔回答道，"一刻钟前，有三个外乡人找他都没有找到。"

这位副本堂神甫眼神热忱，仿佛在说要不要顺便做个告解。

考虑到本堂神甫可能绕了一圈又躲回教堂，等着普阿利斯夫人带晚餐过来，此时正在偷听自己和米歇尔的对话，卢米安故意叹了口气："那算了，我明天再来祷告吧。"

米歇尔的眼睛一下失去了光彩。

卢米安转身出了教堂，打算等夜色变深以后再悄悄到米歇尔的住处，看能否问出有用的情报。

见太阳快要落到山后,他返回家里,对摆好餐盘的奥萝尔问道:"你有发现什么吗?"

奥萝尔轻轻颔首:"除了你提过的那些异常,我还发现副本堂神甫米歇尔·加里古有点问题。"

"啊?"卢米安没掩饰自己的诧异。

卢米安刚刚才初步确认米歇尔·加里古应该还没有被纪尧姆·贝内等人拖下水,打算深夜去拜访这位副本堂神甫,结果回家就听到姐姐说对方有问题。

奥萝尔看了卢米安一眼,笑了起来:"我发现他有问题的时候,你这个笨蛋弟弟就站在他面前。看来你没有察觉啊……"

她显得很是高兴,以至于得抬起右手,半捂住嘴巴。毕竟印象里明明还是神秘学文盲的弟弟突然就变成了非凡者,掌握了很多高端的知识,察觉到了科尔杜村正处在时间循环里,而她这个姐姐不仅没发挥什么作用,还在最拿手的神秘学知识领域被比了下去,这让她不可避免地有些小小的不开心。现在,她终于找回了姐姐的威严。

卢米安看着姐姐的笑容,点了点头道:"我从他的表现里没发现什么异常。"

奥萝尔"嗯"了一声:"他的星灵体,怎么说呢?总之,就是比正常人要明亮一些,而他不是非凡者,也未长期地、系统性地锻炼身体。"

"可能是天生体质好?"卢米安先是猜测了一句,继而疑惑地询问,"什么是星灵体?"

奥萝尔愕然反问:"你不知道?"

"不知道。"卢米安摇头。

奥萝尔又一次露出了笑容,用不太理解的口吻道:"那位女士教了你神之途径、非凡特性不灭定律和'扮演法',却没有告诉你星灵体这些最基本的概念?"

"她比较赶时间,只能挑重点讲。"卢米安帮那位神秘的女士找起借口。

奥萝尔笑得更开心了:"也可能是这些神秘学基础知识对野生的'猎人'没什么用处,你只需要追踪、做陷阱和战斗就行了。"

她都不知道该怎么形容弟弟现在的状态,说他是神秘学文盲吧,他知道的还不少,掌握的东西一个比一个吓人;说他的见识已站在大部分非凡者的头顶上吧,他连星灵体都不清楚是什么。

奥萝尔吐了口气，正色道："只能由我来完成你的神秘学启蒙了。

"记住，在神秘学领域，人类肉体之外的部分被分为四层。最内层也最核心的是精神体，它几乎等同于'灵'这个概念，是万物皆有灵性的那个灵性，是灵性增强的那个灵性，可以说是构建灵魂的本源。对窥秘人来说，魔药主要提升的就是精神体。

"星灵体位于精神体的外层，是后者于现实世界和灵界的外显，而且还与你本身的意志、当前的情绪紧密关联。

"所以，你明白了吧？我说副本堂神甫的星灵体比正常人明亮的意思是他的精神体也就是他的灵有点问题，这反映在了星灵体上，与天生体质好不好没有关系。当然，可能是他天生灵性就强。

"通过星灵体，我们还能掌握目标的真实情绪。比如，红色代表热情亢奋，橘色代表温暖满足，黄色代表快乐外向，绿色代表平静祥和，蓝色代表冷静思考，白色是光明、积极向上，暗色为忧郁、悲伤沉默，紫色则表示灵性占据主导，冷淡疏离……这些颜色很难作伪，但本身比较笼统，没法让我们分辨细微的情绪和细腻的感情。"

卢米安听得很是专注，就差拿起钢笔来记录。

"你现在听听就行了。"奥萝尔讲得有些累，于餐桌旁坐了下来，"回头我把我的第一本巫术笔记给你，上面都是这类基础知识。"

"嗯嗯。"卢米安跟着坐下，乖巧点头，"星灵体外面呢？"

奥萝尔端起自己的雕花玻璃水杯，喝了一口："是心智体。从它开始，灵与肉有了结合。

"心智体牵涉到头脑，关联推理能力、思考能力、洞察能力和认识事物的能力，有的魔药主要是提升这个，也有不少的法术针对它。

"最外层是以太体，是生命能量和肉体状态的表现，所以我能通过它看到你的身体得到了极大的提升。嗯，通过以太体不同部位的厚度、亮度和颜色还能判断目标的健康状态，作为'窥秘人'的序列7，我甚至可以从以太体的具体情况判断对方的寿命长短。具体怎么分辨，回头看笔记。"

卢米安恍然大悟:"'猎人'魔药主要针对以太体?"

"你说反了,针对的是肉体和生命能量,而以太体是这两者的直观表现。"奥萝尔回道。

卢米安边点头边回想,初步掌握了这部分神秘学知识。他又记起姐姐刚才的话语,好奇地问道:"奥萝尔,你是怎么观察副本堂神甫的,为什么我完全没察觉到你在附近?"

奥萝尔笑了:"其实我一直在家里,利用的是'窥秘人'途径的特殊能力。"

"什么特殊能力?"卢米安抱着姐姐不回答也无所谓的心态问道。

奥萝尔指了指自己的眼睛:"'窥秘人'最具特点的一个能力叫'窥秘之眼'。虽然我需要到更高序列才能开启完整的'窥秘之眼',让它不仅能在我身上发挥作用,而且还可以放置到别的事物表面,帮我远程监控,但这不表示在此之前'窥秘人'的眼睛不具备特殊之处。

"从序列9开始,'窥秘人'就比绝大部分途径的同序列非凡者看到的更多。最简单的一个例子,'猎人'不到拥有神性的质变阶段,应该只能看见以太体,并且还是以不那么精细的方式,而我现在就可以审视星灵体的各种细节,另外,我还能看到周围一些正常情况下看不到的东西。"

说到这里,奥萝尔往厨房方向瞄了一眼。

这看得卢米安莫名心惊。那个方向明明什么都没有,他却觉得可能存在某个自己看不见的无形事物!

奥萝尔继续说道:"当然,这不一定是好事,看见不该看见的东西,非常容易出事。所以,我一直很克制自己,不该看的不看,但随着序列的提升,不是你想不看就可以不看的。"

卢米安想了想,疑惑问道:"你不是说得到更高序列才能把'窥秘之眼'放出去吗?为什么你在家里就能观察到教堂内的人?"

奥萝尔抬起右手,用食指做了个指指点点的动作:"我一直告诉你知识就等于力量,你还不信!

"正常情况下,我确实没法在家里就观察到几百米外的事物,但人类是可以利用工具的,而我有两大'助手'。

说话间，她从蓝裙不同暗袋内掏出了两样东西：一件是可以收缩和拉长的黄铜色单筒望远镜，一件是袖珍版的深色墨水瓶——这更像是孩童的玩具。

"你看，望远镜，可以帮我看清楚几百米外的人，而视线距离拉近后，我就可以观察目标的星灵体、以太体和心智体状态了。"奥萝尔笑着介绍道，"这适用于开阔没有障碍物的地方。"

卢米安听得有点目瞪口呆：这也行？明明在讨论神秘学，为什么姐姐拿出个望远镜？

"这个呢？"他随即指向那个袖珍的墨水瓶。

奥萝尔没有回答，捏了捏两侧太阳穴，直接拧开了瓶盖。卢米安突然感觉有点冷，窗口似乎刚好刮进来了一阵凉风。

"它是一种独特的灵界生物。"奥萝尔介绍道。

"它？它在哪里？"卢米安左右张望。

奥萝尔颇为诧异："你还不懂怎么开灵视？可你不是说在那片荒野看到了很多亡灵吗？"

"灵视"这个名词，卢米安在《通灵》这本杂志上读到过，也清楚它的意思，可具体怎么开灵视，他就完全茫然了。他望着姐姐，缓慢摇头："不懂。"

接着，他猜测道："可能是因为进入了所谓的彼岸世界，普通人也能直接看见鬼魂、亡灵。"

奥萝尔认真想了想，进一步问道："所以，你也不懂赫密斯语、古赫密斯语、精灵语、巨龙语和巨人语？"

"这些是什么？"卢米安充分展现了什么叫神秘学领域的文盲。

奥萝尔忍不住扶了下额头："那位女士究竟有教你什么啊？"

"非凡特性不灭定律、聚合定律、扮演法、神之途径、序列0、封印物……"卢米安老实回答。

"……"奥萝尔感觉自己有被炫耀到，"我有你是想揍揍！

她唉声叹气了几秒，重整精神道："那我结合我这个契约生物给你讲怎么开灵视，怎么举行仪式魔法，怎么使用那些具备超自然力量的语言。

"这只是粗略地讲讲，真要完全掌握，尤其是那几门语言，没有一两年的工夫是办不到的。当然，这也和你的序列途径有关，'猎人'应该未提升学习能力，也没有神秘学方面的加成，你姐姐我当初靠着勤奋和被灌输，只用小半年就全部入门了。"

她右手轻抚起面前的虚空，就像在摸一只透明的小猫："对非凡者来说，开灵视很简单，但现在天还没有完全黑，我们先讲别的。

"我管它叫'白纸'，它是一种很弱小的灵界生物，只要掌握了准确的描述，就可以举行仪式用自身的名义将它召唤出来。

"它除了灵界生物本身难以被看到的特点，只有一个作用，那就是承载契约者的某种超自然能力，但不能太复杂，也不能太强力。"

卢米安看着自己根本看不到的那个灵界生物，思索了下道："最复杂能有多复杂，最强力能有多强力？"

"呵，我还以为你会问怎么召唤，怎么举行仪式魔法，结果你就想知道具体怎么用！"奥萝尔随即打趣了一句，"这可能就是'猎人'途径的特点，不需要透彻理解原理，只考虑怎么使用。"

不等卢米安回答，她斟酌了下道："我尝试过，不能太复杂的意思是它只能完成一个动作，不能太强力是指不超过'窥秘人'序列7'巫师'一个法术的量度。"

和奥萝尔聊这些就是好，她有把东西定性定量分析的习惯，不像某些人喜欢用模糊不清、藏了一半的语言来描述……卢米安听得颇为感慨。

思考之中，他起身帮姐姐把食物都摆到餐桌上，然后边吃边问："可我记得你的法术往往都要使用材料，'白纸'应该没法携带吧？"

"对，这就很尴尬。"奥萝尔叉了块煎的鳟鱼塞入口中，等咀嚼吞咽完才道，"而且，'巫师'的法术都不是一个动作能够完成的，最简单也要三个，一是集中灵性，二是于脑海内勾勒对应法术的象征符号，这也可以用出声诵念咒文来代替，三才是借助材料把法术施展出来，材料的作用有的是媒介，有的是法术组成部分。"

这听起来确实有点复杂，不像是那个单细胞生物"白纸"能完成的……卢米安感觉自己一时半会儿也不行，必须经过很长一段时间的训练才能熟练施法。

奥萝尔抬眼扫了他一下："你别想了，你不可能像我这样，一是你序列限制，灵性不足，二是用材料帮助施法是'巫师'才有的独特能力。嗯，或许某些途径的某个序列也能办到，我了解不足，没法做肯定的判断。

"不过，'猎人'到了序列7，也就是成为'纵火家'，就能使用不少火焰相关的法术了，而且不需要材料，不需要在脑海勾勒象征符号或念出咒文。就实际战斗来说，这更快捷，更方便，甚至可能更强力。'巫师'嘛，主要是胜在全面，掌握的知识越多越全面越厉害。"

卢米安颇为期待地说道："不知什么时候我才能成为'纵火家'……"

他打算今夜就再次探索梦境废墟，一是用'狩猎'这种行为来帮助魔药消化，二是寻找序列8"挑衅者"主材料的线索。至于"纵火家"对应的怪物，他暂时不敢去想，认为是送自己上门当烤肉，毕竟那些家伙肯定能远程攻击，让他的"特殊"无从发挥。

他接着又道："'纵火家'的法术似乎只有一个动作，那'白纸'能够承载吗？"

"理论上可以，但我不确定'纵火家'的法术有没有超过一个量度。"奥萝尔的参考标准是"巫师"。

听到这里，卢米安一下兴奋起来："如果可以，那我岂不是能模拟姐姐你讲过的那个浮游炮？"

"啊？"奥萝尔一时有点茫然。

卢米安详细解释道："我可以召唤一群'白纸'，和它们都签订契约，然后让每一个'白纸'都承载一个火球，到时候，它们飘浮在半空，一起对目标发动攻击，这不是和浮游炮的描述很像吗？"

"可惜的是，你没法同时拥有一群'白纸'。"奥萝尔失笑道，"你和一个'白纸'签订契约后，下次即使用最初的描述召唤，来的也是同一个白纸。"

"可不可以先召唤一个，暂时不签订契约，接着又召唤一个，一直到召唤出满意的数量，再统一签订契约？"卢米安受到的不是正统教育，而是奥萝尔附加了自己想法的私人定制，加上这么多年恶作剧的"锤炼"，思路一向开阔。

"……奥萝尔承认自己没这么无赖，她斟酌着说，"我没试过，不知道行不行，等你到了序列7的时候自己试试。不过，我觉得在有一个'白纸'在旁边的情况下，再召唤别的'白纸'应该会发生冲突，不太可能成功，唯一的希望是直接召唤复数的'白纸'，但这大概率只有擅长召唤的序列能够办到。"

卢米安打定主意，到时候一定要试试，反正又不会损失什么。

奥萝尔挖起了一点土豆泥："现在讲怎么召唤灵界生物，而这是仪式魔法的一种应用。

"什么是仪式魔法呢？就是通过挑选日期和时间，准备相应材料，严格遵循格式和流程施展出来的魔法，它往往用在祈求和召唤上。"

卢米安点了下头："就是以仪式的形式来达成某种超凡效果？"

他想到的是永恒烈阳教会的各种仪式，以及四旬节庆典的流程。

"对。"奥萝尔很满意弟弟的理解能力，"简单来说，仪式魔法都有一个祈求的对象，这可以是七位正神，也可以是别的隐秘存在，乃至邪神、恶魔，甚至可以是你自己。当你向正神祈祷的时候，需要查阅或者说挑选他们主宰的日期和时间，比如，周二是永恒烈阳的象征，并且每天都有对应的太阳时，在这些时间段举行向永恒烈阳祈求的仪式魔法，成功概率会提升很多。

"但这其实用处不大，不是官方非凡者，向对应正神祈求的成功概率非常小，即使获得了回应，也不要高兴，这可能意味着你被那位关注上了。当然，我们也有办法绕过限制，比如，获得一件与目标神灵密切相关的物品。

"向隐秘存在、邪神恶魔祈求则不怎么需要挑日子和时间，但危险性不用我说了吧？这么干的人百分之九十九没有好下场。因此，对野生非凡者来说，最常用的仪式魔法是向自己祈求，以调动本身的灵性，完成一些较为复杂的事情。"

"制造符咒和非凡武器？"卢米安想到了那位女士提过的一个知识点。

奥萝尔点了点头："对，有的秘药也需要仪式魔法来配合。你还少说了一点，召唤灵界生物。"

她又吃了些食物才道："仪式魔法的第二步是准备对应的材料，想向哪位存在祈求就准备祂领域或者能取悦祂的草药、精油、粉末、纯露等。还是拿永恒烈阳举例吧，向祂祈求可以用'太阳'精油、迷迭香粉末、佛手柑、各种太阳花等，而向自己祈求就不需要太麻烦，虽然说最好用本身所在领域的材料，但你这种家伙，放杯苦艾酒都可以，不放也问题不大。

"第三步是布置祭坛，这可以因环境而定，不需要特别的神圣庄严，主要是不能有杂物。祭坛最主要的是蜡烛……"

奥萝尔一边说一边拿起自己的刀叉。她将这两件物品往前伸直，道："假装它们是蜡烛，向哪位神灵祈求就以对应的象征材料来制作。还是以永恒烈阳为例子，祂的尊名有不灭之光、秩序化身……"

谨慎为重，奥萝尔停了几秒才继续说道："契约之神，商业的守护者。"

"应该还有'所有生灵的父亲'这个尊名吧？"卢米安可是听过不少次布道的。

奥萝尔摇了摇头："这只是永恒烈阳教会宣传时常用的称号，在神秘学上，永恒烈阳还不足以承担，真要有了，那可能意味着出大事了。"

她没具体说是什么大事，似乎自身也不是太清楚。

她把话题拉回了正轨："如果希望驱除亡灵，那肯定得向'不灭之光'这个象征祈求，于是就得用各种太阳花来制作蜡烛；相应地，要是涉及契约，就用'契约之神'这个尊称，以佛手柑等材料制作蜡烛，更多的选择可以看我的巫术笔记。

"在一个仪式魔法里，对应神灵的位置，我们最多只摆放两根蜡烛。因为在神秘学里，0代表未知与混沌，象征世界诞生之初，不放蜡烛就意味着不会有任何效果；1表示开始，代表最初那位造物主，也代表能精确指向的存在；2象征从最初那位造物主体内诞生的世界和诸位神灵。所以，仪式魔法只能用两根蜡烛来代表神灵，具体用哪两种象征对应的蜡烛，要根据想达到的效果来决定。

"3则表示万物，因此，第三根蜡烛得留给我们自己。

"也就是说，上位的两根蜡烛表示神灵，面前的一根蜡烛对应自己，总共三根。如果你有某位神灵或隐秘存在密切相关的物品，那可以把上位的两根蜡烛撤掉，用那件物品来代替，这叫二元仪式法。向自己祈求就只留代表自己的那根蜡烛。"

卢米安听得很是专注。按照那位女士的说法，身为野生"猎人"的他，在知道那位伟大存在的尊名前，唯一能利用的只有向自己祈求的仪式魔法，毕竟他也不知道去哪儿找和某位神灵密切相关的物品。

"下面我以召唤灵界生物为例给你演示一下后面几个步骤。"奥萝尔见弟弟也用完了晚餐，遂起身说道。

两人飞快将餐桌收拾了出来。

奥萝尔望了眼有些许污渍的白色餐布，侧头对卢米安笑道："如果仪式魔法的对象是自己，祭坛脏点没关系，但若是想向神灵和隐秘存在祈求，我建议还是换块干净点的布,或者直接把这块布撤掉,擦一擦桌面。"

"向自己祈求就突出一个随便是吧?"卢米安忍不住调侃了一句。

奥萝尔低笑了一声:"'随便'主要体现在环境、材料、器具上,整个仪式的流程和相应的咒语还是得严格按照神秘学的规定来。"

说完,她从暗袋里摸出一根橙黄色的蜡烛:"这是混合了柑橘、薰衣草的蜡烛。重点不是它们的领域,而是我喜欢。"

她先把蜡烛往面前祭坛的上方摆了摆:"记住了,代表神灵的蜡烛是放在这两个地方的,现在可以空着。"

然后,她将那根蜡烛放于靠近自己的地方:"记住,这是'我'的位置。"

放好蜡烛后,奥萝尔去厨房拿了一杯清水、一碟粗盐和一个钢铁制成的小碗,说:"接下来是制造干净、不被人打扰的仪式环境。记住,是灵性上的干净,这必须由我们自己来构建。

"具体的方法是,进入冥想,集中精神,将灵性力量通过辅助物品引导出来,于祭坛周围构建灵性之墙。对'窥秘人''占卜家'来说,这很简单,而'猎人'在序列7之前需要其他物品的帮助,比如一根能让你情绪平和、状态空灵的熏香,或者一个能帮你灵性更活跃、更集中的水晶球。

"呃,我以前教你的冥想不完整,只有第一步,只能用来收束思绪,平复状态,等下我再给你讲后面的部分。"

之前的冥想方法不完整?那我为什么能激发梦境的"特殊",让那两个符号凸显出来?卢米安略感诧异。

奥萝尔又从衣物暗袋里抽出了一把银制匕首:"现在你仔细看着我是怎么构建灵性之墙的。"

卢米安看得目瞪口呆,下意识说了一句:"你身上怎么有这么多东西?"

先是各种施法材料、可伸缩的单筒望远镜、存放灵界生物"白纸"的微型墨水瓶和用于仪式的蜡烛,现在又掏出来一把匕首。

奥萝尔无奈地叹了口气:"你以为我想吗?这就是'巫师'不方便的地方。我每套衣服都得自己改好久,有的时候,我都怀疑自己是哆啦A梦,要什么就能掏出什么。"

"什么达拉A蒙？"卢米安没听懂姐姐在最后半句话用其他语言说的那个词语。

奥萝尔怔了一下，表情略显复杂地回答："你不需要知道。"

不知为什么，卢米安突然觉得姐姐有了点淡淡的悲伤。

奥萝尔迅速恢复了情绪，将右手伸到了代表自己的那根橙黄色蜡烛上。

"在仪式魔法里，蜡烛不能简单地点燃，当然，有的时候，用普通方法点燃也会有效果，但这往往不是什么好事。"奥萝尔做起讲解，"正确做法是延伸灵性，和灯芯摩擦，将它点燃。"

她一边说一边就让那根蜡烛腾地燃烧起橘黄色的火焰。充当祭坛的餐桌及周围区域瞬间被照亮，并带上了些许奇妙的幽深。

奥萝尔浅蓝色的眼眸不知什么时候已然变深，身旁有无形的风在绕着她打旋。

她将那把银制匕首插入了粗盐之中，口中诵念出神秘的咒文："×××，××××！……"

卢米安听得一脸茫然，只能看着姐姐在咒语完成后抽出银制匕首，将它插入那杯清水里，又提起来。

奥萝尔将匕首的尖端对准了外面，绕祭坛走了一圈，她每走一步，卢米安都感觉有无形的力量从银制匕首上喷薄而出，灵动活泼。它们与空气结合，形成了一堵风吹不入的无形墙壁。

等奥萝尔走完一圈，卢米安眼前的她仿佛置身在另外一个世界。

"看清楚步骤了吗？"奥萝尔的声音比之前"远"了一些。

卢米安老实点头："看清楚了，但听不懂你在念什么。"

奥萝尔忍不住笑了："你真是神秘学领域的文盲啊，字面意义上的。那是赫密斯语，翻译过来大概是这么个意思——

"我圣化你，纯银之刃！

"我清洁和净化你，让你在仪式里侍奉我！……

"以巫师奥萝尔·李的名义，你被圣化了！"

卢米安挠了挠头："听起来很普通啊。"

"翻译过来是这样，重点是咒文本身的意思和使用的语言。"奥萝尔眼眸往上转了一下，"你拿因蒂斯语念自然普普通通，可改用能调动超自然力量的赫密斯语、古赫密斯语、精灵语、巨龙语、巨人语,那就不一样了。"

卢米安好奇问道:"只有这几种语言才具备沟通神秘的力量?"

"那倒不是,神秘学领域还有不少类似的语言,各有特殊之处,比如专门给亡灵看的。但绝大部分非凡者一辈子都用不上,除非想研究某个独特稀有的领域,或举行相应的仪式。"奥萝尔随口解释道。

她进一步讲解起刚才的咒文:"圣化仪式银匕的时候,倒数第二句本来该用某位神灵或隐秘存在的名义,但我们是野生非凡者,能不用还是尽量不用,免得惹来不必要的麻烦。

"身为非凡者,以自己的名义圣化一样普通物品其实足够了,效果虽然比不上原本那种,但也能用。"

卢米安先是点头,继而想到了一个问题:"我的名字是你后来取的,仪式里可以用吗?"

"可以。"奥萝尔非常笃定,"新取的不行,但你这个名字已经用了好几年,有神秘学上的联系了。"

她顿了一下又道:"圣化物品的时候,如果身在野外,没那么多材料,单纯用粗盐或是清水,也能完成。"

说完,奥萝尔又从暗袋内拿出一个不到她食指高的银黑色金属小瓶。

"这是我自己调配的精油,叫'绿野仙踪',突出的就是一个好闻。"她随即滴了三滴淡绿色的液体到那根代表自己的蜡烛上。

嗞的一声,蜡烛的光芒变暗,淡淡的雾气弥漫开来,让奥萝尔和她身前的祭坛显得颇为神秘。

"接下来是重点。"奥萝尔从暗袋内掏出一张小的仿羊皮纸,"如果你举行的是向神灵祈求的仪式魔法,那需要将所求事情的象征符号画在纸上,于仪式中烧掉。

"咒文则分成几个部分。第一部分是'我祈求谁谁谁的力量','谁谁谁'要填的是神灵的某个象征、某个尊名或者统治的领域,比如'我祈求太阳的力量''我祈求秩序的力量'。记住,总的有两句,和代表神灵的两根蜡烛一一对应。

"第二部分是'我祈求神的眷顾'。记住啊,不要直呼其名,在仪式里这么做是亵渎,永恒烈阳可以用'神'或'父'来代称。

"第三部分就是你想祈求的事情，一定要简短，一句话说完。

"第四部分是给咒语更多的力量，类似于'太阳花啊，属于太阳的草药，请将力量传递给我的咒文'，你自己根据使用的材料挑两到三种来说。

"念完咒文，再给每根蜡烛滴一滴精油，烧掉刚才画了象征符号的那张纸，等纸烧完，仪式就结束了，接着感谢神灵，按先我后神、先右后左的顺序灭掉蜡烛，解除灵性之墙，嗯，点燃蜡烛的顺序是先左后右，先神后我。"

卢米安嗯嗯了两声："那向自己祈求呢?"

奥萝尔笑道："咒文更加简单，我以召唤灵界生物举例。

"第一部分只有一个词，'我'，需要低喊出来。记住，这里不能用赫密斯语，必须是古赫密斯语，或者精灵语、巨龙语、巨人语。

"第二部分是'我以我的名义召唤'，从这里开始可以用赫密斯语。

"第三部分则是你想要召唤的灵界生物的具体描述。"

"什么是具体描述?"卢米安追问道。

奥萝尔相当严肃地解释："具体描述只能有三段，作用是帮我们锁定想召唤的那个灵界生物。

"我举个例子，今天来了个外乡人，说他要找'科尔杜村的恶作剧大王，奥萝尔·李的笨蛋弟弟，老酒馆的常客'，那我们是不是就很清楚地知道他要找谁了?"

"我明白了!"卢米安恍然大悟，"在不知道目标名字、长相和地址的情况下，用他的特征来帮忙找到他。"

奥萝尔正色道："原理是这样，可实际操作时有很多麻烦。像我们召唤灵界生物，第一句往往是固定的，不是'徘徊于虚妄之中的灵'，就是'遨游于上界的灵'，作用是指向灵界，并且明确我们要召唤的是灵。

"第二句也很通用，你想想，我们召唤灵界生物不是为了杀死自己，那肯定要限制来的是友善生物，而有的时候，还得加上'弱小'这个限制词，因为某些灵界生物可能真的很友善，但它的存在本身会给你带来很大的危险。

"考虑到这些情况，描述就定下来了，'可供驱使的友善生物''可供咨询的友善生物''可供驱使的弱小生物'等等。

"仅靠这两段描述，指向依旧很宽泛，没有体现我们的需求，来的是什么样的灵界生物我们完全无法指定，所以第三段描述非常重要，你需要用一句话就说清楚想召唤的是什么生物。"

"很难啊。"卢米安仅是想了一下就觉得头疼。

奥萝尔点了点头："不仅难，而且危险，当指向模糊的时候，来的也许是你不需要的灵，也可能是会带来危险的生物。你要记住，在不少情况下，弱小不代表杀不死你，就像友善不代表它不会给你造成威胁一样。"

对于奥萝尔的话语，卢米安深有体会。

他还在流浪的时候就明白不能小看任何一个人，某些成年流浪汉就是因为轻视他这个孩子，觉得他很弱小，才吃了大亏；而部分施舍者，明明是好心提供食物，却忘记考虑流浪汉们饥饿已久的身体状态，最终办了错事。

卢米安认真想了一会儿道："这么看来，能相对精确召唤出想要生物的描述很珍贵啊。"

"对。"奥萝尔深有感触地点头，"记录有相应召唤咒文的笔记非常值钱，上面每一条咒文、每一段描述、每一句注释都是用生命、鲜血或者痛苦换来的。最简单的一个例子，我召唤'白纸'时的三段式描述为'徘徊于虚妄之中的灵，可供驱使的友善生物，能和我心意相通的脆弱圆球'，这最后一句，你想靠自己试，不知道要经历多少次失败才能拼凑出来，而每一次失败都意味着很大的风险。"

"'能和我心意相通的脆弱圆球'？这是正常人能想出来的描述吗，尤其'脆弱'和'圆球'这两个单词……卢米安一边腹诽一边问道："所以，这是你从别人手里买来的？"

"不是。"奥萝尔摇了摇头，表情有些苦涩地说道，"'窥秘人'途径和别的不同，时不时就会被大量的知识追赶，不想知道也不行，承受不住也无从拒绝，而服食魔药晋升的时候，这种'知识逐人'的情况更为严重。虽然这些知识大部分没什么用处，但总会有一些具备价值，召唤'白纸'的咒文就是其中之一。"

"来自'隐匿贤者'的灌输？"卢米安明白姐姐的意思。

奥萝尔诧异地望了他一眼："你知道？是那位女士的教导？"

"嗯。"卢米安点了下头。

奥萝尔若有所思地抿了下嘴巴："就我个人的体会来说，'知识逐人'并不完全来自'隐匿贤者'的灌输,我所谓的耳鸣确实是听到了祂的声音,得到了祂给予的知识,这总是让我痛苦,脑袋接近爆炸,恨不得失控算了。

"但偶尔,尤其是我状态不好,快要出现失控迹象的时候,会有一种幻觉,就是整个世界的知识都'活'了过来,少量追逐着我,向我奔来,而我无法躲避,召唤'白纸'的咒文就是这么主动闯入我大脑的。

"服食魔药时,'知识逐人'的情况大概百分之九十九来自'隐匿贤者',百分之一与'活'过来的知识有关。"

"很奇妙,也很惊悚,能吓坏村里所有人。"卢米安一边很中肯地感慨,一边在替姐姐思考有没有办法解决"知识逐人"的问题,或者说降低它带来的影响。

奥萝尔苦笑着回应:"正是因为经常遭受这样的折磨,我才不愿你踏入超凡之路,但现在这种情况,成为非凡者确实要比普通人好。"

为了让弟弟牢记超凡之路的疯狂与危险,她指了指自己的脑袋:"长期被知识追逐,与痛苦相伴,我都感觉我的精神和性格出现了一定的异化。

"我不是经常跟你说,我有社交恐惧症,少部分时候却特别健谈,喜欢出去和村里的老太太们聊天,给小孩子们讲故事,偶尔还会发疯,向普阿利斯夫人借小马去山里奔驰,大喊大叫吗?

"特别健谈属于长期待在家里,回不去故乡,超凡之路又压抑的一种反弹。而偶尔的发疯……"

说到这里,奥萝尔看着卢米安,低笑了一声:"你不会以为这只是夸张的形容词吧?"

卢米安沉默了,只觉姐姐这一笑既自嘲、茫然,又带着难以言喻的痛苦和挣扎。

奥萝尔随即叹了口气:"那种时候,我都有点不认识自己。"

"应该有办法解决。"这一刻,卢米安深刻感觉到了自己的无力。

"希望吧。我们继续。"奥萝尔指了指祭坛,"等与召唤出来的灵界生物签订了契约,之后再召唤它就简单了,最后一句描述可以改为'独属于奥萝尔·李的契约生物',很准确是不是?而且,契约解除前,别人没法再召唤它。"

"每个人只能有一个契约生物?"卢米安很关心这个问题。

"那倒不是,上限具体是多少我不清楚,但肯定不止一个,尤其某些特别的序列。嗯，召唤的时候用某某某的第一个契约生物、第二个契约生物区分。"奥萝尔实话实说，"另外，你还要记住，召唤灵界生物会消耗你本身的灵性，召唤得越多消耗得越大。以'猎人'的灵性，我估计最多能承受一个契约生物。"

知道弟弟性格的她进一步堵死卢米安可能找到的漏洞："每个灵界生物被召唤到现实后，能待的时间都有限，越弱小越久。

"你不用去想先召唤一个，等灵性恢复了再召唤下一个，除非你选择的都是很弱小的那种，且你的灵性相比现在显著增强。"

她随即以"白纸"举了个例："如果我没让'白纸'承载我的能力，那它可以在现实世界待十二个小时，要是我把眼睛的'特殊'共享给了它，让它帮我做事，那它最多能坚持三个小时，而我自身的灵性也会一直消耗。"

本来还想组建灵界生物军队的卢米安很是失望。他想了想，转而问道："只能召唤灵界生物吗？只能召唤灵吗？"

"不是。"奥萝尔摇头，"还可以召唤冥界和镜中世界等附属于灵界、现实世界、星界的异度空间的生物，以及异世界或者说外星球的某些生物，无论它们是不是灵。不过，这都非常危险，试图这么做的非凡者大部分惨死，少部分神秘失踪，只留下相应的笔记证明他们曾经做过哪些事情。"

"那能召唤现实世界的某样事物吗？"卢米安好奇地问。

奥萝尔想了下道："理论上，只要对方和灵界存在密切关系，或者达到了一定的位格，应该就能听到召唤并自行决定要不要回应，但这样的目标不是非常特殊就是非常强大，你如果还想好好活着，千万不要尝试。

"而且，当召唤目标不是灵的时候，对应仪式的要求会更高，需要的灵性会更多，甚至需要进行大量的献祭，只有这样才能打开可供非灵生物通过的召唤之门。

"以'猎人'的灵性，你连召唤'白纸'都勉强，想尝试更厉害的，只能向某位神灵或隐秘存在祈求，为此可能得预备好充满灵性的事物来献祭。"

卢米安大致弄清楚了召唤这类仪式魔法，他对姐姐道："你接下来是念出咒文，完成召唤？"

"怎么可能？"奥萝尔嗤笑了一声，"仪式中断了这么多次，哪还能继续？其实，正常来说，只要按照流程来中断，是可以从断点继续的，可我刚才主要是讲解，没分心做相应的事情。"

"你应该是忘了吧……"卢米安在心里咕哝了一句，没敢说出口。

奥萝尔紧接着又道："不过我确实要举行一个召唤仪式，一方面是给你完整演示全流程，另一方面是求助。"

"求助？"卢米安疑惑提问。

召唤强大的灵界生物帮忙？

奥萝尔解释道："在数不清的灵界生物里，有很少一部分可以担当信使，私人的信使。呃，信使基于特殊的契约，可以被别人召唤出来。

"举个例子，如果我有一个契约信使，那特里尔的某位就可以召唤它，将写好的信给它，它则会立刻穿过灵界，将信送到我手里。因为灵界的特殊和契约的联系，它只需要一两秒钟就完成送信任务。"

"很厉害啊，和拍电报一样快。"卢米安由衷感叹。

他心里转过的念头是：我也想要一个！

"你不要想。"奥萝尔看穿了他的心思，"召唤信使很困难的，除非直接拿到准确的咒文，否则靠自己试是不太可能试出来的，而准确的咒文只有特殊的几个序列能掌握，你姐姐我都没有。"

卢米安一阵失望，转而问道："你是要召唤某位的信使，写信向他求助？"

"嗯。"奥萝尔点了点头，"她是我们之中在超凡之路上走得最远的几个之一，有自己的信使，我不奢望她来救我，但她应该能给我一点建议。"

恐怕很难，那位神秘的女士都说只能靠我们自己……卢米安好奇问道："我们？是指你那些笔友吗？"

奥萝尔先是点头，继而疑惑反问："我什么时候给你提过笔友？"

"上次，不，上上次循环。"卢米安诚实地回答。

"好吧。"奥萝尔捂了下额头，"其实那是我们这些回不去故乡的人慢慢建立起来的一个互助组织，日常靠书信沟通，分享知识，解决问题，定时会有小规模的聚会或是靠信使等方式交流。她是我们这个组织的副会长，发起者之一，代号是'海拉'。"

"代号？"卢米安有点疑惑。

奥萝尔"嗯"了一声:"在组织里,大家都使用代号,不暴露真名,写信的时候则强调是笔名,免得被官方发现。"

"你的代号是?"卢米安很好奇这个。

奥萝尔沉默了一会儿,略显唏嘘地回答:"'麻瓜'。"

"什么意思?"卢米安不解。

奥萝尔眼神微暗地回答道:"没有超凡能力的普通人。"

卢米安知道姐姐更想成为生活在故乡的普通人,忙转移了话题:"你们那个组织叫什么啊?"

奥萝尔的表情一下变得复杂:"本来嘛,大家想取个有档次的名字,可考虑到日常会写信,太显眼的名称会引来某些势力的关注,所以,最后定了个看起来像是动物爱好者的名字。"

"是什么?"卢米安追问。

奥萝尔略有点不好意思地回答:"卷毛狒狒研究会。"

第十一章
CHAPTER 11
时间点

卷毛狒狒研究会？要不是姐姐情绪不太好，卢米安肯定已经笑出了声音。

可就算控制住了笑声，他还是忍不住说了一句："知道的明白你们在研究卷毛狒狒，不知道的还以为一群卷毛狒狒在做研究。"

当然，他这只是在开玩笑，因为"研究"这个单词是被动语态。

奥萝尔白了他一眼："我们自己也经常调侃自己，说是一群卷毛狒狒在被研究。"

见姐姐状态好了点，卢米安转而问道："你们研究会的成员都是非凡者吗？"

"不全是。"奥萝尔简略回答，"但有的聚会，普通人无法参加。"

她没说为什么无法参加。

"会长是谁？一共几个副会长？"卢米安追问道。

"你在查户口本吗？"奥萝尔没好气地回了一句。

"啊？"卢米安听得一头雾水。

其实，他大概猜得到姐姐说的"记录家庭人员情况的小本子"代指的是卷毛狒狒研究会的具体状况，意思则是不喜欢自己打听得过于详细。

奥萝尔鼓了下腮帮子，吐了口气道："会长的代号是'甘道夫'，一共五名副会长。好啦，我要召唤'海拉'的信使了。"

卢米安先是点头，旋即有了点疑惑："奥萝尔，呃，姐姐，你不是说只知道'海拉'这个代号，不清楚她具体叫什么吗？这还怎么召唤她的信使？"

他记得姐姐刚才说过，把召唤咒文的最后一段改成"独属于某某某的信使"就可以非常准确地指向目标生物，可现在并不知道"某某某"是谁啊。

"很好。"奥萝尔赞了一句,"能发现问题是优秀的学习品质。这么说吧,你和灵界生物签订契约的时候用什么名字都没关系,契约会自动从你身上抽离一点真实气息,让双方产生关联。不过,记住,之后再召唤只能用签订契约时写的那个名字,改成真名会无效。"

卢米安认真琢磨了下道:"我明白了,关键是气息和联系,签订契约时的名字只相当于后续召唤会用到的咒文,写什么都没关系。"

"对。"奥萝尔微微点头。

卢米安忽然笑了一声:"有没有这么一种情况,假设啊,我说假设,姐姐你获得了准确的咒文,召唤出来一个信使,以奥萝尔·李的名义和它签订了契约,之后,你因为爱护弟弟,也就是我,教了那个咒文给我,我呢,成功召唤出了另一个信使,可在签订契约的时候,一时好玩,也用了奥萝尔·李的名义来签订。那么问题来了,用'独属于奥萝尔·李的信使'这句描述会召唤出哪个来?"

奥萝尔听得脸都青了:"我又没有信使,我怎么知道!"

她呼了一口气,平复了下心态,边思索边说道:"这其实属于重名带来的指向混淆,比起只能自己召唤的普通契约生物,可以让他人召唤的信使确实容易存在这种问题。但我因为没有信使,不确定是不是有特殊的机制来规避类似错误,我只能以我的知识尝试做一下分析——

"一、拥有信使的人非常少,重名的概率低到几乎可以忽略不计。

"二、真要是重名,可以在召唤仪式里放上带有信使主人气息的物品,用它来精准锁定。

"三嘛,你真要害怕重名,签订契约的时候可以把名字编得长一点,比如卢米安·托雷斯·阿莱·兰洛斯·亚瑟·格尔曼·斯帕罗·李,这样应该就不会有重名了。"

"但很可能刚签完契约我就忘记了这个名字,太难记了。"卢米安咕哝了起来,"还有,为什么要加上海盗猎人、大冒险家的名字?"

"因为我喜欢,佛尔思·沃尔女士的冒险家系列小说太经典了。"奥萝尔理直气壮道。

她转过身体,整理起祭坛,准备正式举行召唤仪式。

就在这个时候,卢米安想到了一件事情,连忙喊道:"等一下!"

"怎么了?"奥萝尔回过头来,一脸茫然。

卢米安严肃问道:"信使属不属于外来者?"

奥萝尔先是一脸疑惑,不明白弟弟的意思,但很快就想清楚了问题所在。她斟酌着反问:"你的意思是,作为外来者的信使来到科尔杜后会陷入循环,再也无法离开?"

没等卢米安回答,奥萝尔有了新的推测:"不,情况会更严重。它是契约生物,拿到信之后会立刻去'海拉'那里,等同于脱离科尔杜,那样一来,又重启了。

"再之后,它因为本能一次次离开,我们则一次次重启,根本没时间调查循环的关键。"

卢米安忍不住想象起姐姐描述的那个场景:自己刚睁开眼睛,看见熟悉的卧室,然后又睁开眼睛,看见熟悉的卧室,接着又睁开眼睛,看见熟悉的卧房……重复这么一个动作无数次,而一切的根源是某信使急着"回家"。

奥萝尔抬手捂了下额头:"我都不敢想象到时候会有什么样的变化……"

感叹完,她正色分析道:"从目前的情况看,有生命的事物离开科尔杜及周围区域会导致循环重启,只有无生命的物质不会触动限制,拍出去的那封电报和寄出去的那封信都是证明。如果真是这样,灵肯定也不行,看来不能召唤信使了。"

听到这里,卢米安突然想通了小蓝书为什么能保持被剪掉单词的状态。

——被剪掉的纸条离开了科尔杜村,脱离了这个循环,不再受到影响,不会归来,小蓝书自然就没法恢复原状!

他把这个推测告诉了姐姐,末了道:"小蓝书的问题是解决了,可那封信是怎么寄出去的? 循环的时候肯定没法寄走,送信的人一离开科尔杜就会导致重启,而如果是循环之前,我完全没有印象,你呢?"

"我也没有。"奥萝尔想了几秒,笑骂道,"你这个笨蛋,差点把我思路带歪,在循环里把信寄出去很简单啊!"

"啊?"卢米安看着自己聪明的姐姐。

奥萝尔笑道:"把信寄出去不需要邮差,也不需要雇用送信人。当我们发现异常,不想惊动可能存在问题的那些人时,最好的选择是找一个木盒,把制作出来的求救信放在里面,做好密封,然后将木盒丢入村外的河流里,让它自然地漂向下游,等其他村庄乃至达列日的人捡到，帮我们送给官方。你说过，我们上次循环已经确认循环包含了河流一小部分，可以抵达。"

"对啊！"卢米安猛地合起双掌，转而又想到了一个问题，"河流里的鱼会不会导致重启？"

"应该不会。"奥萝尔想了下道，"这类没什么灵智的生物对无形的限制非常敏感，或者说，更容易受到无形的影响，它们大概率会本能地不靠近可能导致重启的地方。"

"那你的'白纸'呢？到了十二个小时，它就不得不离开现实世界了。"卢米安感觉这也会让循环重启。

奥萝尔环顾了一圈，思索着说道："我怀疑循环不仅包含科尔杜村及周围山区，还囊括了这个地方和这里所有人在灵界对应的那片区域。

"你应该不知道，灵界和现实的自然交互其实是比较多的，不把对应的灵界包含进来，那可能隔一会儿就重启，隔一会儿就重启，而现在的情况显然不是这样。'白纸'作为我的契约生物，与科尔杜村有直接联系，它遨游的那片灵界大概率也被囊括了进来。"

我还是对神秘学不够了解啊……卢米安不再多问。

奥萝尔又演示了一遍仪式魔法的流程，解除掉了灵性之墙。在陡然刮起的无形之风里，她对卢米安道："现在天已经全黑了，我教你真正的冥想和开启灵视的方法。"

"嗯嗯。"卢米安表示自己在认真听。

奥萝尔讲解道："冥想的前半部分你早就掌握了，我们从后半部分开始。当你想象出那轮太阳，收束好精神，进入比较平静的状态后，让脑袋微微放空，勾勒一个现实中不存在的事物来代替那轮太阳。不断勾勒，不断重复，直到你身心都获得宁静，思绪产生一种飘起来的感觉。"

"现实中不存在的事物？"卢米安不太理解。

奥萝尔拿出纸笔，随便画了几下："你看，现实里有类似这样的东西吗？"

纸上是非常抽象的东西，像是长了眼睛又被在脸上打了叉的圆球。

"你画出来不就有了吗？这画是在现实里啊。"卢米安觉得姐姐的解释不太对。

"画中、想象中的都不算现实。"奥萝尔翻了个白眼。

给弟弟当老师就得时常受这种气。

卢米安"哦"了一声:"那我就用你这幅图试试。"

他拉过椅子,坐了下来,靠着椅背,集中起精神。那轮赤红的太阳迅速勾勒于他的脑海,让他逐渐变得平静。

过了一会儿,因为是在现实,所以他没听见那恐怖的、神秘的声音,可以从容地用姐姐随手画的那个图案来代替冥想里的太阳。

长了眼睛、打了个叉的圆球飞快地出现在卢米安的脑海。随着卢米安的反复勾勒,他的身与心越来越宁静,思绪渐渐有了飘忽之感。

他"看见"周围多了淡淡的灰雾,多了一些难以描述的、不存在的事物与混杂在一起的浓郁色块,而高空,也许是深处,有一道道明净的光华。

"不用着急,'猎人'这个途径第一次就冥想成功的概率很低。"奥萝尔在旁边宽慰起弟弟。

卢米安正想向姐姐报告自己成功进入了冥想状态,突然感觉淡淡灰雾的深处和无穷高的地方,有什么事物在注视着自己!

这似乎是幻觉,却看得他浑身冒冷汗,莫名恐惧,一下就脱离了冥想状态。

看到弟弟睁开眼睛,奥萝尔本打算安慰他"非施法者序列起码得尝试好几次才能冥想成功,有的甚至得练习五六天或者大半个月",却发现卢米安额头沁出了密密麻麻的冷汗,眼眸内残留着明显的恐惧。

"怎么了?"奥萝尔关切地问道。

卢米安喘了两口气,越是回想越是后怕:"我冥想成功了,精神好像飘了起来,周围是随便叠加在一起的各种颜色和淡淡的灰雾,一些我没法具体形容的东西到处游荡,天空中有几道特别明亮特别纯净的光……不,不一定是天空,也许是很远的地方,我无法确定。"

"按照你的描述,确实是成功了。"奥萝尔做起讲解,"你的星灵体看到或者说感应到的就是灵界,在那里,现实的许多概念要么不存在要么杂糅在了一起,所以你才会觉得既在高空,又位于很远的地方。

"那七道光是某些古籍里提到的'灵界七光',被认为有接近神灵的位格,无所不知，并且属于还算友善的隐秘存在，如果你能掌握祂们完整的尊名，可以向祂们祈求，可惜的是，我也不知道。

"到处游荡、没法形容的那些东西属于灵界生物，但你看到的似乎不多，也不够清楚，这应该是'猎人'序列的局限，灵性还不够高，嗯……等会儿开灵视估计会比较难，最终的效果肯定也不太好，呵呵，有总比没有好。"

她一直观察着弟弟的状态，随时准备中断教导，给予帮助。

见卢米安逐渐恢复正常，她才一口气讲完该讲的，然后询问道："可看到的这些不至于吓住你啊，你不是有个绰号叫'胆大的卢米安'吗？最近还见识了时间循环、人变成羊、男人生子、'夜夫人'巡游等离奇、荒诞、带着精神污染的事情，一般的灵界生物哪可能吓到你？"

听到姐姐提起的那一件件事情，卢米安额头血管微跳，不太想回忆，尤其是与普阿利斯夫人相关的部分。

他吐了口气道："我感觉灵界深处或者说很高很高的地方，有什么东西在注视着我。仅仅只是注视，就让我非常害怕，无法克制，直接脱离了冥想状态。"

奥萝尔眼眸微动，若有所思地说道："我怀疑，和你提到的胸口两个诡异符号有关，它们牵连着某些隐秘的存在，既可能指向让科尔杜陷入循环的源头，也可能代表着让你在梦境和循环里保持住清醒和力量的'特殊'。

"作为'猎人'，你在第一次尝试完整冥想时就获得成功，大概率有那两个符号施加的影响。"

卢米安一边听一边点头，认同了姐姐的说法。这让他有点沮丧："这样的话，我都没法冥想啊，只要成功，就会被注视，就会不得不脱离冥想状态。而且我觉得，总是被注视不是一件好事。"

"你以为现在就没被注视吗？"奥萝尔失笑道，"只是你没进入冥想状态，感应不到而已。既然没法逃避，必然会承受伤害，还不如多做尝试，提升相应的抗性，让你能冥想的时间逐渐变长，而将来面对某些情况的时候，这说不定能给你带来优势。

"当然，成为序列7'纵火家'之前，'猎人'几乎不需要深度冥想，你还是等灵性获得提升后再尝试吧。"

"听起来怎么有点惨。"卢米安已调节好心态，嘲笑起自己，"不能反抗，只好享受了。"

奥萝尔"呵"了一声："现在这种情况下，我宁愿有你这种'特殊'，哪怕会因此面对许多未知的危险和困难，但至少下次循环时，我可以保持住记忆，不需要你来提醒，那会遗漏掉许多细节。"

她随即望了眼早已变黑的窗外："该教你怎么开灵视了。你继续坐着，再次尝试冥想，不需要完全进入那种思绪飘浮起来的状态，虽然那会更有利于开启灵视，但不是有某些隐秘存在正注视着吗？"

"嗯。"卢米安靠着椅背，放松身体，先是于脑海勾勒太阳，继而替换为姐姐胡乱画的那个圆球。

他并未反复地勾勒那个符号，等身心都变得宁静就停了下来。

奥萝尔观察着他的状态，柔声说道："好，在当前状态下抬起双手，放到你的眼睛前，你可以睁开眼睛了。"

卢米安保持着身心的宁静，缓慢张开双眼，发现姐姐不知什么时候已熄灭了煤油灯，让一楼陷入了黑暗之中，只靠窗外的些许绯红月光照出各个事物的轮廓。适应了一下，他勉强看见了自己的双手。

"食指隔空相对，靠近但不要碰到……"奥萝尔做起指导，"然后，将视线焦距放在手的后方，可以是相对的那个点的后方。等完成了这一步，就慢慢移动手指，让它们保持相对又不碰到的状态，嗯，也不能离开你的视线。"

卢米安完全照做，让视线落在手后面的虚空中，并移动起手指。移了不知多少次，他始终未能发现有什么变化。没多久，他支撑不住冥想状态，退了出来。

"有看见什么吗？"奥萝尔问道。

卢米安摇了摇头。

"'猎人'是比较难，不要有心理压力，下次不行可以下下次，今天不行可以明天。"奥萝尔宽慰道，"放心，灵性高点的普通人经过一段时间的专业训练都可以打开灵视，更何况非凡者，当然，效果怎么样那是另外一回事。"

"这次循环不行可以下次循环，可下次循环还不行就未必有下下次了……"卢米安在心里嘀咕了一句。

他向来是个很有韧性也很有耐心的人，稍作休息，恢复了一点精神，就又做起尝试。

在一次次失败后，他终于看见两根食指相对的虚空处有一点火红的颜色蹿出。

成功了？卢米安心中一喜，侧过脑袋，望向姐姐。他旋即看见奥萝尔身上有些许红光冒出，覆在表面。

"不是说能看到以太体的各种颜色吗？"卢米安疑惑地问道。

奥萝尔欣喜地反问："成功了？"

卢米安点了下头，描述起自己的体验。

"确实成功了。"奥萝尔松了口气，"你这算是好的，估计是因为有身上那种'特殊'的加成，换成别的'猎人'来，没有十天半个月的练习应该开启不了灵视，甚至得等晋升序列8之后才会变得比较轻松。嗯……你看到的是非常模糊化的以太体，红色表示我还算健康，至于其他的，'猎人'就不要想看了，你的精神体强度不允许。"

她随即拿出那个微型墨水瓶，拧开了瓶盖："试试能不能看见'白纸'。"

卢米安凝目望去，只见瓶口浮出来一个近乎透明的模糊气泡。很像他用肥皂水吹出来的那种，拳头大小，因月光的照入染上了绯红的色彩。

卢米安很勉强才能看见这东西，有种自己只要眨眼就会失去对方踪迹的感觉。

那气泡飘浮在半空中，飞向奥萝尔的手掌，奥萝尔托住它，用拇指给它挠了挠痒。透明的气泡顿时往内收缩，又慢慢张开，重复起这个动作。

卢米安定了定神，将自己看见的这些画面告诉了姐姐。

"很模糊啊？"奥萝尔摇了摇头，"'猎人'的灵视确实不太行，以太体只能看到最基本的概念，灵界生物也只能发现'白纸'这种，大部分你都看不见。"

"有总比没有好。"卢米安用姐姐刚才说过的话回了她一句。

没见识过更强灵视的他对现在的状况还是比较满意的。

奥萝尔也没多说，指导起卢米安通过重新冥想，收束精神，反复教导他如何通过停止自己的灵性来关闭灵视，并训练他在刚才那种冥想状态下不断进行自我暗示，以设置简便的灵视开启和关闭动作。

卢米安一次次练习，熟练掌握了开启和关闭灵视的方法，但奥萝尔说的"快捷键"，他始终没有成功，只隐约摸到点诀窍。

"好了，你休息下，我们等会儿观察副本堂神甫有什么问题。"奥萝尔见弟弟已是脸色发白，灵性消耗极大，忙让他小睡一会儿。

两人上到二楼，到书房打开了电台灯。卢米安躺在安乐椅上迅速睡了过去，奥萝尔则随意看起了书，等着夜更深一点。

没多久，卢米安进入了梦境，但他没急着探索，强迫自己继续睡觉。

终于，他被奥萝尔喊醒了："可以观察副本堂神甫了。"

"嗯。"卢米安唰的一下坐起，望向姐姐。

奥萝尔打开了那个微型墨水瓶，用右手抚摸起"白纸"，眼眸迅速变得幽暗而深邃。

借助契约的联系，她用赫密斯语低声诵念道：

"我的契约生物，承载我眼睛的特殊吧。"

旁边的卢米安既听不懂，也看不见，因为他没开灵视，只能耐心等待。

也就是几秒的工夫，奥萝尔收回手掌，坐了下去，对卢米安道."'白纸'去副本堂神甫家了。"

卢米安仔细一瞧，发现姐姐眼眸内映出的不是书房的场景和自己的身影，而是于黑暗里轻轻摇曳着枝叶的树木，那些树木飞快倒退着。

这就是"白纸"看见的画面？卢米安有所明悟。

奥萝尔拿起一面背后镀着水银的镜子，掏出浅白色的粉末抛上去。那些粉末很快绽放出光华，让镜子仿佛覆了一层水波。

水波里，副本堂神甫米歇尔·加里古出现了。

"白纸"已来到目标房间外面，透过玻璃窗看着他。

此时，米歇尔·加里古已经入睡，双眼紧闭，呼吸平缓。奥萝尔和卢米安很有耐心地开始等待，借助"白纸"从各个角度进行观察。

时间一分一秒流逝着，突然，沉睡的米歇尔微微张开了嘴巴， 道悚惚透明的身影从他嘴里爬了出来。

那是一条蜥蜴样的东西，略显细长，覆盖着棕绿色的鳞片，仿佛一只透明化模糊化的蜥蜴。

一离开米歇尔的身体，它墨绿色的竖眼就左右转动，打量起四周，显得很是警惕。

在这个过程中，它甚至看了看窗外，但没有发现"白纸"，反倒让卢米安和奥萝尔感受到了它眼眸中的冰冷与淡漠。

"这是什么？"卢米安开口问道。

奥萝尔摇了摇头："不知道，像是一种特殊的灵。"

卢米安立刻下了判断："看起来不是好东西！"

即使隔着"白纸"和镜面，那蜥蜴样的生物依旧让他浑身不自在，汗毛悄然立了起来。

奥萝尔侧头看了他一眼，提醒道："这'蜥蜴'似乎自带一定的精神污染，让人只是远远看上一眼都会身心不适，盯得久了可能还会出现精神上的问题。你要注意，不舒服的情况严重了立刻闭上眼睛，尝试冥想，缓一会儿再看。"

"暂时还好。"卢米安"嗯"了一声，"你呢，你不觉得难受吗？"

奥萝尔笑了笑："作为'窥秘人'，比这更有污染性的东西我都见过，相应的抗性比你高得多。

"再说，我不是偶尔会发疯吗，更疯一点更频繁一点好像也没什么。"

"我觉得有必要检查一下你说后面这句话时的精神状态。"卢米安半是关心半是开玩笑地说道。

奥萝尔呵呵一笑："这叫自嘲。某些时候，不是我想不看就能不看，'窥秘人'眼睛的'特殊'没法完全封印，只能勉强让它不影响到日常生活。"

姐弟俩说话间，那蜥蜴样的模糊生物沿墙壁和地板一路爬向了房屋底层，速度极快。

一楼正对大门的墙上挂着几个动物颅骨，分别来自狼、鹿和野猪——副本堂神甫米歇尔·加里古不是科尔杜本地人，原本应该直接住在教堂内，但被纪尧姆·贝内找借口拒绝，只能租住于猎人萨巴泰的家里。

那"蜥蜴"钻入了狼的颅骨，在孔眼里进进出出。没多久，它换到了野猪的颅骨里，继续做着同样的事情。

等从鹿的苍白颅骨内出来后，那"蜥蜴"以数倍于马匹奔跑的速度爬向屋外，

"白纸"则悄悄地飘浮于半空夜色里,跟踪着它。

"蜥蜴"一路往村外爬去,最终抵达了广场。

它绕过教堂,来到墓园,一头扎入了某个坟墓内。十来秒后,它钻了出来,进了另一个有墓碑的坟。

就这样,那蜥蜴样的古怪生物辗转于不同坟墓里,卢米安甚至可以想象到它在棺材内进出不同人类头骨的场景。

那样的画面让卢米安皮肤上凸起了一片片细小的鸡皮疙瘩,他忍不住问:"这家伙在做什么啊?"

无法理解!

奥萝尔缓慢摇了摇头:"这处在我知识的盲区。"

"逛"完墓园,蜥蜴样的透明生物原路返回,进了副本堂神甫米歇尔·加里古的房间。嚯嚯两下,它又钻入了米歇尔的口腔内,消失不见。

过了二三十秒,米歇尔·加里古睁开眼睛,坐了起来,用床头柜上的杯子咕噜咕噜喝起水,显得口渴极了。放下杯子,抹了抹嘴巴,他倒下继续睡觉。

奥萝尔侧过脑袋,望向卢米安道:"怎么样,他确实有点问题吧?"

"这哪是一点问题,这是很大的问题!"卢米安没在姐姐面前掩饰自己的情绪,"放牧人类的皮埃尔·贝里,时间循环的关键点本堂神甫,让男人生孩子的普阿利斯夫人,去彼岸世界的娜罗卡,活了不知多少年的猫头鹰,再加上体内住着个'蜥蜴'的副本堂神甫,科尔杜村的优秀人才会不会太多了?"

在之前的循环里,他还埋怨过莱恩、莉雅、瓦伦泰这三个官方调查者没发挥什么作用,现在想想,这哪能怪他们?科尔杜村的异常真的不一般!他们也许有做什么,但结局大概率不好。

奥萝尔看了弟弟一眼,半是提醒半调侃地说道:"最优秀的那个人才你还没有提。全村唯一一个能在循环里保持记忆,拥有独特梦境废墟的人。"

卢米安一时无言,只觉头疼。

奥萝尔转正脑袋,望向放在桌上的镜子,斟酌了片刻道:"副本堂神甫这里应该没别的变化了,虽然我也可以更深入地去看看他的星灵体状态,但大概率有不小的危险。

"我因此出事倒没什么，下次循环又是一个活生生的'巫师'，但我们现在还缺乏太多的情报，等搜集到足够多的信息再做进一步的窥探比较好，免得循环提前重启，把时间浪费在解释和沟通上。"

卢米安没有意见，这也是他的想法。

奥萝尔随即说道："我打算现在让'白纸'去观察下本堂神甫。"

卢米安愣了一秒："不是才说不深入窥探，不提前引爆异常吗？"

本堂神甫可是关键中的关键，问题里的问题，就这样莽撞地过去？

奥萝尔笑吟吟扫了他一眼："我这么做肯定是有一定把握不出问题的。"

见卢米安既迷惑又担心，她详细解释道："你自己说过，上上次循环里的4月1日，你偷听到了本堂神甫和蓬斯·贝内的私下交流，当时，本堂神甫说自己还是个普通人，但如果身为非凡者的我对付他，他有办法解决。

"考虑到相应的场景，考虑到那时候骗你一个普通人没有意义，反而会自爆异常，我更倾向于认为4月1日之前的本堂神甫真的只是一个普普通通的人类，还没有获得超凡能力，而今天是3月29日，还没到凌晨，窥探下他应该不会出问题。"

"也是。"卢米安放下了一颗心。

奥萝尔继续说道："从本堂神甫和蓬斯·贝内的对话可以分析出来，4月1日的他可能掌握了快速获取超凡能力的方法，一发现情况不对，立刻就能变成非凡者。当然，也许只是能利用某件物品，觉得可以应付我。

"结合本堂神甫在四旬节庆典上表现出来的实力完全不像序列9，我怀疑他走的是那位神秘女士说的神之途径外的道路，也就是向某位存在祈求，希望获得恩赐，否则短短几天不至于有那么大的实力变化，并且没出现明显的失控征兆。"

卢米安静静听完，突然想起一件事情："那次循环里，四旬节的早上，我刚成为'猎人'，遇到了蓬斯·贝内，想揍他一顿练练手，结果，他就跟提前知道我变成非凡者一样，唰地跑掉了。可能，他也获得了某种恩赐，能闻到危险的气息……"

说着说着，卢米安又补充了一个关键点："大概是4月3日，娜罗卡葬礼时，我在不远处偷看到蓬斯·贝内进了她家。

"如果蓬斯·贝内已经获得恩赐，以四旬节早上他表现出来的敏锐，不至于发现不了我一个普通人的窥探。"

奥萝尔点了点头："也就是说，本堂神甫那伙人很可能是在娜罗卡葬礼后到四旬节这两天成为非凡者的。"

也就是4月3日下午到4月5日清晨。

"当然，不排除分批获得恩赐的可能。"奥萝尔接着又补了一句。

这么一讨论，事情脉络就有点理顺了，卢米安猛地拍了下自己的脑袋，"哎"了一声。

"怎么了？"奥萝尔疑惑询问。

卢米安由衷赞道："我真的应该早点和你交流这些事情，你的分析能力比我强多了！"

奥萝尔扑哧一笑："你啊，就会变着花样夸我，你其实是经验少见识不够，才没第一时间想到，慢慢来总会发现这些细节的。"

对于弟弟的夸赞，她嘴上在打击，表情却很受用。

接收到奥萝尔的意念，"白纸"向着贝内家飞了过去。

整个枓尔杜村，除了教堂和城堡改造的行政官官邸之外，贝内家修得最高，也最豪华。那是一栋灰蓝色的三层房屋，烟囱耸立于顶部。作为家主，本堂神甫纪尧姆住在顶楼靠东面的房间，此时深灰色窗帘紧紧闭合着，主人似乎已经入睡。

这难不倒"白纸"，它穿过墙壁，融入了角落的黑暗。

房间内，和普阿利斯夫人偷完情的纪尧姆·贝内早就回家，换上了丝质的浅蓝色睡衣、睡裤，正坐在安乐椅上，静静地、近乎发呆地望着窗前的帘布。

奥萝尔的眼睛又幽深了一点，纪尧姆·贝内的气场状态随之显露了出来。那红的、绿的、紫的、蓝的多种颜色看得卢米安一阵眼晕。

回忆姐姐教导的知识，他努力地分辨着，发现本堂神甫除了欲望比较亢进，身体还算健康。

"他在沉思什么，明天和哪个情妇约会？"虽然本堂神甫听不到，但卢米安还是嘲讽了一句。

就在这个时候，纪尧姆·贝内站了起来，一拳砸在面前的空气上，恨恨说道："都怪你！

"都怪你！

"都怪你!"

"该死的!"

"婊子养的!"

纪尧姆·贝内不断地用拳头砸着面前的空气,就像那里站着一个无形的生物。他的表情里写满了痛恨,将内心的情绪毫不掩饰地宣泄了出来。

奥萝尔加深了眼眸的幽暗,指导"白纸"望向了本堂神甫击打的那片虚空。那里空无一物,没有不可名状的生物,也没有透明虚幻的存在,除了空气,什么都没有。

"这是对某位不满很久,又不敢当面表达啊。"卢米安在旁边"啧"了一声,"他这是在怪谁?"

奥萝尔摇了摇头,随口回答道:"可能是压制着他,不让他晋升神品、获得超凡力量的主教,也可能是引诱他改信隐秘存在、希望获得恩赐从而变强的某个人……"

她觉得本堂神甫作为永恒烈阳教会的副助祭,主持一个乡村教堂的实权人物,不是那么容易就能靠自身的努力与某位隐秘的存在建立起联系的。涉及超凡力量的事件,他肯定会请求达列日地区的教会给予援助,相应的神奇物品和巫术笔记,也必须交给裁判所保管甚至封印,不会留在科尔杜村的教堂内。

更为重要的是,他能掌握古弗萨克语就算不错了,赫密斯语、精灵语等能调动超自然力量的语言不是他一个副助祭可以接触到的,而她通过"窥秘之眼"早已确认他不是天生灵性很高,一不小心就招惹来邪恶事物的那种人。所以,没有某位的教导,本堂神甫拿什么来接触隐秘存在?

当然,奥萝尔也不排除纪尧姆·贝内偶然获得神秘学物品没有上交的可能。

听到姐姐的话,卢米安笑了一声:"就不允许本堂神甫骂那位隐秘存在吗?他都敢让圣西斯委屈一下,背着那位隐秘存在怪它引诱自己也不是不可能。"

嘲讽完纪尧姆·贝内,卢米安认真分析道:"我之前就在想本堂神甫为什么会突然堕落,想来想去,觉得有两个嫌疑人……呃,嫌疑者。

"一个是普阿利斯夫人,她明显很强大,不管是城堡内生孩子的路易斯·隆德,还是荒野上被亡灵们簇拥的疑似她的那个女人,都说明她很不简单,涉及不正常的途径和隐秘的存在,而作为普阿利斯夫人的偷情对象之一,本堂神甫被她引诱很正常。"

"对了……"卢米安猛地一拍脑袋。

"怎么了?"奥萝尔不知道弟弟联想起了什么。

卢米安一脸严肃地回答:"你说,本堂神甫有没有为普阿利斯夫人生过孩子?"

"……"

奥萝尔现在就是后悔,后悔自己相信了弟弟的表演,以为有什么重要发现。她没好气地反问道:"谁告诉你路易斯·隆德的孩子是普阿利斯夫人的?万一是行政官贝奥斯特的呢?万一是某位隐秘存在的呢?不,不是,如果是的话,看到那幕场景的你当时就爆炸,异变成怪物了。"

"我只是觉得行政官和普阿利斯夫人两个人在一起的时候,普阿利斯夫人明显更占主导地位。"在没开始循环的时候,卢米安就觉得行政官贝奥斯特这个人有点弱势,既教不好管家,又看不住妻子,与普阿利斯夫人一起出现时,还总是带着讨好后者的感觉。

卢米安原本以为是行政官很爱妻子,现在则有了新的猜测:"你说,行政官会不会是普阿利斯夫人的另一个生育工具?"

"也许。"奥萝尔扶了下额头,"神秘学世界真的让我大开眼界,很多只存在于小说和想象里的桥段都这样实现了,以扭曲的方式……"

感叹完,她自语道:"城堡内生孩子的似乎不是一个两个,生下来的那些孩子去了哪里?"

卢米安想了一会儿,表示无从猜测。他也不敢提议潜入城堡进行一次详细的搜查,在目睹路易斯·隆德的遭遇和经历荒野上的事情后,他下意识想避开普阿利斯夫人那条线。

奥萝尔同样如此,姐弟俩对普阿利斯夫人都产生了深深的畏惧。

这时,发泄了一阵的本堂神甫走到房间桌子前,倒了一小杯红葡萄酒,咕噜喝了下去。

他长长地吐了口气,放下高脚玻璃杯,走向睡床。

一直到本堂神甫呼吸变得舒缓,似乎已经睡着,卢米安才嘲笑道:"这么早就睡了？我还以为他会再找个情妇来，嗯，私下里他也不抽烟。"

这是从卧室内没发现卷烟盒、烟斗等物品推测出来的。

"酒也止于浅尝，大家都说他很正常。"奥萝尔呵呵笑道。

她让"白纸"又观察了一阵，见没什么收获才吩咐它返回，自己则侧头对卢米安道："你刚才只说了一个嫌疑者，还有一个呢？"

"那只鬼鬼祟祟、只会偷看的猫头鹰！"卢米安说出了自己的推测，"可能是它引导本堂神甫找到了传说里那个巫师的遗留。"

"嗯。"奥萝尔觉得可能性不小。

卢米安随即提议："那只猫头鹰下次再来看我，我们就把它抓起来，严刑拷问吧。"

"你确定打得过一只不知道活了多少年的猫头鹰？"奥萝尔笑道。

"不是有你吗？"卢米安给姐姐戴起高帽。

奥萝尔"呵"了一声："我俩加在一起，成功的希望也不会太大。

"呃……但可以试试，什么都不做就什么都发现不了，等于白白浪费不多的时间，嗯，前提是不影响到第十二夜的到来，那才是关键中的关键。"

卢米安重重点头。

见他满脸疲惫，脸色发白，奥萝尔边伸手接住飞回来的"白纸"，边吩咐道："你今天练习了太多次灵视，可以去睡了，好好养足精神，明天继续。"

她想了想又补充道："明天上午，我教你那几种超自然语言里相对最简单的赫密斯语；下午，你去找皮埃尔·贝里，让他请你喝酒，我趁机去他家羊圈，和那三只羊交流一下，看能不能获得有用的情报。"

她觉得这是当前最容易调查的一条线。

"会不会太危险了？"已然起身的卢米安问道。

奥萝尔微笑着宽慰起弟弟："放心，我又不是去打打杀杀，也不打算立刻想办法帮他们恢复人类状态，不至于触动可能存在的警报。我只是准备用高原语和他们沟通沟通，他们应该知道一些事情。"

卢米安点了点头："明天下午去了老酒馆，我打算和那三个外乡人'认识认识'，他们算是可以信任的帮手。"

当然，前提是不暴露姐弟俩野生非凡者的身份。

"好。"奥萝尔赞同了弟弟的选择。

淡淡的灰雾里，卢米安再次于梦境卧室的床上醒了过来。

他不出意外地发现身上的金币、银币、铜币和旁边的斧头、钢叉等物品全部不见了。

梦境废墟也开始了新一轮的循环。

又得重新去捡……卢米安边嘀咕边出了卧室，进了书房。他拿起桌上那本小蓝书，随手翻了下，看到里面有不少单词被剪掉的痕迹。

"果然是我寄的求助信啊……"

卢米安对于这个发现已没有任何的情绪起伏，而且他怀疑自己是在奥萝尔指导下"寄"的，毕竟当时没有神秘学常识的他大概率会选择找可靠的送信人或者等邮差来。

想到邮差，卢米安才发现每周来一次的那个家伙并不在循环里。他思索了一会儿，觉得这也正常，收到求助信，确定科尔杜村有异常后，官方应该会找某种借口阻止普通人进入科尔杜村。

卢米安随意翻了下四周，想看看有没有哪个能存放信件的盒子不见了的，叫他不记得奥萝尔究竟收藏有多少类似的东西，很快就放弃了尝试。

在不影响行动的前提下，卢米安加了点衣服和裤子，带上那把铁黑色的斧头，又一次出了家门，进入满是裂缝的荒野，向围绕着暗红色"山峰"的废墟走去。

有了之前的经验，他轻松地解决了自己熟悉的那两个怪物，背上了猎枪，挂上了装铅弹的布袋，放好了各种钱币。

卢米安小心翼翼地往前潜行着，故意没选原本走过的那条路，换了个方向深入——他这是觉得自己大概率对付不了那一个脑袋长着三张脸的怪物。

穿过倒塌了淡薄灰雾里的一栋栋建筑时，一直集中精神的他抽了抽鼻子。

他闻到了很弱的血腥味。

略作思忖，卢米安沿阴影向血腥味传出的地方潜去。没多久，他藏到了某栋半坍塌的房屋顶部的隐蔽空间内，透过几块石头间的较大缝隙望向前方某处。

没有杂草的荒地上，几栋彻底垮塌凌乱堆叠的建筑之间，有一团血肉在那里蠕动。

这血肉夹杂着一些黄色的脂肪，整体像是某个被落下的巨石碾压过的生物。它竟然还有生命力，缓慢向某栋建筑蠕动而去。

"这种怪物该怎么解决？砍头？它都没有头……"卢米安陷入了沉思。

就在这时，几根深黑色的、有明显弹性的、覆盖着肉膜的"粗绳"不知从哪里钻了出来，一下绑住了那团血肉。

❖ 第十二章 ❖
★ CHAPTER 12 ★
成功的狩猎

"触手?"卢米安愣了一秒才想起该怎么定义绑住那团血肉的坏意儿。

他熟读奥萝尔写的各种小说,看过所有插图,不仅记得每一个狗血的桥段,而且了解不少平时接触不到的事物,比如怪物的触手。

十八根深黑色覆肉膜的触手缚住了那团血肉,将它拖向侧面的房屋废墟。

被凌乱石块遮挡住的地方,一道身影走了出来。

"他"外形似人,赤着上身和双脚,套着条黑色长裤。而与人类不同的是,他没有脑袋,脖子只剩一截,横截面以旋涡的形状长满了尖利的牙齿,牙齿缝隙内,鲜红的肌肤清晰可见。

这就仿佛某个人类用奇怪的口器代替了自己的脑袋和半截脖子,看得"砍头专家"卢米安连连摇头,找不到下手的地方。

那七八根覆着肉膜的深黑触手是从怪物口器边缘延伸出来的,它们迅速将那团血肉拖到身前,举了起来。

怪物脖子处的口器一下张开,如同盛放的喇叭花。那一根根尖利的白色牙齿咬住那团血肉,以蛇吃猎物般的姿态直接将它吞了进去。

看到这一幕的卢米安无声嗤笑了一句:"我还以为你们都是不用吃东西就能生存的,原来还是需要进食……"

他随即陷入了沉思:这个废墟内最多的应该是怪物,能吃的东西肯定非常少……也就是说,某些怪物是以别的怪物为食,就像刚才那样,或者,大家都是猎人,也是猎物……

如果遇到打不过的怪物，有没有可能把它引到别的怪物那里，让它们互相狩猎、彼此伤害，而我最后再下场捡便宜？理论上可行，但也很危险，谁知道怪物们会不会先联手把我干掉……

念头转动间，卢米安看见那个以口器为脑袋和脖子的怪物胸腔开始鼓胀和收缩，仿佛正在进行剧烈的消化。这吸引了卢米安的注意力，也让他发现怪物赤着的上半身有不同寻常的东西。它左胸、右胸和脖子下方各有一个类似印章痕迹的黑色事物。

"这……"卢米安的瞳孔不自觉放大，想要看得更清楚一点。

类似的东西他在本堂神甫身上见过！

那是四旬节庆典末尾，本堂神甫身体膨胀撑破衣物后露出来的黑色印记！

经过仔细辨别，卢米安确认怪物身上那三个印章痕迹般的黑色事物与本堂神甫的属于同一类东西：它们都由独特的文字和奇异的符号组成，仿佛连通着难以描述的另外一个世界。

不同之处是，本堂神甫身上有十一二个，而这怪物身上只有三个。

"这黑色印记有什么作用？被某位隐秘存在打上的烙印？数量越多，受到的恩赐越大？"卢米安又疑惑又茫然地观察着。

他努力地想记住组成其中一个印记的文字和符号，但碍于这都是他不认识的东西，一时半会儿还真记不住，而他并没有带纸和笔，无法临摹。

怪物终于消化完了那团血肉，它活动了下手臂，甩了甩口器旁边那七八根覆盖着肉膜的深黑色触手。

它脖子下方的印记微微发亮，胸腔随之发出嗡嗡嗡的共振声。声音越来越大，就像有一股气流肆虐于蜂巢内，进出于一个又一个空洞中。

喇叭花般的口器张开了，嗡嗡嗡的声音愈发明显。卢米安听得非常烦躁，恨不得揍那个怪物一顿：这声音很难听你知不知道？

气血翻腾中，卢米安只觉一股怒气从心头直蹿脑门。他一下变得冲动，提着猎枪，绕过遮挡自己身影的石块，从半坍塌的屋顶跳了下去。

砰！

卢米安落到了地面，与怪物那满是利齿的旋涡状血色口器你看我，我看你。

本来要怒骂对方是老公猪的卢米安瞬间恢复了平静，有种观众被逼跳上舞台的茫然和无措。

那怪物血色的口器对准了他，不再发出声音。

"我能说，不好意思，是个误会吗？"卢米安小声咕哝了起来。

他怀疑刚才那噪音有问题，竟然让自己失去了理智，主动跳出隐藏点，试图发动攻击！但事情已经发生，道歉肯定是没用的，他当前只有两个选择，一是战，二是逃。

而以卢米安的经验，这种时候想直接逃跑大概率是逃不掉的，对方不仅毫无损伤，而且已做好准备，扬起了那七八根触手。所以，真要逃跑，也得先打一场，找到机会再说！

没有犹豫，卢米安刚恢复理智就抬起了手中早灌好铅弹的猎枪。

砰！

那怪物明显没预料到敌人如此果断如此迅速，且对猎枪的存在缺乏理解，来不及做出任何闪避，被迸裂开来的多枚铅子直接轰在了身上。

"啊！"

它满是利齿的旋涡状口器本能地张开，发出了一声满是痛楚的喊叫，它胸口多处瞬间变得血肉模糊，包括右边黑色印记所在的地方。但那黑色印记仿佛刻在了血里、肉中，依旧清晰可见，不怎么受伤口状态的影响。

卢米安顾不得欣赏猎物的惨叫，一开完枪就立刻转移位置，并探手从腰间布袋里掏出新的铅弹。

就在他重新瞄准目标的时候，怪物左胸位置的黑色印记微微发出了亮光，那脑袋和半截脖子变成巨大口器的类人生物随之消失不见。

它就这样在卢米安面前失去了踪迹！

跑了？隐身？卢米安从奥萝尔写的各种小说和她教导的神秘学知识里寻求着答案。他连忙左右各看了一眼，可那怪物似乎真的凭空消失了。

这从未面对过的场景与困难让卢米安一时有点慌张，想趁机脱离这里，下意识往后退了几步。突然，他双脚脚踝一紧，整个人猛地失去平衡，被倒吊起来。

那一根根覆盖着肉膜的深黑色触手于空气里浮现，它们正缠绕着卢米安的双腿，将他提到了半空。

怪物也现出了踪迹，它就在卢米安侧面不远的地方。此时，它右胸的黑色印记发亮，满是白色利齿的旋涡状口器张大到了极限，显露出血色的内部，似乎想借助触手，将卢米安一口吞下去。

难以言喻的腥臭从那口器内喷出，让倒吊在半空的卢米安脑袋有点发昏，而映入他眼眸的是血色的口腔肌肤和数不清的白色利齿。

他心中一动，抢在一根触手缠绕住自己手臂前，以倒吊的状态将猎枪对准了怪物的口器。

砰！

那怪物又是一声惨叫，口器内血肉横飞，铅黑处处。它猛地将卢米安甩了出去，身体飞快透明，再次消失。

卢米安扑通落到地上，连续做了几个翻滚才重新站起，集中精神寻找目标的踪迹。

下一秒，他鼻子抽了一下，只觉某股血腥味正在快速向自己靠拢。顾不得去想这究竟意味着什么，他猛地扑了出去，扑向相反的方向。

他原本站立的位置，一根根覆盖着肉膜的深黑色触手钻出了空气，却没有缠绕到任何事物。

离触手三四米的地方，那怪物现出了身形，旋涡状的口器大大张着，仿佛正等待食物。

卢米安连忙给猎枪上了铅弹，可怪物左胸黑色印记一亮，又在他的视线内失踪了。

隐身，确实是隐身！卢米安瞬间有了判断。而结合刚才的遭遇，他相信这种隐身无法掩盖气味，并且一进入攻击状态就会失效。

想明白后，卢米安心中一定，暗自嘲笑道："气味都藏不住算什么隐身？"

而捕捉各种痕迹是"猎人"的强项。

不再因遭遇战而慌张，有了不少底气的卢米安沉下心来，边游走边观察起四周。很快，他看到了怪物留下的脚印，闻到了它身上的血腥味和原本的臭味。靠着这些痕迹，他一次次提前避开了怪物的袭击，并用猎枪一次次轰中对方。

可那怪物似乎没有要害，被打了多枪后也只是虚弱了不少。

眼见铅弹快要耗尽，卢米安心念电转，思考起该怎么办。

也就几秒的时间，他有了答案——来的路上，他没有忘记观察环境，发现了好几处可以利用的天然陷阱，而其中一个正适合用来对付现在这个怪物。

见两道浅浅的脚印突兀地出现在不远处，卢米安转过身体狂奔起来。

覆盖着肉膜的深黑色触手再次落空。

卢米安时跑时停，时而回头观察，务求让那怪物不放弃追赶，并据此提前对攻击做出闪避。

嗡嗡嗡！

怪物胸腔内发出的"噪音"又一次传入了卢米安的耳朵，让他一阵恼怒，火气变得极为旺盛，恨不得立刻停止逃跑，转身给那家伙几斧头。

还好，他记得自己狂奔的目的是干掉那家伙，当前并非真正意义上的逃跑，愤怒和烦恼未能改变他的计划，而是让他变得更有行动力。

噔噔噔！

卢米安终于看到了那栋半坍塌的建筑。他直接冲了进去，来到另外一侧的边缘，然后停在那里，装出埋伏的样子。

没多久，浅浅的脚印浮现于半坍塌的房屋内，臭味和血腥味距离卢米安越来越近。

卢米安估算了下触手的距离，猛地退后两步，挥起早就拔出来的斧头，砍在一根快要崩裂的石柱上。紧接着，他狠狠踹了石柱一脚，顺势向后滚走。

本就处在脆弱平衡下的半坍塌房屋再也无法支撑，轰然倒塌。哗啦，大量的、沉重的石块砸落，将原本可以让人通过的内部空间完全填满。

正在那里隐藏、蓄势待发的怪物顿时发出了激烈的惨叫，它的惨叫持续了不到一秒就戛然而止。

卢米安向后翻滚了一段距离才重新站起。

那瞬间爆发又戛然中断的惨叫让他安心了不少。不过，他也没有大意，背着猎枪，提起斧头，才谨慎地靠近那栋已完全坍塌的房屋。

砖石木块堆叠之处，粉尘弥漫于空中，久久不散。

站在外面，卢米安根本看不到那怪物的身体，这证明对方已被完全掩埋。而在当前环境下，人的嗅觉也被极大削弱，他甚至忍不住抬起一只手，捂住了鼻子，不让它遭受粉尘的刺激。

面对这种情况，卢米安向后退了七八步，与目标保持一个足够安全的距离，耐心等待着尘埃落定。等待之中，他不断地观察四周，提防可能突然出现的浅浅脚印和急速靠近的各种味道。

终于，空气恢复了"清新"，视线也不再受到干扰。

卢米安又一次靠近那栋建筑，循着散逸出来的血腥味，找到了被沉重石块一层层压住的怪物。

反正也不赶时间的他依靠"猎人"的天赋，按照特定的顺序一块块搬走石头，以防造成次生的垮塌。与此同时，他始终防备着怪物，唯恐对方没死，正等待机会偷袭自己。

又是一块沉重的石头被搬走，卢米安看见了那个脑袋和脖子变成旋涡状口器的怪物。

它仰面朝天，已被压得血肉模糊，前胸贴住了后背，满是利齿的口器被尖尖的小半截石柱插在了地上，覆盖着肉膜的深黑色触手断了好几根。

如果不是特征比较明显，卢米安都有点认不出这摊半固态、高黏性的肉酱究竟是不是自己的目标。

这比他预想的效果更好！

初步确认怪物已彻底死亡后，卢米安将目光投向了它的胸口，发现那三个黑色印记在这种情况下依旧清晰可见。

很怪异啊……哪怕在神秘学世界，这应该也不常见吧？被姐姐恶补半天的卢米安还是缺少相应的知识，只能凭感觉做一定的判断。

他本来打算的是用随身携带的小刀剥离黑色印记所在的那几片肌肤，可陷阱的效果太好，以至于对方胸口的皮肤完全破损，被压进了肉里，想剥都剥不下来。

考虑了几秒，他撕破内层的亚麻衬衣，扯下小半幅布块，放在身前，充当纸张。紧接着，他又弄下一截布条，缠绕住食指，沾染起怪物的血液——至于这是否能完全隔离可能存在的污染和毒性，他倒不是太在意，真要出了什么问题，赶紧脱离梦境就行了,反正能带到现实的伤害非常少,几个小时或者大半天他应该就可以彻底恢复。

以怪物的血液为墨水,卢米安临摹起那三个黑色的印记。

画着画着,忽然有些头晕,额角也出现了一定的胀痛。根据奥萝尔教导的常识,结合对本身状态的把握,卢米安认为是自身灵性消耗得差不多了,并找到了原因:"仅仅只是临摹这三个印记,我的灵性就快被抽空了?"

他一方面是诧异于黑色印记的古怪,另一方面则震惊于"猎人"的灵性上限太低,估摸着也就比有天赋的正常人强一点。

休息了一会儿,卢米安继续临摹,就这样断断续续了三次,他才完成工作,脑袋一阵阵抽痛。

顶着这样的状态,他不可能再做进一步的探索,只能收起那块布,提上斧头,往荒野另外一侧的家返回。走出废墟,放松了一些后,他突然有了种"猎人"魔药又消化不少的感觉。

"看来刚才是一次成功的狩猎啊……"卢米安嘀咕了起来。

他那已有体会但还未整理的总结随之浮现在了脑海:冷静很重要……突然遭遇猎物来不及做准备时,冷静更加重要。随时观察环境,想好该怎么利用。

思绪转动间,卢米安回到家里,上至二楼,进了卧室。他强撑着记忆了那些印记一阵才倒在床上,昏睡了过去。

第二天清晨,卢米安醒来的时候,两侧太阳穴都还有点发涨,这是梦境废墟里灵性消耗过度的一点表现。他甩了下脑袋,出了房间,去盥洗室洗漱。

等他下楼,发现姐姐已经准备好了早餐,吐司配果酱,加切好的香肠和浓香的咖啡。

"这么早?"卢米安诧异地脱口道。自家姐姐平时可很少早起。

奥萝尔没好气地回应:"都发现自己置身于时间循环里,周围的人一个比一个奇怪和恐怖了,你还能睡得好?反正我是睡不好。"

"我不想也不行啊。"卢米安宽慰起姐姐,"至少你还能真正地睡觉,我梦里都得忙碌。"

"也是哦。"奥萝尔端起放了半块方糖的咖啡，抿了一口。

等弟弟坐下，吃了大半吐司和香肠，她才询问道："这次探索梦境废墟有什么收获？"

卢米安将自己与那怪物遭遇的过程完完整整讲了一遍，末了道："奥萝尔，呃，姐姐，你帮我看看那三个黑色印记究竟代表什么，四旬节庆典最后，本堂神甫身上也有类似的东西，而且数量更多。"

奥萝尔轻轻颔首，从米白色束腰长裙的暗袋内拿出了吸水钢笔和便笺。

卢米安唰唰画了起来，不算太准确地还原着那些黑色印记。很快，他边把便笺递给姐姐，边道："我只记了几次，有的部分不敢确定对还是错，但有的肯定是这样，这里，这里，还有这里，都是没问题的。"

仅仅只是还原了部分印记，他的灵性又消耗了不少。

奥萝尔将便笺放在面前的餐桌上，凝神看了一阵道："这些文字不是我认识的任何一种，相应的符号也比神秘学里常见的更加扭曲。"

卢米安刚有点失望，奥萝尔又补充道："从超凡文字和象征符号对周围的影响、对自然力量的撬动痕迹看，我怀疑这是一种特殊契约的外在表现。"

她边说边用食指点着那张便笺。

"契约？"卢米安反问了一句。

奥萝尔点了点头："结合你和那个怪物的战斗看，每一个黑色印记应该都代表一份特殊的契约。这种契约的作用可能是帮助它从某些灵界生物、异空间生物、外星生物那里获取到一种超凡能力，所以，它左胸的黑色印记发光带来了隐身，脖子下方那个则对应让人烦躁、愤恨、失去理智的声音。右胸的没什么表现，我怀疑与口器、触手或者消化有关。"

"难怪……"卢米安一下就理解了之前战斗里的某些细节。他随即笑道："本堂神甫是和不同的生物签了十几份契约？这叫什么？这叫每个人都可以当他的父亲！"

"奇奇怪怪的形容。"奥萝尔咕哝了一句道，"现在看来，四旬节庆典最后和你战斗的本堂神甫连十分之一的实力都没有展现出来，他利用契约获得的能力应该只用了一种，身体和精神就莫名其妙失去了控制，任你宰割。"

上次和上上次循环里的卢米安不懂，现在的他清楚感受到了当时的幸运。他跃跃欲试地问道："我可以临摹怪物身上获得的契约，与相应的生物取得联系吗？"

他很眼馋那个隐身的能力。

"契约是契约，仪式是仪式，你知道怎么举行仪式吗？"奥萝尔给他泼起冷水，"就算掌握了仪式，你知道这种特殊的契约会付出什么代价吗？本堂神甫应该是借助某位隐秘存在的恩赐才完成的……"

说到这里，奥萝尔突然愣了一秒，自言自语般道："为什么你梦境废墟里的怪物也有这类黑色印记……它也获得过那位的恩赐？"

说话间，奥萝尔将目光投向了卢米安的左胸："会不会与那个锁住你心脏的黑色荆棘符号有关？

"本堂神甫也有，嗯……那个梦境废墟说不定是荆棘符号代表的隐秘存在制造出来的，解除循环的关键有可能也藏在那里。或者，某种情况下，现实与梦境废墟同步做某件事情才能解决问题……"

"有可能。"卢米安觉得这能解释怪物为什么也有黑色印记以及那位神秘的女士为什么要让自己探索梦境废墟，尝试解开那里的秘密。

他随即感慨道："奥萝尔，呃，姐姐，你的想象力果然比我丰富好多。"

"这是一名作家的自我修养。"奥萝尔笑了笑。

用过早餐，她让卢米安和自己一起去书房学习赫密斯语。一直到下午三四点，两人才结束补课，中途只随意吃了点东西。

"好了，你现在可以出门找皮埃尔·贝里喝酒了。"奥萝尔见时间差不多，不会引人怀疑了，遂吩咐起卢米安。

卢米安"嗯"了一声，关切地叮嘱了一句："你一定要小心。"

姐姐可是要冒险去接触那三只羊，看能获得什么情报的。

牧羊人皮埃尔·贝里住的那栋破破烂烂的两层房屋内。

卢米安环顾了一圈，询问起面前的老妇人："皮埃尔呢？"

老妇人是皮埃尔·贝里的母亲，叫马尔蒂，她明明只有五十出头，可因为操劳，脸上皱纹很多，皮肤有斑，头发花白，看起来不比娜罗卡年轻多少。

"他去教堂了。"马尔蒂回答道。

又去教堂了？卢米安心中一惊。

如果卢米安没有记错，今天，也就是3月30日的午后，皮埃尔·贝里固定会去教堂祷告。上上次循环里，自己和雷蒙德因此碰到了他，上次循环里，自己同样在差不多的时间于村广场遇上他。

可现在都下午三四点了！

"他什么时候去的？"卢米安追问了一句。

马尔蒂回想了下道："有一里路的工夫了。"

乡下地方，除了极少数人，几乎没谁拥有钟表，对时间的描述往往是通过具体的事情和标志物来完成的，比如"采摘葡萄的季节""走一里路的工夫"等等。当然，如果时间足够短，人们能比较明确地感知到，那"几分钟""一刻钟"也是会出现在口头表达里的。

一里路的工夫？那不算久啊……卢米安还以为皮埃尔·贝里是午后去的教堂，到现在还没有回来。

科尔杜村的一里就是因蒂斯公制单位中的一公里。

告别皮埃尔的母亲马尔蒂，卢米安出了贝里家，往村广场方向走去。

他不知道皮埃尔·贝里是午后去过教堂，现在又去，还是午后被意外耽搁，未能前往。如果是第一种可能，他能感受到暗流的汹涌——皮埃尔·贝里频繁地去教堂找本堂神甫绝对不正常，必然有某件可怕的事情在酝酿。

要是第二种可能，那问题就大了！

在保留着记忆的卢米安和已知晓循环的奥萝尔做出尝试前，"历史"不应该出现不同！真要有了不同，那可能意味着循环的规律还未被姐弟俩真正掌握，或者还有别的人能留存循环的记忆。

想到这里，卢米安"哎"了一声，抬手轻抽了下自己的脸庞。他刚才太过震惊，以至于忘记询问皮埃尔午后有没有去过教堂。

这很重要。

"现在转回去再问太招人怀疑了，只能等下和皮埃尔喝酒的时候侧面套下话。"卢米安迅速按捺住内心的懊恼，大步走向广场。

进了永恒烈阳的教堂，他看见本堂神甫纪尧姆·贝内站在摆放着各种太阳花的圣坛前方，面对第一排椅子上坐着的几个人，不知道在讲些什么。

卢米安刚通过大门，纪尧姆·贝内就闭上了嘴巴，望向过边。

在密谋？卢米安露出笑容，一边走向圣坛，一边观察着有哪些人在听本堂神甫"布道"。

他看见了牧羊人皮埃尔·贝里，看见了蓬斯·贝内这个恶棍和追随他的几个打手，看见了本堂神甫的情妇马戴娜·贝内和西比尔·贝里，看见了一个既让他感觉意外又认为理应在此的男人——阿尔诺·安德烈，娜罗卡的幼子，四十多岁的农夫。

"嗨，皮埃尔……"卢米安笑容满面地打起招呼，却中途停顿。他后面半句话本来是"你不是要请我喝酒吗，怎么到这里来了"，结果突然警醒，想起这次循环还没出现这个约定。

那是上上次循环和上次循环里才有的事情，这次循环，卢米安还是第一次碰到牧羊人皮埃尔·贝里。

作为科尔杜的恶作剧大王，卢米安临场反应极快，立刻调整身躯，对着圣坛张开双臂："赞美太阳！"

借助这个礼仪，他脑海中思绪急转，迅速有了新的说辞。

赞美完太阳，得到本堂神甫回应后，卢米安侧过身体，对坐在第一排边缘，疑惑地望向自己的皮埃尔·贝里道："我听人说你回村了，就赶紧到你家找你，结果你到教堂来了。"

他没说是听谁讲的，反正皮埃尔·贝里从家到教堂的途中难免会被人看到。实在没目击者，卢米安还有备用人选：阿娃的父亲，鞋匠纪尧姆·利齐耶。

"你找我做什么？"穿着深棕色长衣的皮埃尔·贝里站了起来，蓝色的眼眸内带着温和的笑意与茫然的情绪。

卢米安已准备好借口，笑着说道："想听你讲讲转场途中遇见的事情，不同的国度，不同的乡村，不同的地方，肯定有趣极了。"

他以往也喜欢找转场回来的牧羊人们聊天，丰富见闻储备。

不等皮埃尔·贝里回应，他的目光从对方乱糟糟油腻腻的黑色头发往下，落到了崭新的皮鞋上："发财了？"

"这次的雇主比较慷慨，分了我不少东西。"皮埃尔·贝里微笑回答，"等下我请你喝酒。"

"好。"卢米安等的就是这句话。他甚至追问道："什么时候去？"

这尽显老酒馆常客的风采，为了蹭杯酒，脸都不要了。

皮埃尔·贝里看了本堂神甫纪尧姆·贝内一眼，得到了相应的暗示。

"吃过晚餐怎么样？"他提议道。

"好啊。"卢米安答应得非常爽快。然后，他在牧羊人、本堂神甫、蓬斯·贝内等人的注视下坐到了距离自己最近的第二排椅子上。

皮埃尔·贝里愣了一秒："你不回去？"

卢米安笑了："太久没有祷告了，趁这个机会祷告一下，免得神灵认为我不够虔诚。你们继续，你们继续啊，不用管我。"

说完，他闭上眼睛，微低脑袋，交叉双臂至胸前。

皮埃尔·贝里、纪尧姆·贝内、蓬斯·贝内等人你看我，我看你，没法继续。耐心等了许久，见卢米安始终不结束祷告，本堂神甫望向皮埃尔·贝里，示意他询问一下。

皮埃尔·贝里来到卢米安身旁，拍了拍他的肩膀："你要祷告到什么时候？"

卢米安睁开眼睛，正色说道："我打算祷告到晚餐时间，反正没别的事情，等下还可以做个告解。"

本堂神甫纪尧姆·贝内听得额角抽动了一下。他看了看等待自己的马戴娜、西比尔、蓬斯、阿尔诺等人，缓慢地吐了口气，对牧羊人皮埃尔·贝里使了个眼色，往门口努了努嘴巴。

皮埃尔·贝里接收到了本堂神甫想传递的意思，忙对卢米安道："我祷告完了，要不现在就去老酒馆吧？"

"好啊！"卢米安唰地站起，一脸是笑，哪还有半点正经和虔诚。

他之前就发现自己的到来让本堂神甫等人的密谋没法继续，遂带着恶作剧的心态强行又赖了一阵，直到皮埃尔·贝里被逼提前离开。他相信本堂神甫看得出来自己在表演，但遇到类似的事情不顺便使点坏，还是科尔杜村的恶作剧大王吗？

人设要保持，这样才不会被怀疑！

卢米安遗憾的是，姐姐应该已经去了贝里家，找那三只羊交流，否则现在把"白纸"派到教堂来偷听本堂神甫他们的密谋，肯定能掌握不少有用的情报。

也许下次循环可以这么做……但皮埃尔·贝里会不会察觉到被监控？他可不简单，至少现在比还是普通人的本堂神甫强多了……思绪纷呈间，卢米安跟着牧羊人皮埃尔出了教堂，往老酒馆走去。

贝里家后面的羊圈内，套着白色束腰长裙的奥萝尔从小树林处绕过来，越过了木制栅栏。

作为少有出门又特别引人瞩目的漂亮女士，她只能选择这条相当隐蔽的路线，要不然很容易被拦住聊天，甚至遭遇怀疑。

"也不知道什么时候能学到隐身、阴影潜藏方面的秘术……"奥萝尔无声叹了口气，走向那三只缩到了干草堆旁的羊。

她边走边用高原语说道："不用害怕，我是牧羊人皮埃尔·贝里的敌人。"

那三只毛发因肮脏而显棕的绵羊眼神顿时出现了戏剧性的变化，先是警惕、担忧，继而充满希望，多有茫然。它们没再后退，任由奥萝尔走到面前。

奥萝尔进一步说道："我用某种方法发现了你们的特殊之处，你们原本应该是人吧？"

那三只羊的眼眸顿时被震惊、狂喜、希冀和疑惑等情绪占满，本能地咩咩出声。

奥萝尔扫了它们一眼："你们不能说话，但可以写字，不是吗？"

其中一只羊愣了一秒，飞快在泥土上画了起来。它写了一个很简单的高原语单词："是的。"

它在说它们原本是人。

"究竟发生了什么，你们为什么会变成羊？"奥萝尔想了下，语速极快地补充道，"你们分别写事情的前段、中段和最后部分，节约时间。"

那三只羊略作分工，用蹄子于泥土表面写起不同的内容。没多久，它们各自完成了一句话：

"我们被抓住。"

"举行了一个仪式。"

"被包进羊皮，变成了羊。"

一个可以利用羊皮将人变成羊的仪式魔法？呼，这明显比直接把人变成羊的难度低不少……唯一的问题是，那个仪式是向哪位存在祈求？奥萝尔思绪翻滚中追问了一句："是皮埃尔·贝里抓的你们，他一个人？"

她这是想确认牧羊人皮埃尔·贝里当前的实力。

"是的。"其中一只羊写道。

另一只羊写的单词比较多："他还有个同伴，都很强大。"

回村之前，皮埃尔·贝里就有很强的实力了？奥萝尔突然察觉到一点不对：这样的皮埃尔·贝里为什么表现得以本堂神甫纪尧姆·贝内为首？现在的纪尧姆·贝内应该还只是一个普通人！

奥萝尔越想越觉得有问题。

面对强大的牧羊人皮埃尔·贝里，当前一点超凡能力都没有的本堂神甫纪尧姆·贝内拿什么压制他？

如果说本堂神甫是更得到那位隐秘存在的宠爱的人，以至于整个小团体都视他为首领，那他应该早就接受恩赐，不再是普通人！

而如果他迟迟不接受恩赐，那必然是会被排挤的。这种情况下，地位、权势手腕和心机谋略都比不过自身的力量以及与神灵的距离。

因为没有多余的时间思考，奥萝尔只能想到两种解释。

一是在那个小团体内，纪尧姆·贝内并非真正的首领，他更多只是利用特殊的身份，提供密谋的场合，对达列日地区的永恒烈阳教会隐瞒异常，真正的首领另有其人！

二是纪尧姆·贝内不是不接受恩赐，而是在等待一个机会，让他能直接获取到更强大力量的机会。

而无论哪种解释，似乎都不是什么好事。

奥萝尔望着那三只绵羊，进一步问道："和皮埃尔·贝里一起对你们动手的那个人是谁？"

三只羊各自写起自己的答案。

"尼奥尔·贝斯特。"

"一个叫尼奥尔的牧羊人。"

"他被称为尼奥尔。"

尼奥尔·贝斯特,他也获得了强大的力量?奥萝尔认识这个人。他同样是科尔杜村的一名牧羊人,经常和皮埃尔·贝里一起转场放牧,但这次似乎没有提前回来。

"尼奥尔呢?我在村里没见到他。"奥萝尔询问道。

那三只羊走了几步,离开已满是单词的地方,找新的空白泥土书写起来。

"他死了。"

"被我杀死了。"

"我们干掉了他,但还是被抓住了。"

死于反击?奥萝尔若有所思地点了点头:"你们都是非凡者?"

那三只羊没有继续用蹄子写高原语,以点头这个动作给予了肯定的答复。

奥萝尔"嗯"了一声,心里念头急转:皮埃尔·贝里和尼奥尔·贝斯特的狩猎目标竟然都是非凡者,这是想做什么?而且还死了一个……

要么尼奥尔的实力远不如皮埃尔,要么他们是通过恩赐获得的力量,且掌握得还不是那么熟练,在超凡战斗中不可避免地出现了点问题……

奥萝尔再次看看那三只羊道:"你们知不知道皮埃尔抓你们是为了什么?"

那三只羊又各自书写起来。

"我听他提到过神和奉献。"

"可能是用于血祭。"

"我怀疑他想把我们献祭给邪神。"

果然,非凡者灵性极高,又身怀特性,是比普通人强很多倍的祭品,更能取悦邪神……皮埃尔·贝里和尼奥尔·贝斯特以转场牧羊为掩盖,去其他国家抓非凡者来献祭?这样倒确实不太容易引起本地官方的注意……奥萝尔微不可见地点了下头。

她郑重地问:皮埃尔提到过那个神的尊名吗?或者说,把你们变成羊的那个仪式是向谁祈求?"

那三只羊同时一愣,仿佛陷入了回忆。紧接着,它们齐齐低下脑袋,向面前的泥土伸出了蹄子。

不知为什么，奥萝尔突然感觉周围变得阴冷暗淡了许多，就像高空的太阳正好被乌云遮住，又恰巧有山间凉风吹过。

那三只羊开始了书写。

奥萝尔的灵性直觉产生强烈的预警，当即喊道："等一下！"

那三只羊唰地抬头，望向了她。它们的眼角不知什么时候已流下血色的泪水，脸庞的皮毛污迹斑斑，甚是吓人。

下一秒，那三只羊继续书写。

奥萝尔连忙转身，急速奔向栅栏边缘。等她脱离羊圈，回头望去时，那三只羊正沐浴在高空洒落的阳光里。

要不是它们脸上还残留着血色痕迹，一切毫无异常。

扑通，扑通……奥萝尔的心脏还在狂跳。她一边喘气一边庆幸："如果不是我掌握初步封印眼睛的秘术前时不时就会看见不该看见的，久经考验，直觉强大，刚才真反应不过来……"

她随即掏出铁黑色的粉末，将它们抛向羊圈，泥土地上那些单词顿时被无形的手抹掉了。

至于羊脸的污渍，奥萝尔难以用法术清理，也不敢靠拢过去，直接用水来擦洗。她担心那三只羊已经和刚才不同，有潜藏的危险性。

老酒馆内，喝着淡绿色苦艾酒的卢米安用右手手肘撑着吧台，随意地环顾了一圈。他没看到那位神秘的女士，也未发现莱恩、莉雅、瓦伦泰这三个外乡人。

前者，他不知道对方什么时候会出现，只能碰运气；后面三位，他认为他们应该正在村里漫步，找人闲聊。

"其实，我是有机会结婚的。"已喝完一杯苦艾酒的皮埃尔·贝里端起新的淡绿色液体，絮絮叨叨道。

"是吗？"卢米安嘲笑道，"有谁能看上一个牧羊人？"

皮埃尔叹了口气道："我们转场去的平原草场，大部分都有主人，不是哪位庄园主的，就是附近村子的，要想放牧，要么交牧场税，要么娶一个村里的姑娘，定居在那里。"

"这可是好事啊，对牧羊人来说。"卢米安笑道。

皮埃尔抿了口苦艾酒，侧头看了他一眼："得那个姑娘能看上你，而且不能要嫁妆。"

"那次，正好有个姑娘觉得我不错，不嫌弃我是个穷光蛋、牧羊人，愿意和我结婚，她是不是很傻？"

"是的。"卢米安"诚实"地点头。

皮埃尔端着淡绿色的苦艾酒，沉默了好一会儿才道："后来她死了。她在城郊工厂工作，太累了，生了场病，我跑了好几个教堂，找神甫给她祈祷，找医生给她治病，但都没有用。

"那天之后，我明白了一个道理。"

"什么道理？"卢米安抿了口苦艾酒。

皮埃尔脸上闪过了愤恨的情绪："那些身上长肉、下面拉屎的人根本拯救不了我们！"

"身体长的不是肉，下面不用拉屎的可以吗？"卢米安反问。

皮埃尔低笑了两声："那是圣人和天使，可他们会看向我们吗？"

卢米安"啧"了一声："那你为什么还去教堂找本堂神甫祷告？他不仅身上长的是肉，下面拉的是屎，而且还喜欢睡女人。"

皮埃尔再次侧头，扫了卢米安一眼："你不懂，他有某种知性，能拯救我们的灵魂。"

"知性？"卢米安对这个词不太理解。

皮埃尔又喝了口淡绿色的苦艾酒，似乎没听到这个问题。

卢米安也不敢深入打听，转而聊道："我听人说，你一两点就去过教堂了，为什么三四点还要去？"

皮埃尔温和地笑道："下午可以和有同样知性的人聊天。"

他没否认午后去过教堂。

卢米安顿时松了口气——至少目前看来，还没有其他人能保留循环的记忆，干涉"历史"的进程。他怀疑皮埃尔·贝里午后去教堂是和本堂神甫提前做一下沟通，下午三四点才是小团体的交流。

261

喝过酒，见晚餐时间已到，卢米安和皮埃尔·贝里分别，往自家返回。

走至一条僻静小道时，本堂神甫的弟弟蓬斯·贝内领着几个打手突然从岔路进来，将他堵住。

身材健硕、黑发蓝眼的蓬斯·贝内望着卢米安，狰狞笑道："你下午很会恶作剧嘛？非要在教堂耽搁我们的时间。要不是本堂神甫在那里，我当时就揍你了！

"混蛋小子，来吃你爸爸蓬斯的××。"

卢米安先是为这家伙的愚蠢愣了一秒，继而一阵狂喜。他和奥萝尔的判断没有错，在上上次循环里的娜罗卡葬礼前，蓬斯·贝内应该还没有获得超凡力量，无法闻到危险的气息！

他现在竟然敢来堵一个非凡者！

卢米安毫不犹豫，转过身体，狂奔了起来。

蓬斯和他的打手们紧随其后，可他们刚冲出这条由两栋建筑夹出的小道，就失去了目标的踪迹。

蓬斯·贝内左右看了一眼，吩咐起手下："到处找找。"

他觉得卢米安不可能跑那么快，应该就躲在附近。

那几个打手立刻四散开来，搜寻附近隐蔽处，只剩下蓬斯·贝内一个人站在小路入口。

爬到旁边房屋二楼的卢米安见状，"嘿"了一声，直接跳向蓬斯。

砰！

蓬斯被巨大的力量撞翻在地，气血翻滚，眼前发黑，短暂失去了战斗能力。要不是卢米安有所收敛，没直接砸他身上，他可能还得断几根骨头。

卢米安顺势站起，弯腰分别抓住蓬斯的左右小臂，对他笑道："来，咱们亲近亲近。"

抢在蓬斯反抗前，他将对方拉向自己怀里，膝盖顶了过去。

噗的一声，蓬斯的眼珠都快要瞪了出来，脸上写满了极度的痛苦。

扑通！

卢米安松手，任由这家伙倒在地上蜷缩成虾米。他在几个打手跑回来前转身奔入小路，消失在了道路尽头。

兼作客厅、餐厅的厨房内。

卢米安将自己这边的情况通报给姐姐："皮埃尔·贝里下午又去了教堂……可以确认，蓬斯·贝内现在还没有超凡能力。"

奥萝尔轻轻颔首，说起自己的遭遇，尤其最后那未知的、莫名的危险。

卢米安思索了一阵道："那位神秘的女士说过，某些存在仅仅只是知道祂的存在就可能导致你受到污染。"

奥萝尔回忆了下当时的状况，认为应该就是弟弟说的那样。她由衷地感慨道："仅仅只是知道祂就能带来那么可怕的污染……牧羊人皮埃尔·贝里他们崇拜的那位隐秘存在真是恐怖啊，很多古代笔记里的邪神都没这样的表现。"

"要不然我们怎么会困在时间循环里？"卢米安倒是不觉得惊讶。

奥萝尔越想越偏，嘀嘀咕咕起来："不会到了第十二夜，需要我们直面那位隐秘存在，将它干翻，才能解除循环吧？而这需要你在一次次循环里搜集材料，消化魔药，成为神灵……"

见姐姐越说越是离谱，尽是自己这种胆子极大的家伙都不敢想的事情，卢米安打断了她的思绪："停！应该不至于到这种程度。"

奥萝尔"嗯"了一声，微微点头："也是，我们顶多还有一次循环，二十天成神明显是不可能的事情。"

她随即摊了摊手："没救了，等死吧。"

"……"以卢米安总是能想出各种优秀恶作剧的大脑，此时也完全跟不上姐姐的思路。

"呼。"奥萝尔叶了口气，望向弟弟道，"好啦，我发泄完了，继续。"

"啊？"卢米安脸上写满了茫然。

他花了几秒钟的时间才想明白姐姐说的继续是什么意思："那三个人变成的羊看来是作为祭品送回科尔杜的，难怪没等到五月初。第十二夜其实是向那位隐秘存在进行大规模献祭的日子？"

奥萝尔眼眸微转道："我原本也是这么猜想的，可四旬节之前，本堂神甫那伙人一起获得不同程度的恩赐又是怎么回事？按照我的理解，这应该是通过献祭来换取的。"

卢米安从做坏事的角度出发，结合上上次循环里发生的那些事情，大胆猜测道："一个小献祭，一个大仪式？四旬节庆典最后，获得超凡力量的本堂神甫已经完全不掩饰自身的异常，明显是要做大事了！"

奥萝尔沉思了一会儿道："四旬节庆典可能就是大仪式的一部分。在大仪式前，本堂神甫终于下定了决心，将自己的心灵献给那位邪神，并配合一定的祭品，换取到了大量的恩赐，彻底显露出真面目。

"这么看来，一旦四旬节庆典开始，科尔杜的所有人都会被卷入，没有谁能够逃避。"

姐弟俩你瞧我我瞧你，都认为刚才的猜测很接近真相。可问题是，如果从四旬节庆典开始，异常真的就会彻底爆发，延续到第十二夜，那他们还怎么"安安分分"地等到最后的仪式，找出循环的关键？到时候，全村的人，除了死掉的、成为祭品的，大概率都会被污染！

"我才是个序列7啊……"奥萝尔忍不住抬手捂了下脸孔，"你更是只有序列9。"

就要面对这样的事情了！

按照卢米安对四旬节庆典最后那场战斗的描述和他最近狩猎黑色印记怪物的经验，奥萝尔相信自己肯定不是获得恩赐后的本堂神甫的对手，就连牧羊人皮埃尔·贝里，她都感觉得提前做好准备才能一战。当时，卢米安能一挑二干掉异变的本堂神甫，都不知道是走了什么狗屎运。

而要提前阻止本堂神甫他们得到超凡力量，第十二夜又未必会来，循环大概率将提前重启。

"地狱难度！地狱难度啊！"奥萝尔一脸悲痛地拍了几下面前的餐桌。

不等卢米安回应，她抬高双手，揉起脑袋上的金色头发，仿佛在宣泄着什么。

一套动作走完，奥萝尔收敛住表情，冷静对卢米安道："明天上午你去找那三个外乡人，可以适当向他们透露村里的异常，不用太掩饰我们是非凡者这件事情。"

"这很危险……"卢米安下意识回了一句。

野生非凡者遇到官方不都是天然有罪吗？

奥萝尔缓慢地吐了口气道："现在这种情况，也顾不了那么多了。除了那位神秘的女士，他们三个大概是现在村里最没有问题最能信任的人，并且每一个都拥有不比我差多少甚至可能更强的实力。

"都是绑在一根绳上的蚂蚱了，谁也别嫌弃谁，不管是野生的非凡者，还是官方的非凡者，都得团结起来。至于以后会不会被官方追捕，以后再担心，现在先考虑脱离循环的事情。"

卢米安以前就听姐姐说过"绑在一根绳上的蚂蚱"这句话，知道意思是大家身陷同样的困境面对同样的问题，真要出了事，谁也跑不掉，必须团结起来。

"好，我明天就去找他们。"他答应了下来。

奥萝尔转而说道："我现在怀疑本堂神甫和牧羊人皮埃尔的背后还有一个人，他才是一切的起始，污染的源头。"

"普阿利斯夫人？"卢米安猜测道，"她不仅强大，而且还是本堂神甫的情人，可以悄然控制他，利用他来影响村里其他人。"

"可她和牧羊人皮埃尔明面上没有任何关系。"奥萝尔看着弟弟，皱眉思索道，"从那三只羊的遭遇看，去年10月，皮埃尔和尼奥尔转场去平原时，应该就拥有超凡能力了，至少是掌握相应知识了，因为他们中途没有回来过，无从获取。这意味着村里的异常起码能追溯到去年7月或8月……呃，你有察觉到任何问题吗？"

卢米安缓慢摇头："没有。"

他原本以为自己对科尔杜村非常熟悉非常了解，可现在才发现，暗流已经存在大半年了，这让他感觉这里很陌生，让他感到发自内心的恐惧。

问题究竟出在哪里？卢米安只觉眼前是一层又一层的迷雾，消除掉一层还有一层，永远看不到事情的真面目。

奥萝尔继续说道："还可能是那只猫头鹰。传说里死去的那个巫师也许没有真正死去，他还藏在村里某个地方，或者就是我们经常见到的某个人。

"他可能早发现我同样是巫师，所以刻意掩盖了那个传说，不让我知道，对于你这种普通人则没有这方面的限制。"

说到这里，奥萝尔沉声吩咐道："下次那只猫头鹰再来看你，你就第一时间通知我，我让'白纸'跟着它，看看它会飞去哪里。"

卢米安"嗯"了一声，表示自己也在等那只猫头鹰再来。

这次看我不拔光你的毛！他在心里恨恨地骂了一句。

奥萝尔想了下，做出第三个安排："明天下午，我约普阿利斯夫人来家里做客，那个时候，行政官还在工作，城堡内只剩管家和仆人，你趁机潜进去，看能不能找到点线索。嗯，如果上午能说服那三个外乡人，这次行动可以请他们帮忙。"

普阿利斯夫人在家的时候，她不敢放"白纸"过去，普阿利斯夫人在她身边的时候，她又无法分心，只能依靠弟弟。

卢米安先是点头，继而建议："最好不要和普阿利斯夫人单独相处，我怕她趁机对付你。以下午茶的形式邀请娜阿拉依扎她们一起？"

人越多，安全系数越高。

"可以。"奥萝尔觉得这是更好的选择。她随即半是关心半是打趣地说道："你潜入城堡之后也要小心点，我可不想现在做姑姑。"

卢米安没敢反击姐姐这句话，只是用眼神表示"我更担心你，因为普阿利斯夫人在你这边"。

用晚餐的时候，奥萝尔放出"白纸"，让它监控了下羊圈，发现那三只羊自己舔干净了脸上的血污，没让牧羊人皮埃尔·贝里发现异常。

之后一直到入睡，卢米安再次接受起神秘学教育，掌握了多个赫密斯语词汇，这包括"我""名义""召唤""需要""光""太阳"等。

"光"是开启"正直胸针"的咒文，发音共有三段。

弥漫着淡淡灰雾的房间内，卢米安醒了过来。他走到窗边，再次望向那座暗红色的山峰和围绕它的一圈圈建筑废墟。

也不知道这里究竟藏着什么秘密……卢米安嘀咕了一句。

看着看着，他突然有了个想法：那片废墟有太多危险的区域是他现在没法或者不敢靠近的，比如那个三脸怪物徘徊的地方，可是能召唤出来一个"白纸"类灵界生物，和它签订契约，让它帮忙潜入观察，应该就可以收获更多的情报。

——他的视力、嗅觉和听力都因为牵涉非凡特性而提升，理论上属于超自然力量的一种，可以让"白纸"来承载其中之一。

思索间，卢米安无声自语道："现在的问题是，在梦境废墟里能不能召唤出灵界生物……如果不能，在现实召唤，签订契约后，能不能借助彼此之间的联系将它带到梦境里来……

"新增一个契约生物对循环又有什么影响,对应的灵界能不能新加入进来?要是不行,召唤时间一到,契约生物回去,循环又会重启……"

卢米安越想越是头大,对神秘学有了深深的敬畏,只希望能尽快掌握足以完成一个召唤仪式的少量语言。

没再耽搁,他拿好猎枪,带上所剩不多的铅弹,别好锋利的斧头,离开自己家,穿过荒野,又一次进入了那片废墟。

（未完待续）